慈孝的润化

陆 原 张光剑 著

浙江工商大学出版社

·杭州·

图书在版编目(CIP)数据

慈孝的润化 / 陆原, 张光剑著. —杭州 : 浙江工商大学
出版社, 2023.11
ISBN 978-7-5178-5842-3

Ⅰ. ①慈… Ⅱ. ①陆… ②张… Ⅲ. ①报告文学－中
国－当代 Ⅳ. ①I25

中国国家版本馆 CIP 数据核字(2023)第 230654 号

慈孝的润化
CIXIAO DE RUNHUA

陆 原 张光剑 著

策划编辑	沈 娴
责任编辑	孟令远
责任校对	韩新严 林莉燕
封面设计	胡 晨
责任印制	包建辉
出版发行	浙江工商大学出版社
	(杭州市教工路 198 号 邮政编码 310012)
	(E-mail:zjgsupress@163.com)
	(网址:http://www.zjgsupress.com)
	电话:0571-88904980,88831806(传真)
排 版	杭州朝曦图文设计有限公司
印 刷	浙江海虹彩色印务有限公司
开 本	880 mm×1230 mm 1/32
印 张	11.75
字 数	244 千
版 印 次	2023 年 11 月第 1 版 2023 年 11 月第 1 次印刷
书 号	ISBN 978-7-5178-5842-3
定 价	86.00 元

序言：慈孝文化在不息流淌

历史长河里的慈孝波光

在中华民族历史长河里不息流淌的慈孝优秀传统文化，滋润了百姓心灵，锤炼了民族品格，孕育了家国情怀。

孔子和孟子等儒学大家都认为，"孝"是一切德行的根本，也是教化产生的根源。

什么是"孝"？"孝"字最早见于商代卜辞，是由"老"与"子"组成的会意字。早期金文的"孝"字，是一个年轻人搀扶着老人走路的形状，用下一辈扶持上一辈来表达"孝"的含意。

《说文解字》对孝的解释是："孝，善事父母者。"意思是：孝，即善待父母的人。孝的本质是感恩，是子女对父母及长辈承担起赡养的责任。

《孝经》云："夫孝，德之本也，教之所由生也。"意思是：孝是一切道德的根本，所有教化都是由孝产生出来的。

历代各种文献都指出："孝"是一切德行的起点，是一切德行的基础，是放之四海而皆准的根本原则。

因此，我国传统文化启蒙读物《增广贤文》中说："千万经典，孝义为先。"这句话的意思是，成千上万部经典都说，孝和义是人们首先应当做到的。清代王永彬也提出了"百善孝为先"一说。

那"慈孝"的"慈"指的又是什么？《说文解字》云："慈，爱也。"现在人们对"慈"的理解是：仁爱，和善，多指长辈对晚辈的关怀爱护。

《管子·形势解》对慈的解释是："慈者，父母之高行也。"意思是，慈爱是父母对子女的崇高行为。

所以说，慈孝是父母长辈对子女晚辈的关爱，是子女晚辈善待父母长辈的德行。人类社会的"爱"，从践行"慈孝"开始。有父母对子女无私养育的慈爱，有子女对父母长辈孝敬的回馈，人类社会之爱便会像水波一样荡漾扩散：人们爱父母长辈、爱兄弟姐妹、爱邻里、爱亲朋、爱集体、爱社会、爱民族、爱国家、爱自然、爱世界……

从慈孝发端的扶弱敬老、互相关爱的精神品德，成为人们修身、齐家、治国、平天下的道德基石，是中华文明绵延发展、生生不息的源头活水，是中华优秀传统文化的根脉。在中华民族传统文化中，那些耳熟能详的慈孝故事，成为百姓美好的精神食粮，淬炼美好的灵魂。

被列为中国古代"四大贤母"之首的孟母，过早丧夫，一个人含辛茹苦地养育儿子，但为了使儿子有一个良好的成长环境，不厌其烦三迁其居。"孟母三迁"成为家喻户晓的故事。

还有被列为"四大贤母"之一的岳母，在战火纷飞的年代，她教导岳飞以大义为重，从军杀敌，精忠报国。

《二十四孝》里有许多孝行故事。这些故事，体现了上至皇帝、下至平民百姓行孝的高尚品德。

中华文明强调慈孝的重大作用。早在汉代，就实施了"以孝治天下"的治国策略。自此以后，历朝各代在崇尚慈孝的个体品德修养的同时，也不断把"以孝治天下"的治国策略提升到新高度。

如今，弘扬慈孝优秀传统文化成为建设社会主义精神文明的重要内容之一。

2011年10月，党的十七届六中全会通过的《中共中央关于深化文化体制改革 推动社会主义文化大发展大繁荣若干重大问题的决定》指出：弘扬中华传统美德，推进公民道德建设工程，加强社会公德、职业道德、家庭美德、个人品德教育，评选表彰道德模范，学习宣传先进典型，引导人民增强道德判断力和道德荣誉感，自觉履行法定义务、社会责任、家庭责任，在全社会形成知荣辱、讲正气、作奉献、促和谐的良好风尚。深化群众性精神文明创建活动，广泛开展志愿服务，拓展各类道德实践活动，倡导爱国、敬业、诚信、友善等道德规范，形成男女平等、尊老爱幼、扶贫济困、扶弱助残、礼让宽容的人际关系。

习近平总书记在2016年会见第一届全国文明家庭代表时发表讲话，指出："中华民族历来重视家庭。正所谓'天下之本在家'。尊老爱幼、妻贤夫安、母慈子孝、兄友弟恭、耕读传家、勤俭持家、知书达理、遵纪守法、家和万事兴等中华民族传统家庭美德，铭记在中国人的心灵中，融入中国人的血脉中，是支撑中华民族生生不息、薪火相传的重要精神力量，是家庭文明建设的宝

贵精神财富。"(《习近平著作选读》第一卷 544 页)

习近平总书记还在讲话中给大家提了几点希望。第一,希望大家注重家庭。家庭是社会的细胞。家庭和睦则社会安定,家庭幸福则社会祥和,家庭文明则社会文明。广大家庭都要把爱家和爱国统一起来,把实现家庭梦融入民族梦之中。第二,希望大家注重家教。家庭是人生的第一个课堂,父母是孩子的第一任老师。广大家庭都要重言传、重身教,教知识、育品德,身体力行、耳濡目染,帮助孩子扣好人生的第一粒扣子,迈好人生的第一个台阶。第三,希望大家注重家风。家风是社会风气的重要组成部分。家庭不只是人们身体的住处,更是人们心灵的归宿。家风好,就能家道兴盛、和顺美满;家风差,难免殃及子孙、贻害社会,正所谓"积善之家,必有余庆;积不善之家,必有余殃"。广大家庭都要弘扬优良家风,以千千万万家庭的好家风支撑起全社会的好风气。(《习近平著作选读》第一卷 545—547 页)

党的十九届四中全会作出的《中共中央关于坚持和完善中国特色社会主义制度　推进国家治理体系和治理能力现代化若干重大问题的决定》指出,坚持以社会主义核心价值观引领文化建设制度,弘扬民族精神和时代精神,坚持依法治国和以德治国相结合,推进中华优秀传统文化传承发展工程。

随着工业化、城镇化快速发展,我国城乡利益格局深刻调整,城市和农村的社会管理都出现了一系列新问题、新挑战,基层社会治理体系中存在不少问题,必须创新社会治理,推进基层治理能力现代化。处于中国社会基层的城乡,纷纷把推进基层社会治理体系和治理能力现代化摆上重要议事日程，构建德治为先、法治为规、自治为基的社会治理体系，探索基层治理的有效方式。

那么，在新的时代，如何做到有效德治？浙江省台州市仙居县经过 12 年的不断探索，认为弘扬慈孝优秀传统文化，是促进家风、民风、村风不断优化，提高百姓道德素养，推进乡村治理现代化的良好途径。

令人敬佩的仙居孝善史事

位于东海之滨、括苍山麓的仙居县，慈孝传统源远流长。

1 万年前，仙居的先民走出深山洞穴，在永安溪畔一个名叫下汤的地方集居生活。下汤成为台州文明的发祥地，是万年浙江的缩影，也是中国万年农业社会的缩影。

在仙居 2000 平方公里的土地上，慈孝之花如漫山遍野的杜鹃，开得灿烂而热烈。仙居百姓以人间大爱，书写了真善美的传奇。

《光绪仙居县志》就记载了"孝友"人物 21 人、"贤孝"人物 10 人、"节烈"人物 470 余人。仙居历史上长辈悉心抚养子女，子女孝敬长辈的孝顺故事不胜枚举。

如朱煦冒死为父申冤的孝举，被《清史》收录。话说明代洪武年间，朱季用任福建知府，上任不到半年，就蒙冤获罪，被押解到京城筑城墙做苦力。当时朱季用正生痢疾，筑城墙的任务又非常繁重，他对儿子朱煦说自己已经危在旦夕了。朱煦心急如焚,他认为要想解救父亲只能上诉申冤,但是与父亲一同蒙冤的人,由于申冤而被处以极刑。朱煦想:如果不申冤,父亲受罪做苦力,要被累死;如果申冤,自己可能获罪被处死。但为了挽救父亲的生命,朱煦冒死上诉。结果朱煦父亲得以昭雪,官复原职,与父亲一同蒙冤的官员同时也得以昭雪。

清代十八都李宅村李时辉之女(简称"李女"),嫁给下陈朱村朱克昭。在她24岁时,丈夫去世,又逢自己母亲病亡,家里3个弟弟年幼,父亲生活艰难。李女携儿子回到李宅村服侍父亲,抚养3个弟弟,精心操持家务。后来李女的儿子和3个弟弟都成为国子监监生。李女既慈又孝,受到四乡八镇的称赞。

《光绪仙居县志》修纂者感慨道:"仙居山高水长,忠义之气盛于他邑。"

有这样一个传说,诠释了仙居百姓的慈善仁义。

相传在北宋景德四年(1007)的一天黄昏,城郊西郭垟村来了2个满身生癞疮的年轻人,他俩乞讨到乐善好施、名声在外的王温的家门口。王温给2个乞丐饭食时,关切地询问他俩有何药可治癞疮。2个乞丐说,只要用新酿的酒浸泡一夜,便可痊愈。王温便高兴地说:"我家刚酿了2大缸酒,可以给你们浸泡。"乞丐问:"您舍得用2缸新酒给我们浸泡?"王温说:"只要能治好你们的病,哪有什么舍不得?"于是,王温带着2个乞丐到后院藏酒的房间,让2个乞丐浸泡。第二天一早,王温起床来到客厅,只见2个年轻英俊的小伙子向他道谢,说是2缸新酒治好了他俩的病。王温见到他们2人确实已病愈,深感欣慰。2个年轻人走后,王温来到后院的房间里,准备倒掉乞丐浸泡过的2缸酒，却不料酒缸里飘出一股异香。他细看 2 缸酒，清净而明澈，丝毫看不出乞丐浸泡过的痕迹。他尝了一口酒，顿觉甘甜香醇，回味无穷。于是，他叫来一家人品尝美酒，结果一家人连带鸡犬都升天了。其实这 2 个生癞疮的人是仙人，他们是来度积德行善的王温一家成仙的。

宋真宗听闻王温积德行善、一家人连鸡犬也一齐升天成仙的消息，龙颜大悦。他还得知早在东汉时期，就有神仙王方平度此邑括苍山麓蔡经成仙的故事。于是，宋真宗便以其"洞天名山，屏蔽周卫，而多神仙之宅"，诏改"永安县"为"仙居县"。

仙居还有羊、汲 2 家人，倾其家财掘出"汤归堰"的事迹，也十分感人。人工开凿的灌溉水渠"汤归堰"，凿成将近 800 年，至今仍惠及仙居南部怀仁、下各一方百姓。话说南宋嘉定十六年（1223）冬，居住在羊家园的羊溥与姻亲汲渊 2 人，为解决怀仁、下各百姓万亩田地灌溉用水上的困难，2 家贡献 3000 亩土地以田易田，还献出家产，在杨砩头村外朱溪港筑坝开堰。历经 3 年的艰苦挖凿，于南宋宝庆二年（1226）春，开凿出一条 3 米多宽、7 公里多长的水渠，使怀仁、下各平原常年有水灌溉、旱涝保收。羊溥与汲渊 2 家为此耗尽家财，沦为贫民，但他们无怨无悔。水渠开凿竣工后，怀仁村进士出身的顾拙轩感念羊溥与汲渊 2 家的义举，采用商朝成汤王舍身自祭为民求雨的典故，把这条水渠命名为"汤归堰"。羊溥和汲渊捐赠家产建堰，成为仙居慈善义举的楷模。

在仙居流传着这样一句俗语："造桥铺路大善事！"仙居山多涧多，大小溪涧有 2000 多条。人们常说"千山犹可越，一水却难渡",这一条条溪涧严重阻隔人们的出行。因此,在历史上,造桥铺路以使交通畅通,成为人们的迫切愿望,造桥铺路也成为民间重要的慈善义举。

仙居南部朱溪镇的西面,是 3 条溪流汇集之处,溪面宽 70多米,上面架一座木桥,名为"船埠头桥"。这座桥是千百年来人们从朱溪集镇通往上张至温州、梅岙至温州、溪上至黄岩的必经之桥。此桥经常被洪水冲毁,严重影响人们通行。朱溪七村富商、国学生朱志从,从 30 岁开始出资维修船埠头桥,一直到 85岁病故才结束。他凭一己之力坚持 56 年出资修建船埠头桥,以至于人们称呼他为"揽事",意思是"不是你自己的事情,你揽着做"。朱志从的善行,至今还受到人们的称颂。

在湫山乡四都港上,有一座七孔石拱桥横跨湫山村与四都村之间,桥长 60 多米,桥面宽 5 米,桥名为永济桥。虽然岁月的藤蔓爬满桥身,但石拱桥仍不失恢宏气势。此桥由湫山村乡绅沈老钟出资,于 1912 年开工建设。他卖掉家里 10 亩田地还不够付修桥的费用,只好四处筹集资金,历经 8 年,终于修成此桥。沈老钟将此桥命名为"永济桥","永济"包含让百姓永远通渡的意思,也包含感念大家资助建成此桥的意思。

在仙居乡村行走,慈孝、行善的历史故事,数不胜数。浓厚的慈孝之风、清新的仁爱之气,成为仙居乡村里的一股清流。

谱写慈孝新华章

在慈孝历史文化底蕴深厚的大地上,迈入新时代的仙居,把中华传统美德的慈孝文化建设与乡村基层治理相结合，取得了显著的成效，成为仙居地域文化中承前启后突出的亮点，引起了全国理论界和媒体的高度关注。

2012年1月，仙居县第十三届党代会第一次会议的工作报告指出，为全面建成小康社会，要努力探索有效的思想道德教育新路子，深入广泛地开展各类群众性精神文明创建活动，加强信用建设，培育良好的社会心态，大力打造仙居文明道德风尚，不断提高公民素质。

仙居县第十三届党代会第一次会议结束后，中共仙居县委下发了《中共仙居县委关于开展"慈孝仙居"创建工作的意见》，全县上下开展了轰轰烈烈的"慈孝仙居"创建活动。这是仙居文化自觉、文化自强的突出表现。

仙居县以"慈孝仙居"创建为载体，把"孝道"作为精神文明建设的一个切入口，聚合家庭、学校、社会三方力量，多方发力，重塑家庭伦理，弘扬传统文化，培育和践行社会主义核心价值观，构筑起了立体式、全覆盖、长效性的家风教育体系。

仙居以家庭培养为抓手，强化孝道教育基础。针对"421"家庭结构和青少年中普遍存在的孝道观念淡化、孝道亲情虚化、孝道功能弱化、孝道行为异化等问题，仙居县以"孝道家风"建设为突破口和切入点，在全县开展"立家规、传家训、树家风"活动，使孝道教育融入家庭日常生活之中，融入青少年行为习惯之中。

全县在学孝理上，挖掘并整合本地传统慈孝文化，将本地慈孝故事传说、家训族规和名人名言等汇编成书，出版《孝满人间——仙居孝顺文学获奖作品集》《大孝无声——大战乡孝顺人物纪实《孝行仙乡——仙居慈孝故事》等乡土教材和通俗读本，分发给全县 16 万户家庭学习。这些描写身边人的先进事迹的书籍深受群众喜爱。

在提倡孝德上，仙居县印发"全县家庭'立家规、传家训、树家风、圆家梦'活动倡议书"。当地媒体同步进行宣传，500 余名青年志愿者和老年人协会中的 800 余名居家老人共同参与，形成活动宣传的强劲势头，确保全县家庭知晓率达 100％。

在尽孝行上，组织开展"让父母住朝南屋""媳妇为公婆晒被子、洗衣服"等"慈孝日"系列活动，从身边事、日常事着手，营造尊老、爱幼、孝亲的良好氛围。开展"我为父母献孝心"活动和"我为子女树榜样"活动，使党员干部在家庭和单位都身体力行，践行慈孝文化。

12 年来，"慈孝仙居"创建项目荣获 2012 年度"台州市宣传思想文化工作创新奖"、2013 年度"台州市党建工作创新奖"、2012—2013 年度"浙江省宣传思想工作'三贴近'优秀案例"。2013 年底，仙居县被正式命名为"中国慈孝文化之乡"。2014年，仙居县荣获第三届"浙江孝贤"特别奖，全国唯一的"中国孝文化研究中心实践基地"落户仙居。2015 年，"慈孝仙居"项目荣获第三届"浙江省公共管理创新案例十佳创新奖"，同时仙居县被浙江省委党校列为"慈孝文化与社会管理创新"现场教学点。仙居县还荣获"全国敬老志愿服务模范先进县"称号。2015年 10 月，全国慈孝文化建设现场经验交流会在仙居举行。2016年，仙居县被授予"中国长寿之乡"称号，"慈孝仙居"项目被评为"浙江省宣传思想文化工作创新项目"，"慈孝仙居"项目入选浙江省文明办"喜迎十九大文明创建巡礼"展示。

仙居慈孝典型王雪娟家庭被评为第一届全国文明家庭，王雪娟受到习近平总书记的接见。

至今，仙居有 207 人获慈善孝行类的各级荣誉，其中获"中国好人"的有 20 人，获"浙江好人"的有 34 人，被评为省、市道德模范的有 23 人，获"台州好人"的有 130 人。

"慈孝仙居"创建工作还得到了时任浙江省委副书记、省长袁家军，时任浙江省委常委、宣传部部长葛慧君等领导的批示肯定。新华社、《人民日报》、中央电视台等权威媒体予以密集宣传报道。

2022 年 5 月 11 日，中共仙居县委在仙居县委党校第一报告厅召开县委文化工作会议。仙居县四套班子领导，以及各乡镇（街道）、部门党政主要负责人出席会议。

这样高规格的县委文化工作会议，在仙居还是第一次。

仙居县委书记崔波在报告中高度肯定仙居人杰地灵、文化灿烂，赞赏仙居人淳朴忠义、秉性刚直的精神品格。他还特别指出，2012 年以来，仙居以慈孝文化为切入点，大力推进文化强县建设，在社会广泛建立文化认同，"和谐和睦、温暖有爱"成为仙居的城市标识，"文明谦和、尊老爱幼"成为仙居人的群体气质。特别是近年来，仙居以慈孝文化为内核，开展全国文明城市创建活动，打造"最温暖志愿之城"品牌，用志愿服务、先进典型、文明行为温暖城市的每个角落，"最美"现象蔚然成风。仙居人的事迹，感动着无数人，传播着人间大爱。

这是万年仙居的厚重积淀，是仙居独特的文化标识，更是每个仙居人引以为傲的文化底气。仙居人民正在积极开创文化繁荣发展的新局面,为打造"智造仙居、康养仙居、温暖仙居、大气仙居",建设现代化中国山水画城市提供强大的文化支撑和精神动力。

党的二十大报告提出:实施公民道德建设工程,弘扬中华传统美德,加强家庭家教家风建设,加强和改进未成年人思想道德建设,推动明大德、守公德、严私德,提高人民道德水准和文明素养。党的二十大报告还提出:健全共建共治共享的社会治理制度,提升社会治理效能。

在全国上下深入贯彻落实党的二十大精神的大背景下,总结展现仙居县12年来弘扬慈孝文化、促进基层治理的生动实践,对中国乡村探索基层治理体系和治理能力的现代化,对中华优秀传统文化创造性转化、创新性发展,具有重要的历史意义和现实意义。

目　录

第一章　春阳秋月的见证 / 001

第一节　月塘明月照古今 / 003

第二节　慈孝春风温暖万竹口 / 015

第二章　滴水之爱成涌流 / 025

第一节　慈爱铺平奋进路 / 027

第二节　新罗村的宝贵财富 / 044

第三节　有孝行之人才会心生大爱 / 060

第三章　融在食堂里的慈孝浓情 / 071

第一节　茶溪老人的笑声 / 073

第二节　"6199"食堂诞生记 / 081

第三节　"共富食堂"的幸福感 / 089

第四章　新农村的新风景 / 097

第一节　红色姚岸慈孝村 / 099

第二节　小山村竟如此美丽 / 109

第三节　善作善成后塘村 / 120

第五章　美丽芬芳满山乡 / 131

　　第一节　油茶之乡的情爱 / 133

　　第二节　美丽梯田的风景 / 143

　　第三节　高山瓜果的芳香 / 155

第六章　数十年矛盾纠纷不出村 / 161

　　第一节　感德村的荣光 / 163

　　第二节　仁庄村的仁德 / 172

　　第三节　干事创业的信心 / 179

第七章　城中村的"蝶变" / 187

　　第一节　把工作做到百姓的心头上 / 189

　　第二节　"以文化人"结硕果 / 197

　　第三节　基层治理的重要一环 / 209

第八章　古村的别样美丽 / 217

　　第一节　古埠头的新魅力 / 219

　　第二节　石井村的昨天与今天 / 229

　　第三节　有情有义江上人 / 239

第九章　古文化的乡村坚守 / 245

　　第一节　古村古宅藏古韵 / 247

　　第二节　文化赋能括苍村 / 256

　　第三节　新表门村的故事 / 266

第十章　志愿精神在乡村闪光 / 273

　　第一节　"老娘妗"工作室的故事 / 275

　　第二节　志愿服务蔚然成风 / 283

　　第三节　全国敬老模范的大爱 / 289

第十一章　献给仙居的赞歌 / 299

　　第一节　令人感动的慈善捐款者 / 301

　　第二节　来之不易的褒奖 / 309

　　第三节　"慈孝仙居"创建成为样板 / 314

第十二章　治理创新结硕果 / 323

　　第一节　孝顺夫妻的意外收获 / 325

　　第二节　全国首创的"五环智控" / 336

　　第三节　"好人好样"光耀仙居 / 343

后　记 / 356

第一章　春阳秋月的见证

第一节　月塘明月照古今

　　初春的阳光,温柔地照在仙居县福应街道月塘社区的永安街上,把大街西边一座古老的石柱灯照得黑里透红,斑驳的石纹折射出石柱灯经历的岁月沧桑。

　　这座石柱灯,建于明嘉靖二十六年(1547),距今已有470多年的历史,是中国留存的最早的街灯。1997年,石柱灯列入浙江省文物保护单位。

　　20世纪90年代,在下赵巷拓宽改名为永安街之前,这座石柱灯坐落在南北走向的下赵巷与东西走向的天灯巷的丁字路口。下赵巷拓宽成永安街时,保留了这座石柱灯。

　　这座石柱灯高3.45米,由石柱和灯屋组成,其中石柱高2.62米,宽35厘米,厚29厘米。石柱灯顶端的灯箱,高83厘米,呈四面斜披的大屋顶状,石灯箱是用整块石头镂凿而成的,正面为全空,背面封闭式,左右两边雕刻成"火"字形窗孔,灯光可从窗孔透出,照亮丁字形三方街道。看到镂凿精美又具有文化内涵的石灯箱,人们都为古代石匠的精湛石雕技艺所折服。

　　月塘社区的百姓之所以爱护这座石柱灯,不光是因为它具有文物价值,更是因为这座石柱灯是由百姓捐资建造的,体现了470多年前的月塘村百姓仁爱慈孝的美德。而且这座石柱灯自建立之日起,人人行善,有的捐灯油,有的义务点灯,让这一盏街灯夜夜照亮漆黑的丁字路口,方便人们行走。直至20世纪70年代初电灯路灯开通后,这座石柱灯才结束了它的使命。

虽然如今这盏古老的石柱灯已弃而不用了,但是石柱灯蕴含的慈爱精神,还在月塘社区代代流传。

月塘,这个具有诗意的村名,源自村内有一口弯月形的水塘。2013年,月塘村改为月塘社区,隶属于福应街道。社区位于仙居县主城区东南面,辖区面积约2平方公里,居住人口为7500多人。

数百年来,此地的百姓,一代代将慈孝文化发扬光大,优秀传统美德滋润乡风文明,一个个慈孝典型成为人们学习的榜样。

月塘社区严雪花,养育140多个弃婴的良善行为,无不受人称赞。

严雪花收养弃婴,开始于1971年严冬的一个早上。那天天色阴沉,北风凛冽,枯黄的树叶一片片凄凄地落到街边,也落在街边的包裹里露出的一张婴儿的小脸上。

早早从家里出来,想去菜场买点肉食的严雪花路过此地,被包裹里婴儿的哭声吸引。一大清早把一个包得严严实实的婴儿丢在菜场的街边,这分明是婴儿的父母故意为之,以引起人们的注意。

已为人母、品性善良的严雪花,急忙抱起婴儿。她看着婴儿被冻得通红的小脸和哭得泪水四溢的惨状,心疼不已。

时年 31 岁的严雪花,出生在大战乡的一个小山村。由于家庭困难,她 7 岁时被父母送到仙居城关的一户人家做童养媳。年少的严雪花由于忍受不了殴打,连夜翻山越岭逃回娘家。父母看到严雪花身上被竹条抽打的血痕,心痛不已,便解除了女儿童养媳的婚约。

严雪花 19 岁时,嫁给月塘村的一个小伙子。这个小伙子是公公的养子。在严雪花生了第一个儿子后,公公把严雪花他们一家三口赶出了家门。好在月塘村的村干部关心这家人,给他们安排了一间房子居住。

经受各种苦难的严雪花,特别同情弱者。

这时,陆续有路人围上来,大家从婴儿衣包里的纸条上了解到,这是个才出生不久的女婴。大家无不觉得这个女婴可怜,纷纷谴责女婴的父母。

严雪花跟大家说,她家里已有 2 个儿子、4 个女儿,最小的女儿还在吃奶,一家 8 口人,负担重,再也没有能力领养这个弃婴了。

大家便叫严雪花把弃婴送到仙居县民政局,请县民政局找人收养。

严雪花听从大家的建议,抱着弃婴来到县民政局。

仙居县民政局的工作人员了解情况后,无奈地告诉她,县民政局还没有收养弃婴的福利院。县民政局决定在严雪花家设立弃婴收养救助点,以此名义请严雪花代为抚养弃婴,县民政局给她补助每个弃婴每月 6 元抚养费,弃婴看病和上学的费用,由县民政局支付。今后如果有人想收养弃婴,县民政局会介绍过来领养。

严雪花不贪图每月 6 元钱的补助,看着这个可怜的婴儿没人收养,就决定抱回家照顾。

善良的丈夫得知情况后,也支持她。丈夫说:"不管怎么说,这是一条人命啊! 先养着,有人想要孩子,再让人领养。"

没有想到的是,此后有人捡到弃婴,都往严雪花家里送。严雪花看着弃婴的可怜样,眼圈一红,心肠一软,便把弃婴都接受了下来,把他们当作自己的孩子一样精心抚养。

严雪花和丈夫抚养弃婴,虽然读书、看病的费用由县民政局负担,但每人每月的 6 元补助,远远不够他们穿衣吃饭。夫妻俩为了解决孩子们的温饱以及各项生活开支,披星戴月地劳作,然而,生活还是困难重重。

2005 年 8 月的一天,严雪花收养的其中 3 个孩子给她递上了 3 份录取通知书,他们都考上了中专。严雪花既高兴,又为他们的穿衣吃饭的费用而忧愁。

此时,严雪花的丈夫积劳成疾,恶性肿瘤已到晚期,而严雪花家因抚养弃婴和给丈夫看病,已欠债 10 多万元。面对这样的困境,严雪花和丈夫还是决定让这 3 个孩子好好读书。他们向亲戚朋友和邻居借了钱,并把钱交到 3 个孩子的手里,3 个孩子感动得满脸都是泪水。

2006 年 10 月,严雪花的丈夫因病医治无效去世,孩子们想辍学,以减轻家里负担,但严雪花对他们说:"没钱供你们读书,是家里的暂时困难。如果你们不读书,一辈子都会有生活困难。家里再困难也一定要让你们把中专读完!"

严雪花从 1971 年开始收养弃婴,到 2008 年的 38 年里,陆续收养了 140 多个弃婴。没有孩子的人家陆续到县民政局办了手续,弃婴一个个被领养。但有 5 个女孩没人领养,严雪花一直精心抚养她们长大成人,然后把她们一个个嫁了出去。

村妇严雪花,在 38 年时间里陆续抚养了 140 多个弃婴,这需要付出多少精力? 这需要多强的毅力才能坚持下来? 支撑严雪花几十年不停歇收养弃婴的,既有她宽广的慈爱情怀,又有她高尚的仁善精神。

2008 年,严雪花被评为浙江省十大杰出母亲,受到浙江省领导表彰。

2009 年,严雪花被评为浙江省首届道德模范,再次受到浙江省领导表彰。

鲜花和掌声、荣誉和奖励,是对严雪花慈爱向善行为的赞许和肯定。

2017 年底,严雪花收养弃婴的行善事迹被深圳建辉慈善基金会获悉后,他们委托温州仁爱义工协会每季度走访慰问严雪花,给予她每月 500 元的慰问金。此项走访慰问活动,一直持续到现在。温州仁爱义工协会秘书长姚赞告诉笔者,"致敬行善者"的这项活动,是让好人有好报,激发大众多行善事。

月塘社区敬老孝亲的美德蔚然成风,典型人物不止严雪花一个。被评为月塘社区慈孝模范户的徐梅芳,她孝敬婆婆的美德,受到人们的赞许。

徐梅芳的婆婆李彩娟,70 多岁时患上各种疾病。为了更好地照顾婆婆,徐梅芳请了保姆,2 人一起无微不至地照顾老人。

她在城关晨曦路建了 2 间新房子,为使婆婆出入方便,她专门在 1 楼为婆婆布置了房间,让婆婆住得舒心。因婆婆年老体弱,双脚浮肿积水,徐梅芳不辞辛劳,带着婆婆四处求医,并不厌其烦地喂药服侍。平时,徐梅芳经常给婆婆购置生活用品,像女儿一样关怀体贴老人。

月塘社区张彩娟对婆婆十分孝顺,很乐意婆婆住在自己家里。婆婆在 86 岁那年瘫痪在床,她和保姆一起照顾婆婆。88 岁的婆婆在去世前有个心愿,就是希望在家中去世,而不是在医院。

张彩娟知道这是因为婆婆受到旧观念影响,认为能在家中去世,是有福气的体现。张彩娟夫妇和孩子们让老人在自己的家里驾鹤西去,圆了老人的心愿。大家都说张彩娟一家的孝行,令人感动。

在月塘社区,像徐梅芳、张彩娟这样孝顺老人的媳妇还有很多。这些慈孝典型人物的涌现,离不开月塘社区“两委”对慈孝乡风的弘扬。

早在 1992 年,月塘村就建立了村民教育奖学金制度,对本村户籍的学生升学,都给予相应奖励,以此引导学子们读书成才,报效社会。

仙居城区的快速发展,无疑要征用大量土地,失地农民今后生活怎么办,这是关系到民生的大问题。月塘村“两委”班子心中有大爱,想方设法解决这个棘手的问题。

2004 年,月塘村“两委”,针对失地村民制定了政策,即为 216 位年满 60 周岁的男性村民和年满 55 周岁的女性村民办理养老保险,每人每月可领取 190.2 元生活保障金,月塘村由此成为仙居县第一个发放失地农民养老保险金的村。失地农民老有所养,心无忧愁,社会治理便更好了。

2006 年,月塘村被评为全国敬老模范村。这个荣誉来之不易,也实至名归。

月塘村"两委"把获得的这个全国性荣誉,看作打造尊老爱幼乡风和以德治为基础推进各项工作的契机,不断探索基层治理新的路径。

2012 年 2 月 24 日下午,为贯彻落实仙居县第十三届党代会第一次会议提出的"加强信用建设,培育良好社会心态,大力打造仙居文明道德风尚,不断提高公民素质"的精神要求,仙居县召开了乡风文明建设试点工作动员会。会议决定,在全县农村开展乡风文明建设试点工作,着力提升公民道德素质,致力改善社会风气。

这次会议,给月塘村"两委"在乡风文明建设中指明了新的方向。

2012 年 3 月,月塘村"两委"提出筹建慈孝爱心基金,讨论了筹资方案、基金运行方案以及领导机构框架,以此推进乡风文明建设。

2012 年 5 月 22 日,月塘村"两委"发出筹建慈孝爱心基金的动议后,大家踊跃捐款。

村民王均弟到村委会办事,听说村里开展慈孝爱心捐款,当场主动捐了 2000 元。84 岁的老党员王炳炎,积极捐了 2000 元。村"两委"干部及全村党员、村民小组组长,一共捐了 31 万元。

陆彩英是 2006 年考进月塘村当会计的，每月工资仅有 1200 元，但她主动捐了 1000 元。大家知道陆彩英不是月塘村村民，劝她不用捐款。但她说："慈孝是中华民族的传统美德，村里设立慈孝爱心基金，有利于弘扬慈孝文化，促进乡风文明建设，这是大好事，我也应该出点力。"

2012 年 5 月 29 日一大早，月塘村的干部和群众便喜气洋洋地来到位于月塘村的名家大酒店大会议室。

会场布置得喜庆、热烈。

"福应街道推进乡风文明建设暨月塘村慈孝爱心基金成立大会"的大红横幅，悬挂在主席台前。

主席台背景墙上是月塘村村容村貌图，图上"打造慈孝名村，推进乡风文明"这几个红色大字呈弧形排列，"福应街道月塘村党支部、村委会"和"2012 年 5 月"以黄色小字分行排在下方。会议的主题、主办单位及时间一目了然。

在会场上方的横梁上，还悬挂着一条横幅："弘扬孝敬美德，建设和睦家庭，构建和谐社会。"这条横幅给人以温暖之感。

浙江省经济合作交流办公室领导、台州市老龄委办公室领导和仙居县委宣传部领导出席会议。福应街道党工委、办事处领导主持会议。

月塘村的村民感受到了各级领导对此次会议的重视。

月塘村委会领导在通报月塘村慈孝爱心基金筹备情况时指出，月塘村设立慈孝爱心基金，具有 3 个方面的重要意义：一是弘扬传统美德，传承中华文明，树立尊老敬老的优良风气，促进老龄事业的发展；二是通过学孝、劝孝、行孝，激发村民的敬老之心、爱老之心、助老之心；三是有助于形成好家风、好民风、好村风。

无论是在城镇，还是在乡村，推进乡风文明建设，只要出发点和落脚点落在传承和弘扬优秀传统文化的这一点上，便会得到百姓的认同和支持。

此次月塘村设立慈孝爱心基金也是如此，捐款仪式分为"月塘村委会""月塘村党员代表、村民代表、老人代表""月塘村辖区企业代表""社会各界爱心人士及月塘籍在外工作人员""县相关部门、单位代表"5批代表上台捐款，与会人员掌声热烈，现场共收到168万元捐款。

月塘村慈孝爱心基金理事会也同时成立，监管基金使用。

月塘村党支部领导在会上讲话时表示，村里设立的慈孝基金主要用于：一是设立孝敬节，开展孝敬老人活动；二是评选表彰"慈孝明星"和"爱心明星"；三是在重阳节为全村所有60周岁以上老人举行集体祝寿活动；四是慰问救助受灾困难家庭；五是给予困难老人补助；六是建立高龄老人生活补助制度，对全村75周岁以上老人，给予每人每年600元的生活补助；七是建立月塘村村民教育奖学金制度；八是建立月塘村村民大病医疗补助制度，对村民大病医疗花费达到5万元以上的，一次性给予10％的大病医疗补助金；九是邀请文化团体"送戏下乡"，丰富老年人精神文化生活；十是开展孝敬教育系列宣传活动。

这些年来，月塘村在村"两委"的领导下，相继被评为全国敬老模范村、小康村建设示范村、社会主义新农村建设示范村和文明村。月塘村党支部多次被评为省、市、县先进基层党组织，并获得"台州市模范集体""台州市五好党支部"等诸多荣誉。

与会人员相信，月塘村慈孝爱心基金设立后，全村在村"两委"班子的带领下，各项工作会更上一层楼，慈孝美德会得到更好的弘扬。

事实的确如此。以慈孝为抓手的乡风文明建设工作，在月塘村广泛地推进。

2012 年 10 月 20 日，再过 3 天就是重阳节。为了不影响大家工作，月塘村"两委"利用星期六的时间，提前给村里 100 多位 75 岁以上老人举办祝寿会，为全村 60 周岁以上的老人送生日蛋糕。这一活动营造了良好的敬老爱老的乡风。

仙居县城的发展，涉及城市建设、公共事业、经济发展、仙居新区建设等 28 个项目，相继征用了月塘村近 1500 亩土地。征用农民土地容易产生矛盾。月塘村"两委"发挥了慈孝传统文化的作用，村民从家庭之爱，提升到对社会的大爱，境界得以极大提高，格局得以打开，从没有因征用土地而产生要求上级解决的矛盾纠纷。

2013 年，作为仙居城区"城中村"的月塘村，改为月塘社区。村改社区，基层治理也相应地发生了变化。但是社区班子认为，社区治理还是要以德治为基础，以深得民心的慈孝文化建设为着力点，以此推进社区的自治和法治建设。

2018 年 10 月，王增朝当选为月塘社区党总支书记。2020 年底，社区换届时，他当选为月塘社区党委书记、社区居委会主任。王增朝成为月塘社区带头人后，一如既往地发挥慈孝文化的润化作用，对敬老孝老、关心学子、帮困扶弱等一系列工作常抓不懈。

这些年,月塘社区在重阳节给股份经济合作社(即原村民)的 60 岁以上老人赠送价值 100 元的蛋糕票,年底还给他们 60 元现金;75 岁以上的 100 多位老人,社区同样给他们 100 元蛋糕票,年底给他们 600 元现金;社区还每年给 100 岁以上老人 1 万元。

每年过年前,90 多岁的陈世良夫妻,都会收到社区送给他们的 3000 元困难党员补助金,2 位老人感到非常高兴。

2021 年 6 月 3 日,是吴春香老人 81 岁的生日,社区干部拿着蛋糕和水果到她家里祝寿。老人高兴地说:"过去是子女给长辈祝寿,现在社区干部都想着我们的生日,还给我们送蛋糕和水果,现在共产党的干部真是好!"

社区还给 60 岁以上的老人投保了个人意外伤害险。从 2008 年 4 月开始的居民大病保险后补助 10% 的政策,一直没有改变。从 2022 年开始,社区还给老人们投保了"台州利民保"。

2021 年,社区已为股份经济合作社社员支付大病医疗补助金 10 多万元。

社区还实行了奖励学子的政策。考上本科的学子,社区奖励 1000 元;考上重点本科的学子,奖 1500 元;考上研究生的学子,奖 3000 元;考上博士的学子,奖 1 万元。每年社区发放奖学金达 5 万多元。

月塘社区股份经济合作社社员,每年能领到 600 元粮食补助款、100 元购物卡,失土农民每月能领到六七百元的保险金。

社区尊重老人、重视教育的政策,惠及百姓,谱写人间大爱,受到大家的好评，也大大推进了重点工程的建设。

盂溪大坝改造工程，要征用月塘社区居民耕种的土地，征用协议顺利签订；南峰公园 3 期工程涉及征用月塘社区的 4.2 亩土地，征用协议顺利签订；晨曦路拓宽涉及的 11 户 16 间房屋顺利完成征迁；用地 56 亩、建造 600 套"立改套"房屋的河塘月色小区建设完工，较好地解决了经济合作社缺房户的困难。

月塘社区党委副书记王贵祥告诉笔者，月塘社区弘扬慈孝文化，对辖区的百姓关爱多了，民心就顺了，矛盾就少了，基层治理取得了事半功倍的效果。

春秋轮回，明月朗照。月塘社区崇尚慈孝的良好风气，让优秀传统文化生生不息。

第二节　慈孝春风温暖万竹口

　　皤滩古镇，是唐宋元明清时期的重要水陆码头。这里的船埠码头、民居古街，无不折射出古镇历史上的喧闹与繁华。这里还出过文进士、武状元。这里起源于唐代的针刺无骨花灯，被列为首批国家级非物质文化遗产。

　　穿过享有"中国历史文化名镇"美誉的皤滩古镇，来到古镇西南 3 公里处一个名叫"万竹口"的小山村，在青山环抱、溪水绕村的恬静祥和中，浓重的慈孝文化气息扑面而来。

　　村口供村民和往来路人憩息的路廊，虽然简易质朴，但展现了丰富的慈孝文化。正面廊柱上书写着"慈孝亭" 3 个隶书大字。路廊一边墙上张贴着彩色字的标语："慈孝新仙居，善爱万竹口。"路廊另一边墙上有《二十四孝图》和书法作品，书法作品写的是："人为善，福虽未至，祸已远离；人为恶，祸虽未至，福已远离。"这选自明朝袁了凡先生所作的《了凡四训》，万竹口村把这句颇能震慑人心的弃恶向善的警句，布置在村口人来人往的路廊墙上，体现出万竹口村建设"善爱村居"的良苦用心。

　　时任万竹口村委会主任的陈建飞感慨地对笔者说："知善才

能向善,宣传很重要。"

村口广场一端的文化墙更显慈孝文化宣传特色。在村规民约的宣传栏中,万竹口村把弘扬社会公德、职业道德、家庭美德和尊老爱幼、邻里和睦相处的慈孝内容列入村规民约之中。

在"万竹口村赡养父母要求"的宣传栏中,列出了 10 条要求,这 10 条要求具体而生动:

一、保证父母有房住,吃饱、穿暖。

二、节假日与父母团聚,并送父母喜欢的礼物,给父母洗衣做饭。

三、支持父母的业余爱好,并尽量参加他们的活动。

四、父母的零花钱不能少。

五、经常跟父母沟通,聆听父母的唠叨;父母骂不还口,打不还手。

六、给父母购买合适的保险。

七、定期带父母体检,有病及时医治。

八、每年陪伴父母外出旅游一次。

九、支持单身父母再婚。

十、为父母举办生日宴会。

民以食为天,衣食冷暖放在第一条。笔者了解到,仙居有的村还把"让父母住朝南屋"这一条列入村规民约。因为朝南屋冬暖夏凉,住起来舒适。

陈建飞笑着说:"第二条是专门针对在外工作的子女的。要他们在节假日回家看看父母,而且要洗衣、做饭,回家不能像'老爷''公主'一样,父母的衣服不洗,饭也不烧,碗也不洗,吃喝一通抹嘴开溜,这是不行的!"

支持单身父母再婚,也列为村规民约内容之一,慈孝理念融入了现代文明之风。

在"万竹口村'十佳孝星''善爱之星'评选条件"宣传栏上,明确"十佳孝星"候选人要达到"万竹口村赡养父母要求"的10条要求。"善爱之星"的候选人要达到2条要求:一是"平时乐于助人,与左右邻居和睦相处";二是"有奉献行为,能为集体公益事业出钱出力,且数目较多"。

还有一个题为"善爱基金,传递仁爱"的宣传栏,公示村里设立善爱基金是出于帮老扶幼、造福村民、改善村风民风、弘扬文明乡风的目的。善款主要用于帮扶老弱病残、资助贫困生、奖励大学生、表彰慈孝先进人物、资助老年人文体活动等。

尤为可喜的是,万竹口村是仙居县第一个设立慈孝基金的村,其开创精神尤为可嘉。

那是2012年4月26日,是谷雨后第六天。农村民谚有"清明断雪,谷雨断霜"一说,过了谷雨便无霜,而且雨水充沛,万物蓬勃生长,故谷雨有"雨生百谷"之说。在这"杨花落尽子规啼"的时节,万竹口村在村口广场上召开善爱基金捐助暨义工服务队成立大会。捐款现场十分感人,在这个只有378户、1305人的小山村,村民纷纷向捐款箱投入捐款。

在捐款期间发生了一个小插曲。有一位开车路过该村的50多岁的男子,了解到村民在为设立的善爱基金捐款,他便来到捐款箱前,捐了 500 元。

村委会主任陈建飞笑着劝阻道:"这位老哥,我们捐款设立的善爱基金,是服务于本村的老人和小孩的。你不是本村人,捐了款,也无法享受基金带来的好处。谢谢你的好意,请你不用捐款!"

没想到这位男子坚持说:"我不是为了自己能得到回报才捐款的。你们村设立善爱基金,倡导尊老爱幼的社会风气,这非常好,应该支持。我身上只带了 500 元现金,钱不多,表表我的心意!"

陈建飞见推辞不掉,便叫他留下姓名和联系地址,这位中年男子忙摇着手说:"不用,不用!"他把钱投入捐款箱,便开车匆匆离去。

这位中年男子献爱心不留名,把捐款活动推向了高潮。有村民说:"路过这里的外地人都给我们村善爱基金捐款了,我们本村村民更应该积极捐款。"于是,大家纷纷向捐款箱投入 50 元、100 元、1000 元、1 万元。在外经商办企业的村民,都捐了数万元。村委会主任陈建飞捐得最多,他 1 人就捐了 3 万元。最后,由大家捐助的善爱基金达 19 万元。

万竹口村通过发动村民捐款设立善爱基金,推进慈孝活动开展,有力地促进了村"两委"班子的团结。

在 2012 年以前的一段时间里,村里各项建设事业没有得到很好的发展。

2012 年,村"两委"新班子积极开展慈孝文化建设活动,班子团结了,各项公益事业建设快速推进。

时任万竹口村老年人协会会长陈衡荣高兴地对笔者说,通过开展慈孝文化建设活动,村里干部团结了,村民的心热起来了,村里自来水、环村道路、公共厕所等公益事业做起来了,村容村貌也有了极大的改观。村里恢复了有300多年历史的地方戏曲"乱弹"的剧团,还组建了军乐队、排舞队、腰鼓队、舞狮队,村里老年人、年轻人都积极参与文化娱乐活动。大家自娱自乐,极大地丰富了村民的文化生活,提升了村民的生活质量,村民都感到快乐。周边的许多村民都说,做万竹口村的村民真幸福。现在万竹口村的村民很有自豪感。

每月15日,村里为老年人举办集体庆祝生日活动。把在这个月过生日的老人集中到村委会的院子里,请他们观看村民自编自演的节目,请他们吃生日蛋糕和"长寿面"。

参加生日庆祝活动的张阿婆,笑得泪水满眼眶,她说:"过生日这么热闹,我活到75岁都没有这样开心、高兴!"

78岁的陈阿公吃着"长寿面"说:"生活条件好了,子女也曾烧起一大桌饭菜为我庆贺生日。现在村里为我们老人集体过生日,这一碗普普通通的'长寿面',却吃得心里暖乎乎的。村里这是在树立敬老的好风气,社会上人人敬老爱老,我们老年人就有福了!"

陈建飞对笔者说:"我们村尊老爱幼是有传统的,也有许多感人的事例,我们着力把这些先进事例宣传好,让村里尊老爱幼的美德蔚然成风。"

陈银连与小妹陈笑燕共同尽心赡养父母的事迹非常感人。母亲患病卧床不起,陈银连与母亲同住一室,三更半夜随时起身为母亲递茶倒尿，没有半句怨言，一直服侍到母亲去世。

陈封平原来在外经商，因父母年事已高，为了照顾父母，他放弃经商，回家照顾父母生活。他不但对父母孝顺，还乐于助人，为村里公益事业捐款累计达3万多元。

金冬梅和金福妹多年来义务照顾朱妙娟的事迹被村里人们传为美谈。

朱妙娟70多岁时，丈夫亡故，夫妻俩无儿无女，村里把朱妙娟申报为低保户。朱妙娟患糖尿病，两脚糜烂，身体浮肿，冬天寒冷时她的哮喘还会发作。

住在朱妙娟隔壁的金冬梅，知道朱妙娟在村里没什么亲戚。于是，金冬梅看到朱妙娟日常生活有什么不便时，就主动前去帮衬，比如给她烧饭，给她按摩，陪她说话解闷，2人情同姐妹。

其实金冬梅生活也比较困难，她比朱妙娟小6岁，丈夫早亡，自己也需要儿子照顾。

到了2012年，朱妙娟87岁了，金冬梅也81岁了，但金冬梅还是一如既往地照顾朱妙娟的饮食起居。

2013年盛夏，连续高温。有天深夜，金冬梅热得难受，睡不着觉。她喊起小儿子陈伟洪，叫他到隔壁看看朱妙娟，担心这样的大热天朱妙娟会出事。

陈伟洪来到朱妙娟家，只见朱妙娟在床上手脚乱动，满头是汗。朱妙娟耳聋，陈伟洪问她有什么不舒服，她也听不见。陈伟洪猜想她是热得难受，便跑回家拿来草席铺在地上，扶她在席子上躺着，待她睡着后才回家。

金冬梅听陈伟洪说朱妙娟睡着了，才安心入睡。

到了 2017 年，离金冬梅家 100 多米远的金福妹，看到金冬梅患高血压，行动不便，也需要儿子和媳妇照料，金福妹便主动照顾起朱妙娟的生活。当时，金福妹的丈夫因骨髓压迫动了手术在家休养，家里家外全靠金福妹料理，但是她还是每天抽空到朱妙娟家帮忙。

金福妹于 1991 年嫁到万竹口村，大家都称赞她是好媳妇。她的公公婆婆一直跟她一起生活。公公中风卧床 30 多年，她为了减轻婆婆照顾公公的劳累，几十年如一日地悉心照料公公的饮食。

孝顺的金福妹，受到村民的称赞。2017 年，村"两委"换届时，村民一致选 50 岁的金福妹为村委会委员、村妇女主任。村民认为，有孝心的人，心地善良，能为群众办实事、办好事。

平时，朱妙娟的一日三餐，由村里食堂的义工送。每年到了农历腊月二十一日村食堂放假停炊，金福妹便在家里烧好可口的饭菜，亲自送到朱妙娟床前，服侍她吃饭。

朱妙娟饮食习惯有点特殊，早上她不吃粥，金福妹也不嫌麻烦，单独为她做豆浆、蒸馒头，有时还煮粽子给她吃。

中饭和晚饭，金福妹轮流更换着做米饭或面条。她总是烧朱妙娟爱吃的豆腐、青菜以及各种荤菜。

金福妹隔三岔五给朱妙娟洗澡、洗衣服，天天给她家打扫卫生。做这些事，金福妹虽然辛苦，但也能克服。由于朱妙娟患糖尿病造成双脚溃烂，脓水臭气扑鼻，金福妹常常恶心得难以忍受。同时，她也为朱妙娟双脚溃烂、疼痛不止而心疼。

于是，金福妹四处求医，为朱妙娟治疗溃烂，但均没有效果。

后来她打听到一个民间土方可以治溃烂,经过半年多的天天涂抹,朱妙娟双脚的溃烂,竟让金福妹给治好了。

朱妙娟感动地对金福妹说:"你真是修行人、活菩萨,天天送饭给我吃,还帮我治好了烂脚病,我这一辈子无法报答你!"

金福妹说:"我是村干部,帮您也是应该的,您不要记挂在心上。"

2019 年 12 月的一天,朱妙娟起床不慎摔倒,臂膀骨折,屎尿都拉在床上。

金福妹来到朱妙娟家,发现这一情况,马上烧起热水,清洗朱福妹的身子,整理床铺,然后跟时任村党支部书记陈建飞汇报。陈建飞组织人员把朱妙娟送到横溪医院治疗骨伤。

朱妙娟出院后,村"两委"决定以每月 4500 元的工资雇一个保姆,照顾朱妙娟的生活。

几个月后,由于保姆辞职了,村里把朱妙娟送到县城一家养老院生活。

金福妹每月都去县城养老院看望朱妙娟,养老院的老人们看金福妹对朱妙娟这么好,都以为她是朱妙娟的女儿。

2020 年 1 月 19 日 1 点钟,朱妙娟在养老院病故,享年 98 岁。万竹口村"两委"干部为朱妙娟办理了丧事。

村民感慨地说:"无儿无女的朱妙娟,能活到 98 岁,是金冬梅、金福妹接力义务照顾老人的结果,是村'两委'班子倾心关爱的结果。"

陈建飞说,万竹口村通过实施"知孝、行孝、督孝、评孝、奖孝"一系列举措,使村风民风有了极大的改善。

　　这些年,陈建飞着力弘扬慈孝文化,受到村民的尊敬。2017年村党支部换届时,他当选为村党支部书记;2020年村"两委"换届时,他再次当选为村党支部书记、村委会主任。他带领村"两委"开展以慈孝文化为载体的德治,融合自治和法治,村里各项工作取得了令人瞩目的成绩,万竹口村相继被评为"仙居县慈孝创建先进单位""仙居县十大老人服务示范村""台州市文明村""浙江省文明村"。

　　2020年,陈建飞与村"两委"班子反复研究,认为万竹口村房屋破旧,私搭乱建杂乱无章,而且改造卫生设施很困难。为了改变村容村貌,让村民居住条件跟上新时代发展水平,村"两委"决定筹集300万元资金,拆除大部分旧房,打造宜居的"精品村"。

　　这项工程牵涉面广,工作难度大。但村"两委"勇于担当,为老百姓办实事,受到大家的高度肯定。涉及征迁的村民,全部签署了同意征迁意见书。

　　为使房子早日拆迁,大家自觉投亲靠友借住。陈建飞等村"两委"干部也急征迁户之所急,把投亲靠友有困难的村民安排到村办公楼暂住,或给予每户3000元租房安置金。总之,村"两委"对征迁涉及的村民,包括困难户、低保户,都予以妥善、细致的安置。

　　村民对新的家园充满期待。他们相信,慈孝风气浓厚的万竹口村,一定会成为宜居的家园。

　　2021年重阳节,70多岁的陈义,把平时捡废品获得的1万元收入捐给村慈孝基金会,引起在场村民的赞叹。

　　万竹口村自开展慈孝文化建设的 12 年里,慈孝之风滋润着乡风文明发展,有力地促进了基层治理。该村还成为浙江省委党校"慈孝文化与社会治理"现场教学基地,获得"台州市关心下一代工作先进集体""仙居十大长寿村"等称号。

第二章　滴水之爱成涌流

第一节　慈爱铺平奋进路

年少时的王雪娟，每天都是乐呵呵的。她以积极乐观的态度面对人生，有较强的亲和力，读高中时，便被选为校学生会主席、校团委书记。

许多同学认为王雪娟前途无量，王雪娟也想上大学，将来找一份好工作。但是"理想很丰满，现实很骨感"。

王雪娟高中毕业后，有一天，满脸沧桑的父亲对她说："就是借高利贷，也要供你复读考大学！"

王雪娟知道家里经济困难，她诚恳地跟父母说："不能因为我复读考大学而让弟弟辍学，我出门打工挣钱。"

宁愿牺牲自己的人生前途，也要关爱弟弟的王雪娟，放下书包，拿起背包，到县城开了一间织毛衣的小店，给人加工毛衣。

20世纪80年代，和全国各地的人们一样，仙居百姓也充满发家致富的梦想。王雪娟也不例外，她抱着一个美好的信念："只要勤劳，总会走上致富路。"

就这样，农闲时，王雪娟在城里开店；农忙时，就回到双庙乡上王村帮父母干农活。在村里，王雪娟拿起笔，把村里的好人好事写成稿子,寄给县广播站。当稿子播出后,她觉得弘扬好人好事的精神,为社会风气向好做出了贡献。为此,她感到无比高兴,很有成就感。

有人问她:"为什么喜欢写这类好人好事的消息?"

王雪娟说:"我很崇拜雷锋为老百姓做好事的无私精神。大家都学雷锋做好事,村里就会更和睦,社会风气就会更好。"只有十七八岁的王雪娟,已深刻认识到良好的社会风气是基层稳定的重要基础。

王雪娟所体现出来的吃苦耐劳、敬老爱幼、积极向上、乐于助人的品德,受到村民的称赞。村党支部看到她是好苗子,便把她吸收到党员队伍中来。

王雪娟 23 岁时,嫁到怀仁乡路北村(现为下各镇怀仁路北村)。丈夫张剑文 1968 年出生,比王雪娟年长 1 岁,也是农民。

结婚后,他们有了儿子,取名张宇耀,这名字寄托了夫妻俩对儿子的深切期望。

儿子上初中后,丈夫在外打工,王雪娟到杭州一家化妆品公司当业务员,年收入达 10 多万元。正当王雪娟信心满满地在致富路上快马加鞭疾驰时,意想不到的事发生了。

一天,王雪娟从杭州回到仙居老家,她听到了极不愿听到的事:一直在父母面前乖巧的儿子,竟成为不愿读书的同学们口中的"耀哥",当起了他们的"老大"。

王雪娟知道,父母外出打工,儿子成为留守儿童,虽然有爷爷奶奶照顾,但处于叛逆期的孩子,隔代的长辈是难以管教的。

面对儿子的现状,王雪娟彻夜难眠,她不知道如何管教儿子：是打骂，还是听之任之，让他滑落到哪里算哪里？

　　她知道，独生儿子是"小皇帝"，一家人把他惯坏了。唯一的儿子，任他这样下去，她不甘心。思前想后，王雪娟给儿子写了3页纸的信，以笔谈的方式，跟儿子交流。

　　"儿子，妈妈实在不知道该以怎样的方式跟你交流，但是妈妈知道，你是我心目中最棒的儿子……"

　　信上写满了王雪娟对儿子的愧疚和希望。质朴的语言，寄托着一个母亲最深厚的慈爱之心。

　　整整过了3天，儿子给她回了信："妈妈，我知道自己不是您引以为傲的儿子。可是请您相信，我会改变的……"

　　读着儿子的回信，王雪娟泪流满面，儿子还是当初的儿子，而母亲则要做一个称职的母亲。

　　接着，王雪娟通过跟儿子一次次的交流，知道了儿子最需要的是什么，也明白了父母在孩子成长过程中具有不可替代的作用。只要父母用心，孩子都会感受得到。

　　于是，王雪娟毅然辞掉业务员一职，从杭州回到老家，照料儿子的饮食起居。

　　王雪娟的母爱，如阳光温暖着儿子的心，如明灯照耀着儿子前行的路。

　　经过几年的努力，王雪娟看到儿子变好的同时，也收获了满满的骄傲。她的儿子不仅考上了高中、大学，而且变得越来越孝顺、越来越乐于助人。她也赢得了乡亲们的一致好评，大家都说："王雪娟教育儿子很有一套！"

　　儿子的转变，让王雪娟感到满足。但是，她在关心儿子成长的同时,发现很多村民都外出打工,留下孩子让爷爷奶奶或外公外婆照顾,这些留守儿童就像之前自己的儿子一样,没有父母在身边,缺少有效的关爱和教育。

儿子有个同伴,长得白白胖胖,头脑非常灵活。由于他的父母长年在外打工,爷爷奶奶管不住,父母又在外管不着,结果他走了歪路,王雪娟感到十分可惜。她想:如果当时有人好好管教这个孩子,他也许就不会走上歪路。假如,有人给这个孩子更多的关爱,他也许能像自己儿子一样考上大学。

留守儿童由于得不到良好的管教而走上歪路,这成为王雪娟的心结。于是,她的心里萌发了给留守儿童一个"家"的想法。这个想法就像是一颗春天里发了芽的种子,在王雪娟的心中疯长。

2010年的春天,身为下各镇怀仁路北村委会委员、村妇女主任的王雪娟,在仙居县妇联了解到:为了加强未成年人思想道德建设,促进农村未成年人健康成长,浙江省委、省政府在全省范围内开展"春泥计划",集聚整合社会力量和资源,在中小学寒暑假、传统节日和双休日等校外时间,组织引导农村未成年人开展实践体验活动。

王雪娟的想法与省里开展的这项活动不谋而合。她想:是该将自己的想法付诸行动了,这也是自己作为村妇女主任义不容辞的责任。

于是,王雪娟决心创办留守儿童之家。她跟丈夫和儿子谈了自己的想法,他们给予大力支持。

没有教室和活动场地,王雪娟把自家在集镇区的出租房收回来。这幢 4 层的房子,每年租金就达四五万元,用作留守儿童教室和活动场地,每年就少了四五万元的收入,但她不心疼。

2010 年 4 月 3 日,星期日,王雪娟创办的"东篱之家"正式开张,这是仙居县第一个留守儿童之家。

许多人闻讯前来了解,得知"东篱之家"在每个周末和假期,免费照料留守儿童,免费为孩子们提供饮食。王雪娟给孩子们辅导作业,组织他们做游戏,让他们学习中华优秀传统文化,如为他们读《弟子规》《三字经》等,教给他们做人的道理。人们被王雪娟的善举感动,但也有许多人认为王雪娟的这种善举难以持续下去。

王雪娟不知道自己创办"东篱之家"、关爱留守儿童的这条路能够走多远,但她坚持走好每一步。

每个周末,王雪娟会辅导留守儿童做作业,教授《弟子规》等课程。王雪娟让孩子们吃水果、牛奶等食品,让他们打羽毛球、下象棋,并为留守儿童做可口的午饭、晚饭。留守儿童在这里感受到了母爱,他们亲切地喊王雪娟为"王妈"或"王妈妈"。

14 岁的顾佳佳(化名),是"东篱之家"的第一批"小候鸟"。由于她的父母长年在广州打工,从小学三年级开始,一到周末,奶奶便把她送到"东篱之家"学习。

"我爸爸妈妈已经好几年没有回家了,有时候我都快不记得他们长什么样子了。"说起爸爸妈妈,小女孩的眼神中闪过一丝落寞,但很快她又高兴地说道,"不过我还有'王妈',她对我们很好,经常陪我和小伙伴们一起聊天、做游戏。在这里,我一点儿也不孤单。"

　　王雪娟为了更好地关爱留守儿童,在课余时间,她会听每个孩子谈上周在学校的表现,她还利用晚上的时间到孩子的家里进行家访。

　　"周叶叶(化名)的奶奶反映孩子看电视的时间太多,晚上很晚才上床睡觉;顾璐璐(化名)这周考试成绩不佳,回家被奶奶责骂后一直在生气……"通过家访,像这样的笔记,王雪娟已经记录了好多本。

　　王雪娟深深地感受到留守儿童内心的渴望,她知道只有了解孩子们的生活状况和思想动态,才能够更好地和孩子们沟通。她更知道每个孩子都有自己的想法,他们需要引导,需要关爱。

　　对"问题小孩",王雪娟也从未放弃。王松(化名)在学校被同学们讨厌地称为"捣蛋鬼"。因为父母长年在外务工,没人管教,所以他沾染上了坏习惯,经常偷东西、与别人打架。

　　后来,王雪娟发现,每个周末"东篱之家"上课期间,王松都会偷偷趴在教室外面的窗户上往里边看。

　　一开始,王雪娟就想把他接到"东篱之家"来,但又担心带他进"东篱之家"学习会影响别的同学。直到有一天,她在路上看见王松的脸被爆竹炸肿了也没人管,她心疼了。于是,她把王松带进了"东篱之家"。在这个温暖的大家庭中,王松的行为习惯渐渐发生了改变。

　　在"东篱之家",王雪娟不但要照料孩子们的生活起居,辅导孩子们的功课,而且她要想方设法为孩子们创造与自己父母交流的机会,不让这份亲情因为长久的分离而变得淡漠。所以,每隔几个星期,王雪娟便会组织孩子和父母进行视频聊天。

在这个留守儿童之家，处处充满了王雪娟对留守儿童的耐心、细心和爱心。附近各村的留守儿童，都渴望来这里享受"王妈"的关爱。

因此，在"东篱之家"的留守儿童，常常有四五十人，最多时达到70人。

11岁的小顾是"东篱之家"的一员，他的爸爸妈妈都在北京打工，他从小跟着爷爷奶奶生活。有一天，小顾给爸爸妈妈写了一封信，信中他这样写道：

> 爸爸妈妈，我知道你们是为了家里能盖新房，为了能让我上更好的学校，才去打工的。可是，5年了，爸爸妈妈呀，你们到底什么时候才能回来啊？
>
> 爸爸妈妈，你们知道吗？我现在在村里的"东篱之家"，这里有好多和我一样的留守儿童。"东篱之家"有电视、电话，还有电脑，我们可以在这里读书、做作业、看动画片。这里的"王妈"对我们特别好，经常给我们讲故事，陪我们玩游戏，还会做好吃的给我们吃。前些天，她还给我们过了一个集体生日，那是我第一次吃到这么大、这么甜的蛋糕呢！爸爸妈妈，我告诉你们个小秘密。有一次，我梦见妈妈回来了，妈妈长得和"王妈"一样，我跑着，喊着"妈妈，妈妈"，结果，梦却醒了……

2013年5月1日，一位70多岁的老人，用三轮车载着一个小女孩和一个小男孩来到"东篱之家"。他神情凄惨地对王雪娟说出孙女、孙儿的可怜处境。

原来,这位老人姓赵,来自10多公里远的大战乡的一个小山村。他的大儿子娶了一个外地人,生了一个女儿,取名赵桂(化名)。后来儿媳妇离开了家,儿子又长年不在家,只能由老人担负起抚养孙女赵桂的重任。现在赵桂11岁了,在大战乡上小学。老人的第二个儿子也娶了一个外地人,生了一个儿子,取名赵龙(化名)。在赵龙1岁时,赵龙的父亲车祸身亡,母亲离家出走,赵龙成为孤儿,也由老人抚养。赵龙已在大战乡的小学读一年级了。

老人对王雪娟说:"我年纪大了,真怕带不大这2个小孩!但不管多难,我活一天,就要把这2个孩子带大一天。听说你这里收留留守儿童,求你帮我教教这2个可怜的孩子。"

王雪娟听着老人的叙说,同情得泪水盈满眼眶,她满口答应接收这2个孩子。

每个星期五下午放学后,老人便用三轮车把赵桂、赵龙从大战乡中心小学载到"东篱之家",2个小孩吃住、学习都在这里。星期天晚上,老人再把小孩接回去。

赵桂初中毕业考上幼儿师范学校,才结束双休日在"东篱之家"的学习。她无论是在幼儿师范学校学习期间,还是毕业后在路桥区工作,一直都把"东篱之家"当成自己的家。每当回仙居,她都要到"东篱之家"看望"王妈"。

2020年秋天的一个下午,赵桂来到"东篱之家",她跟"王妈"说,她在路桥结婚了,生了一个儿子。她说他们没有举办婚礼,没有让"王妈"喝上一杯喜酒,心里很过意不去。

王雪娟感动得抱住赵桂说:"我的好孩子哟! 难得你有这份孝心。你没办婚礼,不是你过意不去,是'王妈'过意不去。你如果早点跟'王妈'说,'王妈'就会给你操办婚礼。"

王雪娟想了想说:"你跟你丈夫和公婆商量一下,抽个时间一起来'东篱之家',我们为你补办婚礼。女孩子出嫁不办婚礼,会留下一辈子遗憾的。"

2021 年 11 月一个星期天的上午,赵桂抱着儿子,和丈夫、婆婆一起,高兴地来到"东篱之家"。

当天中午,王雪娟和在"东篱之家"的留守儿童们,给赵桂披上了婚纱,为赵桂举办了简朴而热烈的出嫁仪式。他们在"东篱之家"办了 3 桌婚宴,喜送赵桂出嫁。

王雪娟还送给赵桂 1 条棉被、1 套大红衣裳,还有 1 本《弟子规》。

赵桂感动得泪水盈盈。

赵桂的婆婆和丈夫也感动万分,他们觉得"东篱之家"真是赵桂的家,王雪娟真是赵桂的好"王妈"!

一批批来"东篱之家"学习过的留守儿童,无不把"东篱之家"当成自己的家。

事实上,王雪娟也明白,"东篱之家"不管做得多好,也无法填补留守儿童对父母的思念和对亲情的渴望。因此,早在 2013 年,她就开始劝那些在外打工的年轻父母回到仙居打工,不要让孩子成为留守儿童,要让孩子享受应有的父爱和母爱。

随着仙居工业园区企业的增多和仙居经济的快速发展,许多人听从了王雪娟的劝说,在仙居本地找到了工作。为此,许多留守儿童有了父母的呵护和关爱，得到了童年应有的欢乐。

到了 2017 年，随着入托"东篱之家"的留守儿童减少，王雪娟吸收低保家庭的孩子、残疾人的孩子和父母一方缺失的孩子，让他们在周末和假期来"东篱之家"学习。

桃李不言，下自成蹊。名声在外的"东篱之家"，受到了仙居县委宣传部和台州市委宣传部的充分肯定。"东篱之家"被列为留守儿童"德、育、智、护"应用场景的多跨协同、综合集成的留守儿童德育工作平台，这个平台也是仙居作为浙江省青少年德育数字化平台试点县的有效探索。

王雪娟开办"东篱之家"，也得到村民们的支持和帮助：许多人前来当志愿者，帮助王雪娟照顾留守儿童、给孩子们上课、陪孩子们玩耍；许多人送来大米、猪肉、蔬菜，以帮助解决"东篱之家"经营方面的困难。

各级党委、政府和相关部门，对"东篱之家"给予极大的支持，授予王雪娟各种荣誉。2012 年，王雪娟被评为全国关爱农村留守儿童"爱助成长"计划"十大杰出爱心人物"；2014 年，王雪娟家庭被评为"浙江省文明家庭"；2016 年，王雪娟被评为"浙江省最美妇女主任"；2016 年，王雪娟家庭被评为"全国文明家庭"；2019 年 12 月，王雪娟被评为"全国维护妇女儿童权益先进个人"……

王雪娟获得这些荣誉，怀仁路北村村民们都认为这是实至名归。他们太了解王雪娟的为人了，她在家里不但是好妻子、好母亲，也是好媳妇。

王雪娟的公公去世得早，婆婆和他们一起生活。每次婆婆有什么头痛脑热之类的毛病,都是王雪娟带她去医院检查和治疗的。

2013年冬天的一个下午,婆婆久治不愈的腰椎间盘突出症又引发疼痛。王雪娟打听到有位中医医师能治此病,她便用电动车载着婆婆去求医。为防止婆婆摔倒,她用绳子把婆婆和自己绑在一起。村民看到后,无不称赞王雪娟的孝顺。

为了更好地治疗婆婆的腰椎间盘突出症,王雪娟按照医师的建议让婆婆治疗和锻炼。在半年多的时间里,王雪娟每日耐心细致地协助婆婆治疗。后来,王雪娟还专门找了一位师傅教婆婆打太极拳,以此锻炼身体,增强体质。

2020年12月的一天,婆婆跟王雪娟说:"娟,你嫁过来以前,我担心我们婆媳关系处理不好。一转眼,你嫁进家门将近30年了,如今我也80多岁了,我们不但没有吵过架,你对我还这么好,我觉得自己真的是有福气的婆婆!"

王雪娟对长辈孝顺,对晚辈慈爱。她把对家人的慈爱扩大到对留守儿童的关爱,这种大爱胸怀受到村民、村干部、下各镇领导的赞扬和关注,大家都认为,这样有爱心的干部应该得到重用。

于是,已任怀仁路北村委会委员、村妇女主任的王雪娟,于2013年3月当选为怀仁路北村新一届党支部委员。2017年3月,村党支部换届时,王雪娟又当选为村党支部副书记。

2018年6月,怀仁路北村农贸市场违章建筑拆除工作遇到很大困难,工作难以开展。下各镇党委研究决定,让王雪娟主持怀仁路北村党支部工作,推进农贸市场违章建筑拆除工作。

　　怀仁路北村共有 360 户、1300 多人,全村 60 岁以上老人 300 多人,85 岁以上老人近 30 人。村里沿街店面 255 间,出租房达 120 多间,外来人口达 700 多人。店面和出租房火灾预防工作细,外来人口管理责任重,再加上群众对村“两委”的诉求多,工作压力很大。

　　王雪娟知道村里的情况,感到村民关系错综复杂,工作难度大。她认为自己能力有限,怕担当不起村党支部领头人的角色。她还考虑到,“东篱之家”照顾留守儿童开支大,她想办好农业合作社,挣钱填补“东篱之家”的开支。还有“东篱之家”事多事杂,特别是暑假期间,数十个留守儿童,天天都在“东篱之家”学习,她需要投入更多精力去管教孩子们。

　　因此,王雪娟极力推辞主持村党支部工作。下各镇党委领导做她的思想工作,说:有爱心的人,做事肯定公平公正。在农村,干部只要做事公平公正,就没有做不成的事。

　　下各镇党委领导跟王雪娟说:“你先主持村党支部工作 3 个月,感到实在干不下去,可以不干。”

　　王雪娟跟丈夫和儿子商量。他们说:“你能为全村村民服务,是各级组织和村民的信任,也是我们一家的光荣。”

　　儿子张宇耀跟她说:“妈,家里的债务,你不用担心,我会好好挣钱还债的。”

　　“东篱之家”的留守儿童,得知“王妈”要主持村里的工作,都说:“‘王妈’,您去干! 我们相信您能干好的!”

　　“东篱之家”的志愿者们,也鼓励王雪娟说:“‘东篱之家’的事你放心吧,我们会帮助你干好的。”

在大家的鼓励下,王雪娟主持起村党支部的工作。她上任后,首先抓班子团结。她跟村"两委"班子谈心谈话,树立干部一心为村民服务的思想,强化党建引领作用,将基层治理重点放在德治上。

她多次在村"两委"班子会议和村民代表会议上说:"我们'怀仁'这一村名的来历,据说可以追溯到南宋时期。当时苏州有一姓顾的名医行医到此,他不但医术高明,而且心地善良,能用一帖药治好病,决不昧着良心多开一帖。因此,他深受当地百姓的爱戴,大家尊称他为'顾一帖'。他去世后,百姓们便将村名改为'怀仁',以怀念他的仁德。"

王雪娟还跟大家说起羊溥和汲渊2家倾家荡产为百姓建造汤归堰的善举。她说,历史上我们有这样无私忘我、造福百姓的前辈做出了榜样,我们一定要弘扬他们的精神,为老百姓办实事、办好事,不辜负党组织和村民对我们的信任和期望。

王雪娟凭着群众对她的信任,以及她大公无私、充满爱心的工作作风,不但促使农贸市场违章建筑拆除工作顺利开展,而且在农贸市场建成了大型超市。通过将超市招标出租,村里每年租金收入有70多万元。接着,她利用怀仁路北村处在集镇区的有利条件,做好村集体房屋的出租工作,盘活村集体资产。

2019年,王雪娟在梳理村民诉求时了解到,村里一条名为"大路井坑"的堰渠,是汤归堰的分支,因年久失修,堰水流失严重,影响到保水抗旱的作用。于是,她积极跟下各镇党委、政府联系,争取资金,组织人力,对大路井坑堰渠进行水泥硬化,使堰渠不再漏水,较好地发挥了堰渠的作用。

2022年夏,虽然出现几十年一遇的大旱,但是由于怀仁路北村整修了大路井坑堰渠,当地农作物没有受到旱情的影响。老百姓纷纷称赞王雪娟带领村干部为怀仁路北村百姓做了件大好事。

有位村民跟王雪娟说:"大路井坑堰渠修好了,如果再把村里那条臭水沟也给整治疏浚一下,那就积大德了!"

王雪娟知道,村民说的这条臭水沟深1.2米,沟宽最窄处仅0.5米,最宽处也只有1.3米,沟长60多米,中间20多米水沟上建有民房。这条水沟40多年来没有清淤,堵塞严重。死水散发出臭气,逢下雨天,沟水上溢,还会浸到民房的墙脚。其中有几间房子是黄泥墙,经不起雨水的浸泡,房主常常胆战心惊,害怕墙倒屋毁。

王雪娟与村"两委"班子研究决定,于2020年春天组织人力对这条臭水沟进行疏浚。

王雪娟戴着矿灯,爬进房屋底下的水沟里挖淤泥。水沟又窄又臭,又暗又闷,她克服不适,挖起淤泥装到袋子里,让外面的人用绳子拉出去。

王雪娟的率先垂范,感染了在场的所有人。大家众志成城,花了半个多月时间,终于清理了臭水沟里的淤泥。大家还在两端露天各20米的水沟上,盖上水泥沟板,这样既减少了安全隐患,又方便村民行走。

这条臭水沟整治完成后,周边的村民高兴不已。

村里一位老人无比感动地对王雪娟说:"几十年没有做成的事,让你做成了,你积下功德了!"

王雪娟以女性特有的柔性管理风格和大爱情怀,赢得了群众的支持,各项工作得到了下各镇党委、政府的充分肯定。

2020 年 12 月,村党支部、村委会换届时,王雪娟当选怀仁路北村党支部书记、村委会主任、村股份经济合作社社长。

于是,王雪娟以更加饱满的热情投身到村里的工作中去。

村里临街店面多,出租房多,外来人口多。为了做好治理工作,防患于未然,她从几年来"东篱之家"设立义务巡逻队、义警矛盾纠纷调解队的举措中获得经验。她知道,村里许多矛盾,如果及时发现,及时调解,便不会成为更大的矛盾。因此,她倡导村"两委"干部和村监会干部,义务开展网格巡逻,要求每夜分组巡查一个小区,并看望孤寡老人、检查消防安全等。这样的巡查收到非常好的效果。

在王雪娟的工作日记上,记着各组夜巡的许多讯息:

　　2021 年 12 月 27 日,4 组夜巡记录:昨晚"东篱之家"志愿者和村党员志愿者帮助清理了村里 3 位老人家里的垃圾。因天气变化,顾小根腿脚不便,每晚夜巡的人员需要走访,看看是否需要帮助。走访企业,消防正常,店面消防正常。

　　2021 年 12 月 28 日,1 组夜巡记录:今晚消防检查,发现服装店灭火器需要更换;发现蛋糕店、水果店、打金店为"三合一"场所,当场责令整改。

　　............

村干部在夜巡中及时发现问题、解决问题,促进了村民与村干部之间的交流,农村治理得到了改善。2020 年,怀仁路北村被评为台州市文明村,2022 年被评为浙江省善治村。

王雪娟严把财政关,开源节流,花了 4 年时间,把村里 300 多万元的债务全部还清了。

王雪娟干事不松劲。怀仁路北村内道路需要水泥硬化,老街需要修复,她一次次跑镇里、跑县里,争取到县里"一事一议"项目资金。

随着下各镇经济社会的快速发展,旧镇区的交通条件急需改善。位于怀仁路北村的良丰路西段,是下各镇集镇区的一条次干路,起着沟通镇北路、镇西路及铁山路等集镇区主干道和减轻集镇区交通压力的作用。规划的良丰路西段起自镇西路,止于铁山路,全长 955.9 米,路宽 22 米。良丰路西段改造工程涉及的民房拆迁和征地工作由怀仁路北村负责,工程项目 20 世纪 90 年代就开始启动,但此路一直没有打通,群众要求拆通和改造良丰路西段的呼声越来越高。

王雪娟带领村"两委"班子迎难而上,重新启动良丰路西段民房拆迁和征地工作,不厌其烦地做好拆迁安置户的思想工作,做好征地和青苗补偿等相关政策的落实。在下各镇党委、政府和村"两委"干部的不懈努力下,在村民的大力支持下,2023 年 9 月中旬,良丰路西段终于全线拆通,完成了道路建设的前期基础性工作。下各镇集镇区的老百姓高兴地说,盼望多年的良丰路西段道路建成通车指日可待!

有人看王雪娟工作起来很拼命,便善意地劝她说:"做村里工作,不要在镇里、县里争先进,但也不要落后,名次排在中间就好了。这样,上级有什么检查也轮不到你,工作就会轻松许多。"

王雪娟觉得这样不好,她认为做工作就要争先进,这才对得起组织和村民的信任。她凭着大爱精神和极强的事业心、责任感,对组织交办的工作,以高标准、高要求完成。因此,怀仁路北村党建以及各项工作开展得有声有色。通过开展主题教育、党建文化活动,主题党日活动变得接地气、有内容、有内涵,支部党员的归属感与凝聚力与日俱增。

王雪娟贯彻"人民的事无小事"的理念,赢得众多的夸赞与掌声。她先后被选为仙居县妇联兼职副主席、仙居县关工委兼职副主任、中共仙居县委候补委员、台州市党代表、浙江省党代表。

2023年7月,浙江省委授予王雪娟"浙江省担当作为好支书"荣誉称号,这是对王雪娟工作的高度肯定。

王雪娟从对公婆孝顺、对儿子慈爱的家庭小爱出发,升华为对留守儿童、对村民的大爱,更是在党建引领下,以德治促进村级自治、法治和智治,提供了基层治理的良好范例,书写了新时代农村妇女建功立业的新篇章。

第二节　新罗村的宝贵财富

这是一个环境非常优美的村庄。

在仙居的群山里,有如梅花瓣似的 5 座山,坐落在 5 个方位,其上有青松绿竹,郁郁葱葱,秀丽可人。5 座美丽的山围出开阔的盆地。在清晨,登上峰巅,便可见四周云海涌动,使人恍如置身仙境,忍不住陶醉其间。

这个名叫新罗村的小山村,是横溪镇下辖的行政村,就坐落在美丽的山间盆地中,成为"山中人家"。

"躲避战乱上高山,太平盛世下平垟。"这是历史上老百姓迁徙的一个规律。数百年前的几户百姓,拖家带口来到此地,搭茅屋,猎野兽,为求生存,远离人世。

从山下通往新罗村,有 4 条陡峭的山路:第一条山路由董坑口村上山至新罗村,路程有 2.5 公里;第二条山路由金坑村到新罗村,有 2.5 公里;第三条山路由郑岩村至新罗村,有 3.5 公里;第四条山路由溪口村到新罗村,有 3.5 公里。这 4 条山路既陡峭,又狭窄,无论上山还是下山,都十分难走。去过新罗村的人们都叫苦连天,一代代流传着这样的感叹:"没奈何,上新罗!"这句话的意思是,不到万不得已,不去新罗村。

还有人说:"新罗4条岗,好人走黄胖。"这句话的意思是,一个健壮的人,无论走哪一条山路到新罗村,都会累得像患上黄胖病一样。"黄胖"是中医所说的一种病,即全身皮肤萎黄,面浮足肿,浑身乏力。

新罗村是中国工农红军第十三军仙居游击队的革命根据地,国民党曾多次派兵围剿,因新罗村地势险要,易守难攻,所以国民党军队每次都损失惨重而返回。

中华人民共和国成立后,新罗村干部群众努力发展经济,但山高路险的交通环境制约了新罗村的发展。

1981年,35岁的金永奇当选为新罗村党支部书记。要让村民走上致富路,他倍感肩上担子沉重。当时全村有109户、400多名村民。全村有水田209亩,旱地95亩,山林面积8201亩。虽然这些山村田地自给自足不成问题,但是村民要提高经济收入非常困难。由于交通不便,100公斤的毛竹只能卖16元,一箩筐四五十公斤的水蜜桃,四五元都没人买。

山高路远、经济落后的新罗村,没有姑娘愿意嫁过来,小伙子讨老婆都非常困难,有的只好下山到别村做上门女婿。

金永奇看到这种状况很是忧心,他决心要为新罗村的发展和村民的致富贡献自己的力量。他以新罗村革命烈士金永洪的奋斗精神激励全村党员干部,凝心聚力,为老百姓谋福利。

金永洪生于1896年,他自从懂事起,就看到新罗村门前屋后的田地都属于山下的董坑口村地主所有,他的父亲是租种地主田地的佃农。如果遇到收成不好的年头,交了田租,家里便没有多少粮食了。一家人一年里累死累活还吃不饱,这令他心里很不平。

1911年,又逢干旱之年。15岁的金永洪看到董坑口村的地主家丁在新罗村催债抓人,他在反抗中用火枪打死了地主家丁。事后不久,金永洪被董坑口村的地主家丁设伏抓走,受尽折磨。金氏族人凑齐1000元大洋,才把金永洪赎回来。自此,金永洪坚定了与地主恶霸斗争的革命信念。

1929年,33岁的金永洪加入中国共产党。为穷人翻身求解放,他挺身而出,组建了"新罗打猎队"参加革命。

1930年5月9日,中国工农红军第十三军(简称为红十三军),在温州永嘉县枫林镇成立,胡公冕任军长。红十三军下设3个团,全盛时拥有6000余人。仙居游击队编属红三团,为独立中队,金永洪曾任中队长。

1930年9月,为加强统一领导,红十三军军部派李振声和红三团政委楼其团到仙居,在独湖村(今属横溪镇溪口村)召开游击队负责人会议,宣布建立仙居游击队,金永洪为队长,由红一团领导。仙居境内的游击队共计约500人,均归仙居游击队指挥,主要在永嘉、仙居边界地区活动。这支队伍参加了仙居、永嘉、缙云等地的多次战斗,并取得胜利。

1933年8月,金永洪在仙居金坑口的一次战斗中,由于寡不敌众,被国民党浙保五团逮捕。金永洪宁死不屈,被捕后仅10天,就遭杀害,年仅37岁。虽然金永洪的一生是短暂的一生,但是他敢于与地主土豪和国民党反动派做斗争的革命大无畏精神,不顾个人安危、勇于为劳苦大众谋幸福的奉献精神,成为红色的革命根脉,一代代传承下来。

金永奇就是在金永洪的这种革命精神的感召下加入中国共产党的,也是在这种革命精神的感召下,他挑起了村党支部书记的重担。他与村里党员干部一起,不断研究村里的发展大计。

大家认为,村里要发展,首先要解决村民的生活用水问题。

一直以来,村里只有 1 口水井,如果干旱,村民便要到几公里外的地方挑水喝,这给大家的生活带来极大不便。

于是,金永奇准备解决全村人的生活用水问题。他带领党员和干部,到四周的山上寻找水源。

经过不断地寻找、比较,大家认为离村 3 公里远的观音堂山水源较好,大旱时水源不干涸,山泉水质也很好。不利条件就是水源距村较远,施工难度大,费用高。

为了彻底解决全村村民的用水困难,金永奇决定就在观音堂山引山泉水。他的长远眼光和不畏困难的大无畏精神,得到了大家的好评。

金永奇和村民一起到山下挑来砖头、水泥、沙石,建好引水渠,筑起蓄水池,给各家各户接上自来水。

1983 年夏,清澈的山泉水流入新罗村每家每户的水缸里。

新罗村的“山里人”用上自来水,成为仙居的大新闻。

村干部心中有大爱,为民办实事,村民就有幸福感,金永奇认为付出的辛苦是值得的,而且也是快乐的。

在村民的赞扬声中,金永奇没有自满,他在思考下一个为民办实事的项目。

没有电,人们碾米磨麦都要挑到山下去,人们想办加工厂挣钱致富都不可能。每到夜幕降临，村里各家各户就点起昏黄的煤油灯，而且这昏黄的煤油灯也不会点很久。大家吃完饭、洗好碗，便早早睡觉。一是晚上没事干，二是舍不得灯油。

村民夜晚的生活就是如此单调，年复一年，日复一日。

金永奇到过仙居县城，知道有电，夜里便有许多事情可干，便有许多娱乐活动。如果有电，村里便可以办起碾米厂、面粉厂，还可以办起木珠工艺厂，让山上的木材资源充分产生经济价值。

于是，金永奇想让新罗村接上电，改变村里不通电的落后面貌。

他把自己的想法提交到村干部会议上讨论，会场立时炸开了锅。

"新罗通电，真是太好了！"有人赞成。

"这是异想天开！"有人怀疑。

人们的怀疑不是没有道理。当时新罗村属于山下的溪口乡，连乡政府都没有通电，更何况地处高山上的新罗村。

金永奇认为，革命老区村就要有革命精神。新罗村要发展，便要早日接上电，这件利村利民的好事要积极争取。

于是，金永奇下山到供电部门联系。供电部门表示支持，但是接电的费用要新罗村自己承担，电线杆要村里自行运送上山。

只要能送电上山，金永奇便满口答应。

他回村跟大家说："我们新罗人要发挥自力更生、艰苦奋斗的革命精神。没有钱，大家集资！"

村民积极响应，凑起3万多元钱开始筹划架电。

架电最大的困难就是扛水泥杆上山。从直线距离最近的皤滩乡万竹王村拉电线到新罗村,有 5 公里路程,每 50 米 1 根电线杆,需要 100 根。每根电线杆 10 米长,500 公斤重,要人工抬上山,难度很大。

山下的董坑口村有位村民,愿意承包扛电线杆上山的项目。村里研究后决定,同意由他承包。

由于电线杆太长、太重,而且山岭太窄、太陡,要想把电线杆抬上山,实在太困难。这位承包人只好放弃项目承包。

不久,新罗村也有一位村民提出承包抬电线杆的项目。结果他也发现困难重重,无法抬杆上山。于是,他也只好放弃承包。

2 次承包人没能履行承包合同的经历,让新罗村村民觉得把电线杆抬上山是不可能的事,许多村民对用上电,更不存在幻想了。

面对这种情况,金永奇召集村里 11 个党员开会,昏黄的煤油灯光在人们面前摇曳,大家的心情十分沉重。

"情况大家都清楚,承包合同 2 次都没能履行,这说明抬电线杆上山的确困难。如果第三次承包给他人,费用肯定又会提高。费用高,我们难以承受。怎么办? 我们不能让村民失望。我们要发扬新罗人不怕牺牲的精神,我们 11 个党员自己抬电线杆,一定要把电接到村里!"金永奇坚定地跟大家说。

党员们众志成城,一致同意自己抬电线杆。

1986 年晒黄豆的盛夏季节,11 个党员冒着酷热去山下抬电线杆。大家分成高矮 2 队,个子高的在后面,个子矮的在前面。

大家不为钱、不为利，为的是让村里百姓能用上电，为的是让村民过上有电的好日子。

山岭没有石头台阶，都是黄泥路，不小心便要打滑。在这种路况下，11个党员只能用绳索将水泥杆勒起来。由于电线杆较长，在山路上转弯十分困难，而且由于电线杆重，抬杆的人稍有不慎，后果便不堪设想。

但党员们以大无畏的精神抬杆。大家的肩都磨破了皮，依然没有人打退堂鼓。

村民们看着党员们为全村能用上电，如此奋不顾身、不畏艰险地抬电线杆，都被感动了，青壮年纷纷加入抬杆行列。

入党积极分子沈爱珍，虽然自己抬不动电线杆，但她在村里主动为抬电线杆的党员们做饭、送饭。

100根水泥电线杆，在大家的共同努力下，终于被扛到要放的位置上。

仙居县供电局的领导和员工，都被新罗人奋力改变落后面貌的英雄气概所感染，大家全力支持新罗村通电工程建设。

1986年12月，新罗村通电了，小山村欢腾了，"点灯不用油"的梦想变成了现实。这一年大年夜，大人小孩过上了第一个有电灯照明的幸福年，小山村彻夜洋溢着欢乐的气氛。

有了电，有的村民就办起了碾米厂、磨粉厂，大家再也不用挑着稻谷下山碾米，再也不用挑着小麦、番薯下山磨粉。

有的村民办起了木珠加工厂，把村里前山后山的杂木砍来加工成木珠出售，走上一条致富的好门路。

到了1987年底，新罗村有30多户村民办起了各类加工厂，大家的收入明显提高。

有了电,村民的娱乐活动丰富起来了,特别是孩子们能够在明亮的电灯下看书做作业,别提有多高兴了。

金永奇和党员干部看到村民幸福欢乐的笑脸,心里也无比欢乐,他们真正体会到村民的幸福也是自己的幸福。

水通了,电通了。金永奇便想修一条下山的公路。

"要想富,先修路。"这句话深入人心,因为大家深刻认识到,交通的落后严重制约着经济的发展。

1987年,金永奇和村干部反复研究,决定从新罗村通往郑岩村方向修建一条盘山公路,公路长7公里,经测算所需费用高达100万元,对新罗村来说,这是一个天文数字。

尽管村里迎难而上决定修路,但仅修建了1公里公路,便因资金缺乏而停工。

金永奇每天看着修建了1公里长的公路,心里堵得慌。

到了1995年,村里经济有很大的发展。金永奇和村"两委"干部商量决定重启修路工程,采取村民有钱出钱、有力出力的投工投劳的模式,参与公路建设。

村"两委"决定,按每人1700元捐款计算。如果村民参加修路,报酬按每天20元计算。

村民为了修通这条盘山公路,有的人卖掉"过年猪"捐款,有的人卖掉粮食捐款,有的人用办木珠加工厂挣来的钱捐款,有的人则投工来抵捐款。

总之,村民都以极大的热情支持盘山公路的修建。大家相信金永奇能干大事,而且能干成大事。

每天天一亮,山岗上便响起铁锤打岩的叮当声,响起人们撬动巨石的号子声。

新罗人凭着愚公移山的精神,整整花了 2 年多的时间,硬是开凿出了 7 公里长的盘山公路。

1996 年 10 月 4 日上午,天空格外蔚蓝,阳光格外纯净。新罗村男女老少聚集在村头,欢天喜地参加新罗村的通车仪式。

一辆辆小轿车、中巴车载着县里的领导、镇里的领导,开到了新罗村的村头。昔日到新罗村十分困难,今日乘车就能到新罗村,这种对比,无不让人感到惊叹。

这一天,笔者也参加了新罗村的通车仪式,看到了许多村民眼里饱含泪水。尤其是老人们脸上那一种难以言表的神态,让笔者感受到他们因年事已高、体力不支而产生的对攀爬山岭的畏惧,让笔者感受到他们因公路的通车再也不用遭受攀爬山岭的辛苦而感到的欢愉,让笔者感受到他们为农副产品能卖出好价钱而产生的对幸福生活的憧憬。

新罗村盘山公路开通后,载重 5 吨的货车可以开到新罗村了。这样一来,毛竹的价格提高了 9 倍,每 100 公斤毛竹可以卖到 360 元。

新罗村的桃子可以卖到 2 元 1 公斤,价格提高为原来的 20 倍。稻谷、番薯、玉米等农副产品价格都有了极大的提高。

大家高兴地说:"公路一通,都变富翁!"

金永奇从 1981 年开始担任新罗村党支部书记。在 16 年里,他带领村干部和群众一步步实现了新罗村通水、通电、通路的梦想,彻底改变了新罗村的落后面貌。新罗村这种战天斗地的创业精神，被各级新闻媒体誉为"战天斗地的新罗精神"。

有人笑着跟金永奇说："你这个书记功成名就，一辈子可以躺在功劳簿上享清福了！"

面对人们的赞扬，金永奇想，他作为一名党员干部，所取得的成绩都是大家共同努力的结果，自己不能居功自傲。虽说自己也想发家致富，但是只要自己担任村党支部书记一职，便要负起为村民服务的责任。虽然这些年村里通水了，通电了，通路了，但时代在发展，村里也要随着时代的发展而发展，村"两委"要做的事还有很多。

金永奇叫儿女们外出做生意赚钱，而他自己在山村坚守岗位，为新罗村的发展继续操劳。

1997 年，新罗村接上了电话，办加工厂的村民、在外经商和打工的村民，都十分高兴。一根根电话线，连接了亲情思念，也接通了山里与外界的信息。

新罗村通水、通电、通路、通电话，村民很知足，但金永奇以一心一意为村民服务的大爱情怀，继续审视村子发展的需求。

金永奇看到村民的房子都是低矮破旧的老房子。这些木结构的老房子虽说是 2 层楼房，但第二层的窗沿口非常低矮，只有一人高，而且这些房子没有卫生设施，又臭又不方便。村里房屋的布局杂乱无章，村容村貌非常不好。

金永奇思考着新农村建设蓝图。2002 年的一天，他从报纸上看到党和政府鼓励高山移民的政策。

得知这一政策，金永奇非常高兴。他想：通过高山移民，一来可以改变村民的居住条件，二来可以改变村民在高山上求医求学的不便状况。

金永奇跟村"两委"班子提出新罗村实行高山移民的设想，大家很赞成。村"两委"在征求村民的意见时，大家都很高兴。但有的村民在议论：整村移民这样的好事能实现吗？

横溪镇党委、政府领导，听取了金永奇反映的新罗村村民移民的意愿后，非常支持，便介绍金永奇与横溪镇横溪上街村开展移民安置对接。

横溪上街村的干部及群众也支持新罗村村民移民，愿意把靠近永安溪边一块 30 亩的滩地，用作新罗村移民安置地，每亩地仅收取 3 万元的补偿款。

金永奇对横溪上街村的干部及群众支持新罗村移民的友爱之举非常感激。

于是，新罗村村民高兴地缴纳了移民安置预付款，大家期待早日下山建房，早日从"山里人"成为"垟下人"。

不料，在移民安置用地上报审批时，有关部门要求移民安置房必须离永安溪大坝 70 米。按照这一要求，便没有土地可用于建房了。

面对失望的村民，金永奇安慰大家耐心等待，他将继续与横溪镇的各村联系，争取落实安置地。

但有的村民感到全村移民实在太难了，有 9 户村民坚决要求把预缴的移民安置征地款退回。

金永奇和村干部们知道，落实移民安置地很困难，但是他们还是不畏艰难，不断与山下各村联系，寻求大家的支持和帮助。

20 年来，新罗村战天斗地创大业的事迹，传遍仙居城乡。

横溪镇许多村干部和村民,都钦佩金永奇为民办实事的奉献精神。他带领村民移民再创业的精神,赢得了大家的支持。

2004 年,横溪镇上沈村村干部和村民欢迎新罗村村民移民到他们村。新罗村以 3.5 万元 1 亩的补偿款和 0.3 万元 1 亩的青苗费,征到了 38.8 亩移民安置用地。

2006 年,新罗村移民安置土地审批通过后,新罗村共有 109 户村民申报移民安置,落实了 229 间连排 3 层房屋。

2008 年,新罗村村民在上沈村地段的移民新居全部建成入住。

当住进卫生设施齐全、宽敞明亮的 3 层楼房时,大家都笑得合不拢嘴。孩子们上学方便了,老人们求医方便了,人们到市场上购物方便了,大家真正体会到住在垟下比住在山上要幸福许多。

原来 9 户要求退回移民土地征用款的 35 位新罗村村民,看到移民到上沈村的村民过上了美好生活,便跟金永奇等村干部要求,他们也要移民到上沈村。

新罗村的高山移民,属于自愿移民,安置移民建房也以自愿为原则。因此,征用的安置土地全部分配完毕,大家都建好了安置房,已没有空余的土地可供 9 户村民建安置房。他们错过了这次集体统一移民的安置机会,就不可能再有这样的好机会了。

按照老百姓的说法,就是:"过了这个村,就没有这个店了。"

但是,金永奇没有放弃他们。他一次次跟横溪镇党委、政府要求,希望尽快帮助解决还没有移民的 35 人的安置问题。

2012 年的一天下午,横溪镇政府的领导打电话给金永奇,叫他马上到镇政府来一趟。

金永奇不知所为何事,匆匆赶到镇政府。

原来,在镇政府办公楼的边上有块土地,村里在土地流转中准备调出这块土地。镇政府通过协调,准备把这块土地调置给新罗村,用于9户移民的安置。

金永奇得到这一消息,高兴万分。经过协商,新罗村共需支付360万元土地款,但必须在2小时内支付200万元,以便确定项目及时申报。

面对这一紧急的巨款支付,新罗村账户上没有钱,在这么短的时间内到哪里去筹200万元?

金永奇思前想后,只好打电话给在北京经商的女儿,叫她向做生意的朋友暂借200万元。

女儿答应试试看,因为要筹集这么一大笔钱也不是件容易的事。

等待,每分每秒都显得那么漫长。

金永奇足足等了2个小时,终于接到女儿的来电,200万元已经汇到指定的账户上。

金永奇激动地对女儿说:"你帮了我大忙,也帮了35位未移民的村民的大忙!"

接着,新罗村"两委"召开会议,研究决定:在15间地基上建起6层90平方米和120平方米的公寓式套房,以成本价2600元每平方米的价格,出售给9户移民;还建起15间老年公寓,安排13位孤寡老人和低保户居住。

2013年,公寓式安置房建成后,35位村民全部移民下山,村里13位孤寡老人和低保户也得到了安置。至此,新罗村全部村民实现了整村移民，一个也不少。

这时，有人对金永奇说："金书记，这下你真可以歇一歇了，这些年你也真是为新罗村的发展操碎了心。"

然而，金永奇没有半点想歇一歇的心思。他想，新罗村整村移民到横溪集镇区，村民的生产生活会经历彻底的转变。要让离开山林土地的村民，移得下、安得住、富得起，还有许多工作要做。

金永奇和村"两委"班子认为，新罗村村民已全部移民下山，在新的环境里，如何保持良好的村风民风，如何与周边村民和睦相处，这是首先要考虑的问题。

盖了新房子，条件变好了，中华民族的传统美德不能忘。弘扬仁爱之心，必须以慈孝文化建设为切入口，从每一个家庭做起。

2013年，新罗村设立慈孝基金，每个党员捐款1000元以上，村"两委"干部每人捐3000元到5000元不等，在外经商的金杰捐了6万元。新罗村筹得慈孝基金16.8万元。

新罗村"两委"用这笔慈孝基金，推行各项关爱老人、关爱儿童的举措，开展各类慰问性、奖励性的活动：六一儿童节，村里慰问儿童；重阳节，村里给全村每位老人买了价值100元的慰问物品。有人考上大学本科，村里奖励3000元；有人参军，村里奖励1000元。凡有老人生病住院，村里送上慰问金200元；凡村民死亡，村里给家属送上慰问金200元。村里还办起"6199"食堂，空巢老人、孤寡老人、留守儿童可在食堂用餐，每人每天只缴8元钱，伙食费不足部分由慈孝基金补足。

双腿残疾的金芳泽,现年66岁,满面红光,精神矍铄。他10岁时,父亲亡故;他50多岁时,母亲病亡。从2013年开始,金芳泽便住在养老中心,一日三餐在食堂吃。早上吃粥和馒头,中午吃米饭配三菜一汤,晚饭吃面条,他觉得吃得很好。

虽然金芳泽年少时就没有了父亲,家庭生活艰苦,并且如今他无法行走,但他老了感到生活有依靠,政府给他低保金、残疾人补助金、养老金,更主要的是村里给他安排了住的、吃的,使他生活无忧。

58岁的吴彩华,丈夫亡故,有1个女儿在外地,无力照顾她。村里把吴彩华上报为低保户,她每天在食堂免费用餐。

现在,在"6199"食堂用餐的有7位孤寡老人和残疾人。他们说,村里有了食堂,真是解决了他们一日三餐吃饭的大问题。吃得好,身体就好;身体好,精神就好。

村支部委员沈爱珍向笔者介绍说,村里为了促进村风民风建设,还开展好媳妇评比、文明户评比。

沈家兄弟3人,每家按月轮流供养老母亲,每家都把老人照顾得无微不至,被传为佳话。

2013年,新罗村还建起了文化礼堂。金永奇认为,文化礼堂是村民的精神家园。在文化礼堂里,有金永洪烈士和红十三军仙居游击队的革命史;有新罗村战天斗地创大业的奋斗史;有新罗村改天换地的移民史;有欢天喜地奔小康的新罗村发展史。

金永奇和村"两委"班子通过"扬德治、讲慈孝、树正气"的宣传教育,使新罗村的村民有了发家致富奔小康的精神基础。大家到镇上各企业打工,都受到热烈欢迎,家家户户脱贫走上了小康路。

新罗村村民陈飞龙,租用了新罗村、曹溪村近 20 间空置房屋加工充气玩具,产品主要销往欧美各国,带动了周边 90 余名村民就业,实现了"在家门口致富"的愿望。

"我们订单总额已达 2000 多万元,是移民带来的机遇。"陈飞龙望着正在进行流水线作业的工人,笑着对笔者说。

为了使新罗村村民更加富裕,村"两委"把目光投到了原新罗村的环境开发上。经过多方洽谈,引进了杭州一家康养公司到原新罗村的山上投资。该公司负责人看到原新罗村的山上有这么好的自然环境,准备投资 5.7 亿元建设康养基地。这个项目建成后,将会为新罗村村民带来不少的分红。

2020 年,新罗村"两委"班子换届时,金永奇从村党支部书记的岗位上退了下来。他感慨地对笔者说:"我担任新罗村党支部书记 40 年里,虽然为新罗村的发展做了一些事,但我最值得自豪的是,村里没有矛盾纠纷出过村!"

金永奇的自豪是有道理的。因为村级基层的稳定,是社会稳定和国家稳定的基础。

现任新罗村党支部副书记金建平对笔者说:"荣获'中国好人榜'敬业奉献类好人等荣誉的金永奇书记,在任 40 年,带领村'两委'和村民开创的'战天斗地创大业''改天换地建新罗''欢天喜地奔小康'的奋斗精神,是我们新罗村宝贵的精神财富,我们会将这种精神财富传承下去。"

第三节 有孝行之人才会心生大爱

车子驶进神仙居景区南大门时,游客的目光便会被左前方韦羌溪东岸一排排白墙黛瓦的连体别墅所吸引。这些3层的别墅,既有江南古典风格,又具现代意韵,与山水相映成趣,成为别致的人文景观。

这是淡竹乡下陈朱村新农村第一期改造后的村容村貌。

下陈朱村的后山,便是国家5A级风景名胜区神仙居景区。景区内奇峰巍峨,云雾缥缈,如诗如画。下陈朱村前面是清泉流淌的韦羌溪,溪岸杨柳依依,婀娜多姿,别具风情。

进村的柏油路沿着溪岸修建,沿路的绿化带有许多造型别致的宣传牌。道路的右边,是一排排白墙黛瓦的别墅,别墅的庭院中鲜花盛开,姹紫嫣红,美不胜收。

2015年以前的下陈朱村,村里老旧房子横七竖八,村容村貌与风光秀丽的神仙居景区极不相称。

2015年,村"两委"决定开展美丽乡村一期建设工程,拆掉37户村民的旧房,按照一户一宅规划新建连体别墅37套。

然而,当时村"两委"班子没有凝聚力,工作难以开展。淡竹乡党委、政府领导见此情形,便动员下陈朱村村民朱永旭担任村农房改造领导小组组长,主管下陈朱村新农村建设。

1975 年 9 月出生的朱永旭,早在 1990 年便走出群山,外出谋生,梦想赚钱致富。

在 2002 年 2 月,朱永旭和妻子陈敏燕到广东开了 1 家 80 平方米的餐饮店。他们以诚待客,料足价廉,餐饮店生意兴隆。

想不到餐饮店仅开了 4 个月,夫妻俩便接到了不好的消息:陈敏燕 80 岁的爷爷起床时不慎摔倒在地,造成股骨骨折,瘫痪在床。

由于陈敏燕的父亲在湖北管理电站,家里仅靠陈敏燕的母亲照料。而陈敏燕的母亲平时要在位于尚仁村的学校里教书,她每天学校、家里两头跑,累得够呛。

于是,朱永旭便让陈敏燕管理餐饮店,自己回家照顾陈敏燕的爷爷。

朱永旭回家后,便在陈敏燕爷爷的床前铺了一张小床,与老人住在一起。为了避免老人长期卧床生褥疮,不管白天还是深夜,朱永旭每隔 2 个小时便给老人翻身按摩 1 次。每天,他不辞辛劳地为老人接大小便、擦洗身子。

就这样,朱永旭一天天无微不至地照顾老人。

2003 年,陈敏燕转让了广东的餐饮店,回到家里,和朱永旭一起照顾爷爷。

到了 2005 年夏,陈敏燕的爷爷经过治疗,身体状态有所好转,能够搀扶着上厕所,朱永旭和陈敏燕很是欣慰。

这些年,朱永旭夫妻俩都在家里照顾老人,没有经济收入。

夫妻俩思前想后，最后决定由朱永旭外出做生意，爷爷由陈敏燕和母亲一起照顾。

于是，朱永旭便到湖南了解贵金属行情，他想做贵金属生意。结果他在湖南没几天，便接到妻子的电话，叫他马上回家。

原来，这天上午，陈敏燕想扶爷爷起床上厕所，但因为爷爷体重不轻，又加上陈敏燕怀孕五六个月，身体行动不便，所以陈敏燕在扶爷爷起床时，两人不慎摔倒。陈敏燕爬起来后怎么也扶不起爷爷，她崩溃得大哭。老人也哭了，觉得自己拖累了一家人。

朱永旭接到妻子的电话后，便马上赶回家。他打消了外出做生意的念头，在家服侍爷爷。

有一天，朱永旭帮助陈敏燕的爷爷翻身按摩时，老人既感激又愧疚地说："永旭啊，你是孙女婿，照顾我竟像对亲爷爷这么好，我这辈子无法报答你了！"

朱永旭说："爷爷，你不要多想，照顾您是我应该做的。"

2005年秋天的黄昏，老人安详地合上了双眼。村里人们来送葬时，无不说起3年来朱永旭精心照顾老人的不易，人人都说朱永旭心地善良。他的孝行，受到大家的一致好评。

事实上，陈敏燕愿意嫁给朱永旭，就是觉得他不但聪明能干，做事有责任心，更主要的是他有善良的品性。

他们俩住在同一个村，朱永旭的为人，陈敏燕知根知底。她清楚地知道，从1998年开始，朱永旭就在照顾村里70多岁的孤寡老人朱焕明。朱永旭与朱焕明非亲非故，他看老人孤独，便在每年的节日里，买一些饼干、水果或猪肉送给老人。老人非常高兴，逢人就说朱永旭好。

2020年，朱焕明中风造成大小便失禁。朱永旭知道后，便给老人清理了大小便，清洗了身体。然后，他叫来救护车，送老人到仙居县人民医院治疗。村民无不称赞朱永旭22年来持之以恒照顾老人的好心肠。

说起朱永旭关爱、帮助他人的好心肠故事，村民还会说起这样一件事：

2015年夏天的一个上午，大家称为"后应人"的80多岁的老奶奶，坐在粪桶上大便，因年老体弱，身体不慎陷入粪桶里。她一挣扎，粪桶倒地，人也摔倒，一桶的大小便不但泼满老人全身，而且四溢到整个房间里，臭气冲天。

"后应人"老奶奶住在离朱永旭岳母家二三十米远的地方，她的儿子已去世，媳妇在尚仁村做工，孙女在城里上班，平时家里就她独自一人。

倒在地上的老奶奶挣扎着向邻居呼救，已退休在家的朱永旭岳母闻声赶到老人家里，被粪便的恶臭熏得呕吐不止。但她不顾恶心的臭气，把老人从粪桶里拉出来。

住在岳母家的朱永旭闻讯也赶到老人家，只见岳母一边呕吐，一边在搀扶满身污秽的老人。

岳母看见朱永旭赶来，便说："永旭，房间里太臭了，你不要进来。我先把老人抱到家里清洗。"

"还是我来抱！"朱永旭毫不退缩，冲进屋里，抱起一身粪便的老人便往家里跑。他把老人抱到卫生间，岳母和接着赶来的陈敏燕的堂姐，一起为老人清洗全身。

邻居们都说朱永旭岳母一家人心肠好,刚入住不久的新房子,就让一个满身粪便的老人进去清洗。

大家也说朱永旭心好,老人这么臭还会抱。

淡竹乡领导希望朱永旭担任下陈朱村农房改造领导小组的组长,也是看到朱永旭的孝心、爱心,认为有孝心、爱心的人,做事肯定能为老百姓着想。而且乡领导看到他在外经商,头脑灵活,相信他有能力把新农村建设搞起来。

2016年3月,乡里领导动员朱永旭回村搞新农村建设,当时他与妻子还在杭州卖服装,生意稳定,年收入有30多万元。

朱永旭知道,如果他回村做工作,势必影响生意,但他看到村里新农村建设推进不下去,心里很不是滋味。

朱永旭思考再三,觉得作为一名共产党员,应该不忘入党的初心,牢记为人民服务的宗旨。于是,他决定放下"小家",为了"大家"回到村里担任村农房改造领导小组组长,挑起推进新农村建设工作的重担。

新农村建设是好事,但如何把好事办好,让老百姓通过新农村建设过上更加富裕美好的生活,这就要做出努力。

朱永旭知道,在农村拆屋、掘坟,是天大的事,不做通村民的思想工作,会造成很大矛盾。

于是,朱永旭认真研判新农村改造方案,完善补偿政策,制定新建房屋的抽签分配方式,并逐户进行走访,听取大家的意见,宣传新农村改造的政策和改造后开办民宿的美好前景。通过朱永旭的不断努力,下陈朱村新农村改造工作得到了有序的推进。

2017 年 3 月,下陈朱村"两委"换届,朱永旭赢得村民和淡竹乡党委、政府的信任,当选为下陈朱村党支部书记,成为下陈朱村"两委"的领头羊,这样也更加有利于他带领村"两委"开展新农村建设。

2017 年下半年,下陈朱村新农村建设进入拆除房屋的实质性操作阶段,朱永旭一家的房屋也在拆除之列。大家的目光都盯着朱永旭,看他先拿谁"开刀"。

面对这种情况,朱永旭主动先拆除自家房屋。

朱永旭家的 2 层楼房,是他的父母于 1986 年费尽千辛万苦建造起来的。朱永旭在做父母的思想工作时说:"我们家的房子虽然在村里也算是新房子,拆掉有一定的损失。但是,我们家房子不拆除,村里一期房屋改造便无法连片进行;我们家房子不拆除,其他村民的房子也不会拆除。如果这样,我们村新农村建设便无法开展,我们村永远是一个破破烂烂的村庄。"

朱永旭多次做父母思想工作,2 位老人终于松了口。

这天,朱永旭指挥拆房的工程人员来到自己家里扒瓦拆房。他的父亲看着房子被拆,眼里都是伤心的泪水。

朱永旭拆掉自家的房子后,村民震动很大,大家都看到了朱永旭建设新农村的决心。于是,村民相继签订了房屋拆除的协议。村里第一期 37 户房屋拆除,在 2018 年全部完成。

2019 年,在下陈朱村上界门口地段的 37 户 37 幢 3 层楼房建设完成。村民看着一排排式样美观的别墅式建筑,而且山泉水引进村中,流到每家每户的门口,大家高兴得合不拢嘴。但是,村干部是否会优先挑选位置相对好一些的房屋留给自己,这是大家所担心的。

朱永旭知道大家的顾虑,便跟村民说:"大家尽可放心,我们村干部和村民一样,与大家一起抓纸阄,抓到哪一幢就是哪一幢。"

在淡竹乡党委、政府和下陈朱村"两委"干部的见证下,37户拆迁户以抓纸阄的方式挑选新建的房屋,大家没有半点意见。

接着,有16户村民紧锣密鼓地装修好房子,开起了独具特色的民宿,走上了在家挣钱的致富路。

民宿老板陈明华是个钓鱼爱好者,他把钓来的鱼养在门前的活水里,不仅可供游客观赏,而且可以由客人点鱼现抓活杀。他家的民宿生意兴隆,年收入达10多万元。

2020年村"两委"换届时,朱永旭连任村党支部书记,并兼任村委会主任。他知道,以发展民宿为主导产业的下陈朱村,在今后相当长的时期内,要提升村民开放包容、大气友爱等各方面的素质,以便更好接待国内外游客。

于是,朱永旭指导修订村规民约。2020年12月25日,下陈朱村村民会议在村文化礼堂召开,表决通过了村规民约。此次通过的村规民约,特别把慈孝和善爱内容融入其中。

如村规民约第七条:子女应尽赡养老人的义务,关心老人、尊重老人,外出子女要经常回家看望父母。父母应尽抚养未成年子女和无生活能力子女的义务,不虐待儿童。

还如村规民约第十一条:提倡邻里守望,邻居外出走亲访友、务工经商,应帮助照看,遇到异常情况及时联系有关人员。主动关心和帮助孤寡老人和残疾人。与外来人员和谐相处,不欺生,不排外。

朱永旭还不断加强下陈朱村党建工作,要求党员做到"五事争先",即:干好本职事,争当魅力乡村参与者;做好身边事,争当和谐乡村践行者;管好家庭事,争当慈孝乡村传承者;办好公益事,争当善美乡村奉献者;抓好集体事,争当和美乡村建设者。他把慈孝作为对党员的考核内容之一。

村民学先进,找差距,村"两委"大力表彰并宣传涌现的好人好事。

如朱仙进被评为"孝老爱亲好党员"。朱仙进的父母年老多病。每当得知父母生病住院,在外经商的他总是赶回来照顾父母。在兄弟姐妹4人当中,他认为自己的经济条件稍好一些,总是主动承担父母的大多数医疗费用。他孝敬父母、体谅兄弟姐妹的做法,受到村民的称赞。

还有朱赵青被评为"见义勇为好村民"。2018年8月7日,一女孩在村外的韦羌溪失足跌入溪流中,她的家人在岸上惊慌得大喊救命。刚好路过此地的朱赵青跑下大坝,飞快地冲进溪里救起女孩。当时女孩已不省人事,但女孩经朱赵青和村民全力抢救,终于脱险。事后大家才知道,朱赵青为了救女孩,来不及脱衣裳,结果放在口袋里的2部手机浸水损坏,但他一点也不后悔自己的救人行为。

朱永旭对党员干部也严格要求。他经常在村干部会议和村民会议上指出,要以慈孝为本,关心他人、关心集体,要形成友爱、温暖的下陈朱村好民风。

村民不会忘记2019年"利奇马"台风来袭时,朱永旭奋勇抢险的事迹。

2019年8月10日早上6时,受"利奇马"台风影响,洪水漫过韦羌溪防洪大坝,冲进下陈朱村低洼地段的老村。

虽然朱永旭早就组织村"两委"班子成员,对低洼地段的村民进行了撤离动员,并成立了党员防洪抢险突击队,应变突发事故。但是,超强台风"利奇马"的威力,大大超出预料,他们根本想不到洪水会瞬间冲进村里,而且村里低洼处积水一下子涨到2米多深。

此时,朱永旭得知还有6位村民来不及转移,被困在家中,他与时任村委会主任的陈金平脱掉衣服准备游泳前去抢救。这时,他父亲打来电话焦急地说:"永旭,快来家里把停在后门的3辆车开走,洪水已漫上来了!会开车的人都没在家!"

朱永旭说:"我现在要去救人,管不了车了。"说罢放下手机,便跳入水中前去救人。

当6位村民被及时转移到地势高的地方时,朱永旭远远看到他和岳父及妹妹的3辆轿车已浸泡在洪水里,损失惨重。

朱永旭顾不得抢救自家财产,接着考虑受灾村民的吃饭问题。他发现自家兄弟的2间房子处在高处,没有被洪水淹没,便决定在兄弟家开伙,让受灾村民在这里吃饭。

在大灾面前,朱永旭表现出来的心系村民的大爱情怀,以及勇于担当、冲在救灾一线的党员干部风范,深受村民的赞扬。

朱永旭带领村"两委"以"一村一韵""一村一品"的思路,发挥下陈朱村地处神仙居景区南大门的优势,把新农村改造出了新气象。气象一新的下陈朱村,引起了各级政府的关注和赞赏。

2022年2月，下陈朱村成为全省"微改造、精提升"现场会的参观点，起到示范指导作用，受到与会者的一致好评。

2022年5月，下陈朱村成为浙江省共富示范村试点，得到财政500万元的配套优先补助，用于环村公路、村综合体建设。

2022年5月，下陈朱村又成为仙居县党建现场会参观点。

下陈朱村第一期新农村改造的成功，让人们深切地感受到以朱永旭为领头羊的村"两委"班子能干事，而且能干成事。于是，在第二期新农村改造启动后，村民便积极响应。

下陈朱村第二期新农村建设工程于2022年8月份开始进场，拆迁90多户的危旧房，规划新建200间房屋。

2022年8月12日上午，朱永旭来到仙居县传媒中心演播厅，参加全县村（社区）党组织书记"强基惠民、共富争先"实干比拼擂台赛。

仙居县将"强基惠民、共富争先"实干比拼擂台赛，贯穿监督考评新一届村（社区）党组织书记兑现履职承诺的全过程，以实绩作为鲜明导向，不仅看承诺怎么说，更看履职怎么干，引导村（社区）党组织书记把行动作为最好的语言，在实干中争先。

来自全县20个乡镇（街道）的20个村（社区）党组织书记一一走上讲台陈述，晒出一年来共富发展的成绩单。

建设有目标，工作有实绩，上台便不慌张。朱永旭沉稳地登上擂台，用PPT展示与口头陈述相结合的形式，翔实地介绍了下陈朱村建设共同富裕示范村所取得的成绩，并汇报建设"神仙居所地，共富领头雁"新农村的发展目标：不断完善村庄基础设施，使村民生产、生活条件进一步改善，村庄公共服务能力进一步增强,全面优化农村人居环境,让下陈朱村成为宜居、宜业、宜游、宜养的美丽家园,成为仙居大花园的"重要窗口"、"康养仙居"的样板区、游客心中的"诗和远方"。

经过评委认真评选,朱永旭荣获仙居县村(社区)党组织书记"强基惠民、共富争先"实干比拼擂台赛二等奖。

有爱、有实干精神的下陈朱村,在朱永旭的带领下,呈现出村"两委"班子团结奋进、村民安居乐业、新农村建设和共同致富快速推进的好势头。

第三章　融在食堂里的慈孝浓情

第一节　茶溪老人的笑声

"吃饭去咯!"90岁的蒋焕苏跟妻子徐花妹高兴地说。

因病卧床不起的徐花妹,笑着回应道:"村里办起了食堂,一日三餐不用烧了,真是帮了我们大忙!"

"是啊!村里有食堂,真是太好了!"蒋焕苏由衷地说。

之前,由于徐花妹生病,蒋焕苏隔三岔五就要去白塔镇上买菜,而且要自己做一日三餐,还要给徐花妹端茶送水、照顾她大小便。毕竟是上了90岁的年纪,蒋焕苏时常感到自己体力不济,疲劳不堪。村里办起了慈孝苑食堂,极大减轻了他日常生活的负担。

"你在食堂吃饱后,再把我这份饭菜带回来。"徐花妹吩咐道。

"这样也好。"蒋焕苏说着走出家门,沐浴着冬日中午温暖的阳光,喜滋滋地来到村文化礼堂左边坐东朝西的食堂。

中午食堂做的是大米饭,还有红烧肉、豆腐、番薯面和青菜。大米饭煮得又软又香,适合老年人食用;红烧肉烧得软烂,肥而不腻,香糯可口,入口即化;豆腐和番薯面烧得清淡,符合大部分老年人的饮食习惯。

　　陆续有老人进食堂就餐,大家乐呵呵地打着招呼,悠然自得地吃着聊着,幸福的笑意洋溢在每个老年人的脸上。

　　蒋焕苏匆匆吃完饭,打了饭菜带回家。他一到家便冲妻子喊:"今天中午吃米饭,有肉有豆腐!"说罢,他便把饭菜拿到病床前,服侍妻子吃饭。

　　这是 2012 年 11 月一天中午,发生在白塔镇茶溪村蒋焕苏家中的温馨一幕。

　　茶溪村是个美丽的小山村,距白塔镇政府所在地 1.5 公里,南近永安溪,北枕龙头山,永东堰穿村而过,一条名为柘川的溪流从龙头山流经该村,故起始村名为柘川村,后改名为柘溪村。1971 年,柘溪村大力发展茶产业,便将村名改为茶溪村。全村有 900 多口人,大部分姓蒋,蒋姓一族是唐末进士蒋琰的后裔,崇文重教、尊老爱幼的民风一代代流传至今。

　　早在 1998 年,茶溪村便将 3000 多亩山林带来的 20 多万元年收入存入银行,作为关爱老人的基金。这笔基金的利息,用于给全村 60 多位 60 岁以上老人每人每月发放敬老补助金。这样敬老的举措,不光使领到钱的老人们感到温暖,也使全体村民感到高兴。

　　2012 年初,仙居县开展"慈孝仙居"创建活动。茶溪村党支部、村委会便把村里实施的敬老爱老等举措,统一纳入"慈孝仙居"创建活动之中,把原关爱老人基金列为慈孝基金。

　　当时,茶溪村 60 岁以上的老人已有 100 多人。随着村里老龄化越来越严重,村里出现了以下几类生活状态的老人:一是无子女老人。这类老人为数不多,他们已被列为低保户,每月都有经济补助。二是留守老人。其中有的是年事已高的夫妻共同生活,有的是老人独自一人生活,他们子女都不在身边,全部在外工作。三是子女在本村的老人。这类老人中有的与子女一起生活,随子女一家吃饭;有的不随子女生活,一日三餐由子女送。这些老人的子女由于一日三餐要按时为老人烧饭,花费精力较多。这三类老人最大的困难是一日三餐的饮食。许多老人为图方便,早上烧了一锅粥,一天三餐吃粥配咸菜。还有许多老人到集镇上买菜不方便,烧菜怕麻烦,在饮食上大都将就着吃。俗话说"人是铁,饭是钢",特别是老人,没有合理的饮食,缺乏营养,其健康会受到严重影响。

茶溪村"两委"班子,针对老人一日三餐的饮食问题,决定在村办公楼开办慈孝苑,设有老人休息、娱乐的场所,并开办慈孝苑食堂。

2012年11月1日,冬日的阳光温暖如春,茶溪村的慈孝苑食堂正式开张。慈孝苑食堂饮食安排丰富,早上吃粥,中午吃米饭、配荤素菜肴,晚上吃面食类,如面条、馄饨、麦饼等,每天轮换着烧。

老人、小孩每月只需缴纳100元,一日三餐就可以在食堂用餐,中午还可以在慈孝苑的房间里休息。食堂伙食费用不足的部分,由村里补助。炊事员的工资和食堂的水电等费用,也全部由村里负责。

"村里办起慈孝苑,我们老人享福,在外打工的孩子也放心了!"在慈孝苑里,75岁的郑金德老人乐呵呵地跟笔者说。

80 岁的蒋焕友也开心地说："我在慈孝苑里吃得好、玩得好,跟老人们一起看看电视,有时大家聊聊天、下下棋,日子过得开心。想不到老了,还能享到这样的清福!"

时任村会计的蒋达富告诉笔者,平时村里有二三十位老人来慈孝苑用餐,他们都说村干部为老人做了件大好事,在外的子女都说,这下可以放心了,在外赚钱更安心了!

茶溪村创办的慈孝苑食堂,成为仙居县第一个村级食堂,为全县各村创办尊老爱幼食堂做了表率。

2013 年 3 月,春意盎然,一贯重视文化建设的茶溪村,积极响应浙江省委、省政府建设文化礼堂的号召。村"两委"把 2007 年建成的村办公楼改造成村文化礼堂,把宣传慈孝文化作为村文化礼堂的重要功能。

茶溪村历史上就很重视文化建设,改革开放后村文化活动更加丰富多彩,村民自导自演越剧《胭脂》。村民自编自导自演的快板戏《4 个老太婆》,赞美新农村变化,宣传节约办婚礼,被选送到台州各地演出,广受好评。

茶溪村文化礼堂共有 3 楼。其中 1 楼设有老人少儿讲堂、少儿活动室和办公室,配备讲台、音响、电子显示屏、电脑、电视、投影仪等,供老人、儿童休闲娱乐使用。2 楼设有农家书屋,藏书丰富,供村民借阅,丰富业余生活。3 楼设有茶溪村文化讲堂,配有各种设备,供村内开展各类活动使用。

村文化礼堂组建了军鼓队、排舞队、戏曲队、腰鼓队、气功队、门球队、乒乓球队、兜球队、地掷球队、篮球队等,其中戏曲队的板凳龙、木马、秧歌、腰鼓很有名气,全村文化活动更加活跃。

2013 年,茶溪村、下山村、染潭村 3 个自然村合并为茶溪行政村。3 村合并后,茶溪村"两委"班子一如既往地重视慈孝文化和乡风文明建设。

茶溪村老年人协会会长蒋再号告诉笔者,村里在着力办好慈孝苑食堂的同时,还继续向符合条件的老人发放补助金,60岁以上的老人每月给予 40 元补贴,70 岁以上的老人每月给予50 元补贴,80 岁以上的老人每月给予 60 元补贴,90 岁以上的老人每月给予 100 元补贴。关爱老人补助金在每年的 1 月 20 日、4 月 20 日、7 月 20 日和重阳节,分 4 次发放。这 4 个关爱老人补助金发放日,成为老人们的节日,老人们喜气洋洋,倍感激动。虽然老人们每次只能领到几百元补贴,但是此事意义非凡,体现了村"两委"对村里老人的关爱。

茶溪村"两委"重视慈孝文化建设,村内慈孝风气更加浓厚。

蒋再号首先赞扬了村里嫁出去的蒋文娟、蒋玉华姐妹俩的孝行。

从 2014 年开始,无论春夏秋冬,只要天气晴朗,茶溪村村民总会看到 40 多岁的蒋文娟、蒋玉华姐妹俩,用轮椅推着母亲到村头游乐场散心。

姐妹俩的母亲名叫王秋菊,已有 80 多岁,丈夫已去世。她生有 3 个儿子、2 个女儿,大儿子在外经商,二儿子在银行工作,三儿子在医院工作。

2014 年,王秋菊患病瘫痪,由于 3 个儿子平时工作繁忙,2个女儿就主动接过照顾母亲的重担。

村民知道蒋文娟、蒋玉华姐妹俩从各自家里前来照顾母亲,其实也困难重重。蒋文娟嫁到埠头镇,离茶溪村有 10 公里远;蒋玉华嫁到白塔镇前垟自然村,离茶溪村也有 5 公里路程。她们风雨无阻地赶到茶溪村,无微不至地照顾母亲的饮食起居,直到 2 年后母亲去世。

如此孝顺的女儿,村民看在眼里,赞在口里。

两姐妹如此孝顺,三兄弟也孝顺。他们虽然不能天天前来照顾母亲,但是一有空,便赶到茶溪村看望母亲以尽孝心。

说起慈孝,方彩娥对儿女慈爱、对公婆孝顺的事迹深深感染了茶溪村村民,她的美德被村民高度赞扬。

方彩娥是退休的小学老师,她 59 岁时,丈夫患病,卧床 2 年后去世。从此,抚养 2 个儿子、2 个女儿的重担,就落在了她一人的肩上。但她克服各种困难,含辛茹苦将 4 个子女抚养成人。

丈夫生病时,年近 90 岁的婆婆又生病卧床。方彩娥一边要照顾丈夫,夜里还要照顾年迈的婆婆入睡。2 年后婆婆去世,她又照顾公公 9 年,直到他去世。

村民陈妙娟被大家称为任劳任怨的好妻子。陈妙娟的丈夫蒋达雨,2014 年因中风卧床不起。她的 2 个儿子在外开店,听闻父亲的病情,准备回家伺候父亲。但陈妙娟耐心劝 2 个儿子在外安心开店,家里的一切由她来操持。

时年 60 岁的陈妙娟,每天不但要服侍丈夫吃喝拉撒,还要下地务农。人们看她总是步履匆匆,从地里回家时总是一身汗水、一身泥巴,但她从不向人们诉苦喊累。她吃苦耐劳的品格,让村民敬佩不已。

现年 50 岁的吴森娟,也受到村民的称赞。2019 年,她的 46

岁的丈夫在外做小吃生意，突发脑出血成为植物人。那时，她的双胞胎女儿才 8 岁，一家的生活重担全落在她身上。但她还按照医生的嘱咐，每天定时推着轮椅带丈夫走出家门呼吸新鲜空气，去村口给他做康复运动。吴森娟的公公患上老年性痴呆，她又担负起照顾公公的重担。

茶溪村这种孝老敬亲的淳朴民风，促使全村同心同德，关心村集体事业发展。

村里 400 多米长的永东堰，是灌溉 3000 多亩田地的主渠道。2017 年，村里投资 100 多万元对渠道进行水泥硬化改造，村民全力支持。改造后的永东堰，提高了水渠灌溉的效率，确保 3000 多亩田地旱涝保收。

在农村，环境整治是一件非常困难的事，因为常年的生活习惯，不是说改就能改的。比如家家户户都要养猪，过年时吃的猪全靠自家喂养。为了喂猪方便，村民们都在自家的门前屋后搭建猪舍，有的人家还建起牛栏养牛。因此，到了夏天，村里臭气熏天，苍蝇、蚊子满天飞，环境脏乱差。为了营造干净整洁的人居环境，茶溪村"两委"班子着手开展环境整治工作，搞人畜分离，拆猪舍、牛栏，准备在村外重建猪舍、牛栏以便村民圈养牲畜。许多村民嫌路远，喂养牲畜不便，一开始并不同意。因此，村"两委"干部一次次上门，向村民们陈述利害，做村民们的思想工作。村干部说："真是磨破嘴皮子，走破脚皮子！"

茶溪村的村民大局观念强，思想意识跟得上时代发展。全村环境整治工作如火如荼地开展，拆除 500 多间猪舍、牛栏，整个过程十分顺利。

2020年,新一届村"两委"班子形成后,茶溪村党支部书记、村委会主任鲍国平,村委会副主任蒋利平等班子成员着力开展"一户多宅"整治工作,积极推进新农村改造,要让茶溪村成为美丽宜居的新农村。

蒋利平对笔者说:"茶溪村的慈孝文化建设会一直坚持下去,这是乡村治理很好的切入口,老百姓很拥护!"

第二节 "6199"食堂诞生记

　　坐落在大雷山上的里岙村,海拔600多米,与天台县相邻,是仙居县较为偏僻的村庄,但这个村是广度乡人口最多的一个村,在2013年时,全村有223户、847人。然而这个人口大村,青壮年基本都下山打工去了,留在村里的仅有300人,其中60岁以上的老人有143人,还有一些留守儿童,他们一日三餐的吃饭问题,让村干部们牵挂不已。

　　2013年的夏日,里岙村委会主任金国明和几位村干部走访时发现,有位70多岁被称为"井坑人"的老太太,吃的剩饭馊了,吃的剩菜都发霉了。

　　金国明知道老人的儿女都在仙居县城里打工,他猜想老人可能是为了减少烧饭的次数,才吃馊了的饭、发霉的菜。他跟老人说:"这样的饭菜吃下去是要拉肚子的!"说罢便把这些剩菜剩饭倒掉。

　　"井坑人"心疼得直骂金国明"天诛团",说他浪费粮食。

　　金国明知道,冬天寒冷,有的老人懒得烧饭,每天只吃2顿或1顿饭。他觉得村里老人这样的饮食习惯,肯定会造成营养不良,影响身体健康,他为村里老人的这一状况而焦虑。

金国明关心重视村里老人的生活,跟他孝顺母亲和关爱兄弟姐妹的品德有关。在他 11 岁时,42 岁的父亲因病去世,40 岁的母亲艰难地抚养着 6 个儿女,最小的孩子才 5 岁,家里一直十分困难。金国明从小就感受到人们帮助他一家的温暖。每次邻居送给他家蔬菜、帮他家砍柴,他都无比感动。投之以桃,报之以李。因此,金国明对村里的老人非常关爱,敬重有加。

小小年纪便失去父亲的金国明,对母亲十分孝顺,成家后他一直供养着母亲,无微不至地照顾母亲。他的母亲如今已经 85 岁了,身体健康,生活快乐。

1967 年出生的金国明,读初中时,由于家里缴不起学费,只好辍学回家务农。他 14 岁时学做篾的手艺。篾匠出师后,一直到 30 岁,他都在广度山区为老百姓加工竹篾制品。他知道做篾匠难以致富。于是,他到天津、山东等地做起贵金属生意。

2011 年,村"两委"换届时,村民将金国明选为村委会主任,希望有大爱情怀的金国明,为村里的发展出把力。都说"新官上任三把火",金国明上任后的"第一把火",就是把村里木结构的老旧办公楼拆除重建。

在村"两委"干部达成共识后,2012 年 3 月,村里动工拆掉了旧办公楼,建造了混凝土结构的办公楼。

新的办公大楼于 2013 年 6 月建成,这是村集体办的一件大事。村民看着崭新的办公大楼,看着设施齐全的办公室、会议室,看着在办公室里轮流值班的村干部,新一届村"两委"干部想干事、能干事、干成事的形象,一下子就在村民心中树立了起来。

村里新的办公楼建成后,2013 年 12 月,村"两委"班子研究决定,在办公楼 1 楼创办慈善食堂,为村里老人解决一日三餐的饮食问题。

办慈善食堂缺少资金,村干部便纷纷捐款,在外打工和做生意的村民得知后,也踊跃捐款。大家所捐的 6 万元善款,用于食堂购买各种用具和粮食。

广度乡党委、政府大力支持里岙村办食堂,时任广度乡党委书记的华伟,给食堂取名为"6199"。"61"指的是儿童,"99"指的是老人,村干部觉得"6199"这个食堂名字有特色,便采用了这一名字。

2014 年元旦,是农历腊月初一。这一天,红日高照,里岙村百姓倍感温暖。

里岙村"6199"食堂要开伙了。村民像过年一样高兴,大家纷纷来到村办公楼前看个究竟。

村里在食堂开张前已做了宣传,所有 60 岁以上老人,在食堂开伙的第一个月,一日三餐免费试吃。从第二个月开始,60岁以上的老人每人每月缴费 150 元,70 岁以上的老人和儿童每人每月缴费 100 元,80 岁以上的老人、低保老人、孤儿和残疾人免缴费用。

食堂所收的伙食费,远远不够各项开支,不足部分由人们所捐的善款支付。村里办食堂,体现了人们孝敬老人、关爱儿童的大爱情怀。

这天上午,仙居县、广度乡等各级领导来到里岙村,了解"6199"食堂创办情况,对里岙村创办"6199"食堂予以充分肯定。

这天中午,村里老人和留守儿童都来食堂吃饭,每人一个餐盘,盘中有红烧肉、豆腐和青菜,大米饭由大家自己盛,吃多少盛多少。

66岁的杨国多,吃着荤素搭配的热饭热菜,开心地笑了。在这里吃饭,不用买菜,不用烧饭,不用洗碗,还可以在这里看看电视,与老人们聊聊天,他感到这真是神仙过的日子。

84岁的抗战老兵陈加庭和老伴高兴地来到食堂吃饭,他们没有想到天底下真有一日三餐可以白吃的好事。2位老人无儿无女,年事已高,行动不便,买菜烧饭成为他俩最大的负担。村里为老人、儿童办起食堂,他们认为村干部真是为百姓服务的好干部。

90多岁的金成选,腿脚不便,无法到食堂用餐,炊事员便把饭菜送到他家里。老人感动地说:"想不到我老了,还有这么好的福气!"

"6199"食堂开张后,一日三餐吃什么会公布出来。早饭一般是大米粥,配笋咸菜、豆腐粒;中饭是大米饭,配1个荤菜,还有番薯面、豆腐以及时令蔬菜,选上2个素菜轮换着烧;晚饭是面条或饺子等。

1个月免费试吃后,村里有30多位孤寡老人和留守儿童前来用餐。

村里为了减少食堂运营费用,保证食堂蔬菜供应,专门划出土地,由村里各生产小组种植蔬菜,免费提供给食堂。种"爱心地"、送"爱心菜",弘扬了慈孝文化,村民乐而为之。

为了使老人和小孩在食堂"既吃得好,又吃得起",把食堂持续办下去，村干部亲自挂帅，加强对资金和物资的监督管理，经常对食堂进行安全检查，促进食堂高效、有序、安全运行。

自从村里办起"6199"食堂，入党积极分子、预备党员自愿给食堂送米、送油、送猪肉、送面粉，以减少食堂开支。

2015年过年前，里岙村30多岁的村民蒋战伟，从仙居城关开车来到村办公楼前，从车里抱下15公斤的大米10袋送到食堂，接着还从车里拿出10公斤的面粉、4瓶装的金龙鱼食用油1箱，还有苹果、梨10多箱，价值2000多元。

蒋战伟送了这么多东西，把食堂的炊事员和在这里等候吃饭的老人看呆了。

有老人笑着问蒋战伟："为什么给食堂送这么多东西？"

蒋战伟是预备党员，在仙居城关做塑料回收生意，由于生意忙，不大回村。他回答老人说："过年了，给大家送点东西，也表表我对村里老人的一点心意！"

有一天，预备党员陈莉莉、杨萌萌，开车来到"6199"食堂前，她们每人给食堂送了价值1000多元的物品，有50公斤大米，还有金龙鱼食用油、猪肉、火腿等。

这些预备党员用爱心诠释为人民服务的宗旨。

为了使老人们在食堂有安静的吃饭和休息的环境，村"两委"在村北整修了1幢2层的房屋，把"6199"食堂搬迁到那里。1楼用作厨房、餐厅和电视娱乐厅，2楼房间供老人们中午休息。这样，老人们早上来到食堂，一天都可以在食堂吃饭和休息，吃了晚饭后回家。这样省去了他们从家里到食堂的多次来回。

里岙村"6199"食堂已办了10年。10年的坚持，很不容易。

　　2022 年 6 月 1 日，星期三，笔者又一次冒雨驱车赶到里岙村，在金国明等村干部的陪同下，来到"6199"食堂。只见 2 层楼的楼顶上"广度乡居家养老服务中心"几个红色大字，一字排开。在楼房的 2 楼入口处，挂着"6199"食堂的牌子。1 楼门口挂着"广度乡健康服务室""广度乡居家养老服务中心"2 块牌子。1 楼廊檐下挂着 12 盏大红灯笼，充满喜庆祥和的气氛。

　　金国明介绍说，从 2021 年开始，仙居县残联补助了食堂 3 万元，仙居县民政局也补助了 2 万元，这样极大地减轻了食堂运行的经济压力，费用不足的部分由村里补贴。"6199"食堂从 2021 年 1 月开始，向 60 岁以上老人每人每月收取伙食费 80 元，80 岁以上的老人、残疾人、特困户，免收费用。

　　笔得看到，在这里吃饭的老人和残疾人有 14 人。他们在开心地看电视，等候吃中饭。

　　杨国多从食堂开办第一天开始，一日三餐都在食堂吃。他开心地说："食堂荤素搭配，有米饭，有面条，比家里吃得好。"

　　82 岁的郑玉娥插话道："政府给钱、给吃，村里关心我们，现在的生活真的好！"

　　叶山花老人，已有 87 岁，他的户口在里岙村临近的村庄，那里属于天台县，他的子女户口都在里岙村，而子女都在仙居城关打工，他在里岙村成为留守老人。按理说，叶山花的户口在天台县，不能享受里岙村"6199"食堂的福利待遇，但是，里岙村干部研究后，收取他每月 80 元伙食费，让他和村里老人一样，一日三餐在食堂吃。叶山花老人和他的子女，都非常感激里岙村干部的照顾。

叶山花开心地说:"在里岙村,大家对我很关心,我就像在家里生活一样开心。"

不多久,开饭了,炊事员招呼老人们到餐厅吃饭。

笔者来到餐厅,只见中午吃的是"面食"。一碗碗"面食"已端上桌,并摆好了筷子。

在仙居,所谓"面食",是指把猪肉、豆腐、笋或者茭白等蔬菜切成粒状,炒制后用作馅,再用面皮包裹成比馄饨略大的形状。而馄饨则是指单纯用鲜猪肉末做馅包成的元宝状食物,比"面食"的形状要小一些。

笔者看到一大碗"面食",便问老人们说:"平时你们这一碗面食够吃吗?"

大家都纷纷说:"够吃。"

笔者看他们吃得开心的样子,为他们老有所养、饮食无忧而感到高兴。

笔者还了解到,里岙村"两委"在每年腊月二十以后,会选1天请60岁以上的老人吃年夜饭。这顿集体年夜饭,也相当于给全村老人祝寿,每张大圆桌上都会摆上鸡鸭鱼肉等几十样菜肴,很是丰盛,全村赴宴的老人吃得高兴,吃得开心。

里岙村从2013年开始,年年举办老人集体年夜饭,温暖了全村老人的心,也凝聚了全村村民的心。

"慈孝润乡风,事业创新功。"2017年上半年,里岙村"两委"换届,金国良当选村党支部书记,金国明当选村委会主任,村"两委"积极开展新农村建设工作。

村里拆了老旧房屋200多间,有规划地建造了新房100多间,95％的村民建起了新房。

笔者看到一排排坐北朝南的 3 层连体别墅式新房,难以想象这是山村中的景观。

2020 年,村"两委"换届,金国明当选为村党支部书记、村委会主任,蒋战伟当选村党支部副书记兼村监会主任。他们身体力行弘扬慈孝文化,得到村民的信赖。村民朴素地认为:"心肠好的人,能对老百姓好,能够为村里做事业。"

新班子上任后,一如既往地重视慈孝文化建设,并投资 300 多万元建设村自来水厂。2022 年,自来水厂投入使用,村民们喝上了卫生的优质水。

有良好的村风民风,村里的矛盾就少了。从 2011 年开始,村里没有纠纷事件出过村。

村容村貌焕然一新的里岙村,赢得了许多荣誉。如 2020 年 12 月,里岙村被命名为浙江省 3A 级景区村;2021 年 12 月,里岙村又被命名为浙江省卫生村。

里岙村全村面积 3.94 平方公里,有耕地约 600 亩,山林约 3200 亩,毛竹约 1200 亩。现在里岙村的许多年轻人回村创业,发展山林经济,种植高山杨梅、水蜜桃、白花菜、白萝卜、南瓜等水果和蔬菜,走绿色生态致富之路。

笔者看到里岙村的男女老少都是一脸自信、幸福的模样。山村的美,最美的还是人们的笑脸。

第三节 "共富食堂"的幸福感

2022年10月10日,天高云淡,秋风送爽。

在这样令人心情舒畅的天气里,南峰街道水孔头社区迎来好消息:浙江省首批300个共同富裕现代化基本单元"一老一小"场景名单正式公布,水孔头社区被列入养老服务场景名单。

水孔头社区的养老服务展现在大家眼前,成为大家津津乐道的话题。

水孔头社区党委书记、居委会主任马泽豪对笔者说:"我们养老服务中心在硬件和软件上,不断跨越,不断提升,为更好地服务老人和残疾人做贡献。如今水孔头社区养老服务中心被列入浙江省养老服务场景名单,对我们既是鼓励,又是鞭策。我们将再接再厉,努力把养老服务中心的工作做得更好。"

水孔头社区位于仙居城南。2013年9月由原水孔头村和黎明居组建成水孔头社区,辖区面积约2平方公里,常住人口14400多人,户籍人口5000多人。水孔头社区居民在仙居城区大发展大建设中,能够较好地支持征迁建设工作,这与社区重视慈孝的德治建设和良好的民风有很大的关系。

2022年6月4日,星期六。这天下午,笔者来到水孔头社区办公楼。当天值班的社区党委副书记、居监会主任张炜,在接受笔者采访时说起社区养老服务,由衷地认为,社区干部用心在做关爱老人工作,而且做得很扎实。

水孔头社区养老服务中心,是在仙居县轰轰烈烈开展"慈孝仙居"创建工作的过程中应运而生的。2015年,社区创办了"6199"食堂,2019年又创建了"残疾人之家",平时有100多人在养老服务中心食堂吃饭。60岁以上老人每人每餐缴费4元,70岁以上老人每人每餐缴费3元。从2021年开始,60岁以上老人,每人每餐缴费3.4元。2023年开始,每人每餐缴费4元。食堂每天供应午餐、晚餐,向残疾人免费供应午餐。

77岁的老徐,多年前曾经为每天的吃饭问题苦恼不已。

老徐的妻子患了胆结石,手术后就一直吃素,不沾荤菜。老徐当时想,妻子喜欢吃素就让她吃素,自己每天早餐和妻子一起吃粥配素咸菜,中午和晚上这两餐自己用另外一口锅烧荤菜,这样互不掺杂。但是,妻子见不得肉食,这使他十分犯难。妻子无数次劝他一起吃素,他无法接受,但又想不出好办法解决。因此,老徐每天为吃鱼、肉等荤菜而大伤脑筋。

水孔头社区在2015年办起了"6199"食堂,这给老徐带来了福音。中午和晚上他便到离家不远的食堂用餐。当时来食堂吃饭的老人有三四十人,大家都是街坊邻居,熟识得很,大家打着招呼,开开心心地聊天,吃饭的气氛很好。

食堂午餐主食通常是大米饭,菜肴一荤两素。荤菜要么是鸡腿,要么是红烧肉,或者鱼、鸭等;两个素菜,要么是豆腐、青菜,要么是其他时令蔬菜。每个人的菜肴装在快餐盘里,这样既方便,又卫生。

晚餐主要是面条等易消化的食物。

午餐和晚餐的饭菜,都符合老徐的口味。吃上了一日两餐带荤的饭菜,他的心情舒畅了,人也年轻了。人们看他红润的脸色,都以为他才 60 岁。

83 岁的张华琴,声音洪亮,中气十足,精神矍铄。她说从 2019 年开始,她一直在"6199"食堂吃饭,吃了饭还可以和大家在养老服务中心活动室搞活动。

患小儿麻痹症的龚国庆,有 2 级肢体残疾,是南峰街道柴岭下村人,他无儿无女,是低保户。自从 2019 年水孔头社区"6199"食堂扩展为南峰街道残疾人之家,龚国庆就每天来这里享用免费的午餐。有时,他在这里吃晚餐,便像其他老人一样支付 4 元。

每天,龚国庆拄着 2 根拐杖,早早来到服务中心。他和其他残疾人、老年人一样太喜欢服务中心了,因为这里不光供应免费的午餐,还有许多活动项目和服务措施。

服务中心管理负责人、水孔头社区第二党支部书记泮娜,带领笔者参观了服务中心。服务中心是原黎民居的办公大楼,一共有 4 楼,大楼 1 楼北面临街的房子就是原"6199"食堂,如今改名为"共富食堂"。1 楼南面大厅是大活动室,供大家开展文娱活动。

2 楼是多功能厅,可用于开会、办讲座,还设有"共富工坊",残疾人可以在这里做一些来料加工的工作。在 2 楼东面还设有儿童之家活动室、阅览室,双休日开放。

4 楼设有休息室、活动室、康复室、医务室、托养室、阅览室、沐浴室和无障碍洗手间等。

3 间休息室,每间铺有 4 张床铺和 5 张躺椅,老人和残疾人吃完午餐,如果不回家,可以在这里休息。

2 间活动室有跑步机等健身器材。

1 间康复室有用于练习走路、拉伸等的多种器材设备。

1 间阅览室有适合老年人和残疾人看的保健书籍。

各个房间的白粉墙上,挂着弘扬慈孝文化、关爱老人和残疾人的宣传画,还贴有"幸福快乐""健康长寿""老有所乐""老有所为""尊老为德、尊老为善"等各类标语,让人感到温暖如春。

服务中心的走廊和每间房间,都干净整洁,一尘不染。

除了楼梯,服务中心还安装了电梯,方便老人和残疾人上下楼。

总之,笔者实地参观后,感觉服务中心呈现出家一般的温馨和美好。

龚国庆笑着说:"这里比我们的家不知要好多少倍!我每天早早便来到这里,这里有吃的、有玩的,还能休息,我经常吃了晚饭才回家。"他不无感动地接着说:"每季度政府各种补贴加起来有 2000 元,我吃穿不用愁。感谢党和政府对我们残疾人的关心!"

林美莲是"共富食堂"的炊事员。她是在 2021 年接手食堂炊事员工作的。她笑呵呵地告诉笔者:"大家都说这个食堂办得好,饭菜好吃。"

由于食堂办得好,2019 年这里列为南峰街道残疾人之家,专门配备了工作人员为残疾人服务。

王卫娅就是残疾人之家的工作人员。她亲切和善、手脚勤快,每天一大早就来到这里为残疾人做好安全管理,引导他们到各层楼活动,负责残疾人到食堂就餐的登记工作,给每位残疾人打好饭菜并端上桌。总之,残疾人有什么合理的需求,她都有求必应,让他们每天快快乐乐来,高高兴兴回。

王卫娅说:"现在南峰街道辖区有 33 名残疾人,他们来这里就餐和活动,我们都很欢迎!"

这么多年来,水孔头社区着力办好养老服务中心,让老人们开展各类娱乐活动,充实老年群体精神文化生活,营造"老有所养、老有所乐、老有所学、老有所为"的社区养老氛围,办好"共富食堂"解决老人们的吃饭问题,提升了居民的幸福感。

社区还发挥在职党员和网格志愿者队伍的作用,采用包楼联户的方式,定期走访社区内空巢老人、孤寡老人、留守老人、失能老人,开展特殊照料检查巡护工作。对行动不便的老人,结对的党员和志愿者为老人提供上门送餐服务。

"吃长寿面去咯!"从 2015 年开始,每年重阳节这天,社区的老人们都会高兴地一起去社区养老服务中心吃长寿面。

重阳节中午,社区为 60 岁以上的老人做长寿面,为他们过重阳节。

每年大年三十前,社区还会请 60 岁以上的老人吃年夜饭。年夜饭有猪肉、鱼、鸡等各种菜肴 20 多道,很是丰盛。

2020 年,社区转变了关爱方式,给 60 岁以上的老人每人发一瓶油，然后按年龄段，发放金额不等的现金：60 岁以上的老人每人发放 60 元礼金，70 岁以上的老人每人发放 70 元礼金，80 岁以上的老人每人发放 120 元礼金。

老人们收到这些现金和礼物，心里都暖乎乎的。这是社区关爱老人的心意，是敬老爱老的具体体现。

敬老爱幼的社区文明之风，润物细无声。在社区的文化礼堂，笔者看到许多张挂在礼堂墙上各个姓氏的家训，这些家训在民风教化上起到了一定的作用。

如李氏家训十训："训为子、训兄弟、训夫妇、训交友、训为士、训为农、训为工、训为商、训持家、训为官。"

还有徐氏家训："处家以耕读为本，勤俭为先，凡士、农、工、贾，必以专其业，不得好闲游惰以废其家，毋作非为以累其亲，切宜戒勉。""兄弟如手足，有急难须当相顾，疾病相扶持，重伦理。""为人先敦原本，父母养育劬劳恩深罔极，生事葬祭，必竭、必尽礼。"

这些一代代流传下来的家训，其核心思想体现了慈孝、修身、爱国的品德教化，为民风向善向美、弘扬家国情怀起到了应有的作用。

水孔头社区以优秀的慈孝传统文化融入社会主义核心价值观，教育居民、管理社区，呈现出班子团结、社会和谐、各项社会事业蓬勃发展的好势头。

2017 年 2 月 14 日，仙居县电视台播放了一条令全县人民高兴的消息：今天，"南五路"工程已全线开通。

仙居"南五路"工程是城市交通主干道建设工程，是县城发展战略的重要组成部分,也是市、县 2 级为民办实事的重点项目。这条道路东起龙皇山脚的河埠路,西与仙清线连接,全长约 3 公里,宽 34 米。这条道路建成,为仙居南部及城区南片的发展起到重要的作用。

这条道路有一段属于水孔头辖区,涉及 73 户民房拆除和改建,以及土地的征用问题。这关系到居民的切身利益,也容易引起矛盾。在水孔头社区班子公平公正的主持下,在良好的乡风民风影响下,征迁安置工作顺利进行,没有引起矛盾和纠纷。

居民王大爷说:"过去常说'造桥铺路大善事',现在常说'要致富,先修路'。县里建造这样宽敞的道路,功在当代,利在千秋,我们要大力支持。"

水孔头社区弘扬慈孝文化,以德治促进自治和法治,政通人和气象新,砥砺奋进新征程。

第四章 新农村的新风景

第一节 红色姚岸慈孝村

　　走进姚岸村,便走进革命老区村,走进火热的旅游村,走进温暖的慈孝村。

　　姚岸村是仙居县南部上张乡的一个小山村,"红色姚岸·慈孝名村"的品牌,名声赫赫。五一黄金周和十一黄金周期间,姚岸村游客爆满,每年来研学的学生就达 6 万多人。

　　姚岸村,距仙居县城约 30 公里,离上张乡政府所在地仅 1公里。这里前有金字山,后有石桥山,山上青松翠竹云缠雾绕,山下有田可耕、有泉可灌,村内古木参天,四季常绿,池塘映村舍,坦途通家门,素有"石桥山下小桃源"的美誉。

　　这个有 1000 多年历史的小山村,古称桐林村,后因此地姚氏居住在池塘岸边,渐渐被人们称为姚岸村。村里老人介绍,姚岸村是古时仙居通往温州永嘉的交通要道,曾经非常繁荣和热闹。

　　更让姚岸村百姓津津乐道的是,这里是第一次国内革命战争时期中国工农红军第十三军仙居游击队的根据地,姚岸村的姚小英系红军仙居游击队的连长。当时,在姚岸村的后山上,建有红军兵工厂,能打制梭镖、大刀,还能制造火枪。这支游击队有力地打击了国民党势力在上张片区的嚣张气焰。

在解放战争时期,姚岸村还是中共"仙(居)临(海)黄(岩)"边区党委和中共仙居县委驻地。在村边靠近后山的姚小英家,成为区委、县委领导人暂住地。他们在村中一幢 2 层木楼里办公,战士们睡在木楼的通铺上。

1949 年 7 月 8 日,仙居县委书记一行赶往仙居县城,准备接收县城。他们冒着遭受国民党残匪沿途袭击的危险,进驻仙居县城,并于 1949 年 7 月 10 日成立仙居县人民政府,有力地推动了仙居县全境解放。

仙居县委在姚岸村办公的木楼,如今成为"仙居县委旧址",也成为浙江省爱国主义教育基地。

姚岸村的历史文化遗存和红色革命精神,成为姚岸村宝贵的物质财富和精神财富。

前几年,行政村"撤扩并"后,姚岸村、奶吾坑村、树岙村、茶坑口村这 4 个村合并为姚岸行政村。全村共有 470 户、1538 人,有党员 51 名,村党总支书记和村委会主任是 60 多岁的姚西洪。

姚西洪如姚岸村一样出名。2015 年,他曾荣获"浙江省第一批千名好书记"称号。

1958 年出生的姚西洪,是土生土长的姚岸村人。他于 1984 年入党。1984 年到 1998 年,一直担任姚岸村委会主任,1998 年至 2013 年,担任村党支部书记,从 2013 年开始,担任村党总支书记,2020 年开始,担任村党总支书记、村委会主任。他在担任村干部将近 40 年里,做到"干事创业有思路,村务管理有规矩,服务群众有感情，带领队伍有办法，廉洁公道有口碑"。

在基层，看一个村治理得好不好，一是看村里稳定不稳定。比如村"两委"班子有没有干事创业的精神，班子团结不团结，村里矛盾纠纷突出不突出。二是看村风民风好不好。比如有没有尊老爱幼的好风气，邻里之间有没有互相关心帮助的好习惯，村民有没有关心集体的大爱之心，群众有没有善待游客的热情、真诚、理解、宽容的礼节和礼貌。三是看村里民生事业有没有发展。比如电力和通信畅通不畅通，通村道路状况有没有改善，自来水供应问题有没有解决。

姚西洪跟笔者说，一个村能不能快速发展，取决于 2 条：第一，村干部要有干事创业的劲头；第二，村干部作风要民主，村风民风要好。

姚西洪抓班子建设，主要是从以下 4 点入手：

一是村干部要听话。要听党的话，听乡干部的话。

二是要有无私奉献的精神。想在村里发财，就不要当干部。

三是要敬业，有责任心。有的村干部，一选出来，就去外面做生意，导致工作无法开展，这样的人不能当干部。

四是干部肚量要大。当了村干部，要有宽广的胸怀，班子成员之间不能钩心斗角。对在选举时没有投自己票的人或对自己有意见的人，不能打击报复。

姚西洪认为，村干部如果能做到以上 4 点，班子就能团结一心，村里工作肯定能开展起来。

在村"两委"班子建设上，姚西洪倡导民主作风，不搞一言堂，班子的凝聚力和向心力就强了。

"在农村,村风民风建设很重要,弘扬慈孝,能有力地促进村风民风建设。"姚西洪深有感触地对笔者这样说。他还说:"村民对老人孝顺了,对孩子们尽心尽责了,家庭矛盾纠纷就少了。家家户户有爱心,有良好的家教,村风民风就会好起来。"

姚西洪是这么认识的,也是这么去倡导的。

2006年10月12日,村党支部书记姚西洪组织开展姚岸村村民"慈善一日捐"活动。

开展这一活动的大背景是,2005年11月7日,中共仙居县委、县政府下发了《关于开展"慈善一日捐"活动的通知》,决定每年开展"慈善一日捐"活动。2005年,全县先后有190多个部门、单位、团体、企业合计9000余人次,为慈善事业奉献爱心,共募得善款64万多元。2006年9月14日上午,仙居县"慈善集体""慈善之星"颁奖典礼暨2006年"慈善一日捐"动员大会举行,并全面部署了2006年"慈善一日捐"活动,活动范围为县本级内的各党政机关、企事业单位、社会团体,以及广大干部、职工、市民(村民),活动时间为2006年9月14日至12月31日。

根据县里部署的2006年"慈善一日捐"活动的精神,姚岸村"两委"班子研究后决定组织村民开展募捐活动。村民积极响应,大家你5元、我10元献出自己的爱心。姚西洪把收到的1000元捐款送到仙居县慈善总会。姚岸村成为全县第一个向仙居县慈善总会捐款的行政村。

2012年初,当仙居县委发出"慈孝仙居"创建活动的通知后,姚西洪认识到"慈孝仙居"创建活动是弘扬优秀传统文化、推进村风民风建设、促进农村德治的良好载体。他从仙居县文明办了解到,临海市东溪单村慈孝文化建设做得好。于是,他组织村"两委"班子前去参观学习。

东溪单村60岁以上的老人有500多人。村里在乡贤的大力支持下,设立慈孝基金,开展敬老爱幼的各种慰问活动。村"两委"班子利用外出经商、务工的村民回家过年之际,确定每年正月初六为村里的慈孝活动日,在村中央的"慈孝广场"开展各种娱乐活动,为老人们过专属节日。该村从慈孝文化建设着手,形成了人心齐、村风好、热情高、干劲足的良好精神风貌,有力地推进了村规民约建设、绿色化发展和村里各项事业的发展。

姚西洪和村"两委"班子感受到:东溪单村村民和乡贤捐资设立慈孝基金这一创举,解决了没有资金搞慈孝活动的大难题。

姚西洪和村干部考察回来后,研究决定,准备发动大家捐款,设立姚岸村慈孝基金。

2012年9月13日上午,姚岸村村民热情高涨地涌向"仙居县委旧址纪念馆"广场。台州市人大常委会、台州市委宣传部、台州市文明办、仙居县人大常委会、仙居县政协,以及上张乡党委、政府等各级领导,前来参加姚岸村"红色姚岸·慈孝名村"暨姚岸村慈孝基金成立启动仪式。

村民纷纷上台捐款:姚建华捐款1万元,张伟捐款5000元,姚文斌捐款5000元,张国平捐款5000元,陈江人捐款3800元,张苏平捐款3000元……上台捐款的村民一拨又一拨,大家喜笑颜开,认为这样的捐款非常有意义。

在各单位、企业、乡贤、村民的大力支持下,收到的慈孝基金高达40万元。

与会的各级领导对姚岸村成功设立慈孝基金表示热烈祝贺,并希望姚岸村把基金管理好、使用好,营造良好的敬老爱幼的村风民风,促进社会主义精神文明建设。

姚岸村成立了慈孝基金理事会、监事会、执行委员会,利用基金的利息,建设道德牌坊、慈孝凉亭、休闲长廊,开展了各种敬老爱幼的活动,受到村民的高度赞扬。

2012 年 10 月 23 日,重阳节的上午,村里开展文艺演出活动,中午烧起“长寿面”,请全村 60 岁以上的 280 位老人看戏吃面,并给 80 岁以上的老人佩戴红绸带。老人们吃好长寿面回家时,村里还给 60 岁以上的老人赠送食用油、洗洁精等物品。这些活动体现了村“两委”和社会爱心人士对老人的关心关怀,倡导了敬老爱老的孝顺之风。

从这一年开始,每年的重阳节,姚岸村都开展敬老活动。重阳节真正成为令老人们感到开心的节日。

2012 年 10 月 30 日,姚岸村在“浙江农信杯‘万村慈善帮扶基金工程’竞赛活动”中荣获“慈善村”称号。

每年春节前,村里会给 70 岁以上老人的困难家庭,发放 300元至 500 元不等的慰问金。

每年,村里给考上本科的大学生奖励 500 元,考上重点大学的大学生奖励 1000 元,以此激励学生们上大学深造。

村民认为,虽然村里这种奖励金额不多,但是倡导的尚学之风意义深远。

村里还办起“6199”食堂,每天有 20 多位孤寡老人在食堂吃饭。60 岁至 69 岁的老人每人每餐缴 8 元钱,70 岁到 79 岁的老人每人每月缴 150 元,80 岁至 89 岁的老人每人每月缴 100 元,90 岁以上的老人在食堂免费吃饭。

"6199"食堂不但有效解决了村里孤寡老人和留守儿童的吃饭难题,而且极大地弘扬了优秀的慈孝传统文化,促进了尊老爱幼的村风民风的传承和发扬。

2021 年,91 岁的姚小弟因病瘫痪在床。儿子姚桂火、儿媳卢花娟悉心照顾老人。由于姚桂火经常外出做事,卢花娟平日里细心照料公公的生活,一直到老人 94 岁去世为止。夫妻俩成为村里孝敬老人的模范。

姚西华孝敬母亲、照顾病妻,受到村民们的称赞。姚西华的父亲早亡,母亲已有 80 岁,年老体弱。他为了更好地照顾母亲,便把母亲接到自己家里一起生活,并且尽量减轻小弟小妹的赡养负担。他的妻子患有严重的精神疾病,他不离不弃,细心照顾,从无怨言。他的 2 个女儿已出嫁,家里没有其他帮手,老母亲和患病妻子的吃喝拉撒,全靠他一个人照管。为了解决家庭经济困难,他还见缝插针到就近的上张村工艺品厂打工。因此,他每天都忙得团团转,但是他每天都乐观地面对一切困难。老母亲健康长寿、妻子病情稳定和家人生活快乐,是他最大的幸福。姚西华的孝顺善行,得到大家的称赞,他相继被评为"善美仙居人""台州好人"。

慈孝文化建设促进了村风文明。儿女们都越来越孝敬自家老人,父母们越来越关心自家孩子的成长,村民们对村干部的工作也越来越支持。像姚西华就成为村里的志愿者,村庄环境综合整治时,他带头拆除自家的猪舍,成为村民支持环境综合整治的榜样。

姚岸村按照"文化殿堂，精神家园"的功能定位，结合"红色姚岸·慈孝名村"的发展理念，将原有的村祠堂改建成以红色文化和慈孝文化为主题的特色文化礼堂。村文化礼堂举办纳凉晚会，村民自编自演，跳起排舞唱起歌；主题党日，村里开展"学党史、唱赞歌、送服务"活动；暑期假日，留守儿童在这里看书学习、娱乐……文化礼堂成为村民文化休闲的主阵地。

村民们都说："文化礼堂活动多，热闹得很。大家都喜欢来这里看看。"

为进一步丰富村民生活，上张乡党委、政府还给村里送来了二胡、笛子、舞扇等乐器和器材。为提高村民致富技能，他们将300余册乡土教材搬进了村里的桐林讲堂。为老有所安，村里还开辟了居家养老中心。

姚西洪笑着对笔者说："村民思想境界高，集体意识强，牢骚话少。"

村风民风好了，村里各项工作便容易开展。

进村的道路拓宽了，村内的道路进行了水泥硬化和沥青路面改造。姚岸村还结合"清洁家园""五水共治"和农村环境综合整治等重点工作，大力开展美丽乡村建设。村里投资420万元，建造了绿道、人工湖、文化广场、生态停车场、3A级公厕等。

为了让村民们都能自觉投入环境整治工作，村里还开展了评比门前屋后"三包"先进家庭活动，每季度进行综合评比。目前，姚岸村20个垃圾投放点垃圾分拣率在95％以上。

"一开始，村民们很不习惯。不少人觉得农村垃圾能进桶就不错了,分类实在太麻烦了。但在看到村容村貌确实有了很大的改善之后,大家越发自觉地做好垃圾分类。"村民姚某说,"自从开展美丽乡村建设后,这几年村里是一天一个样,越来越漂亮。"

姚岸村被评为浙江省绿化示范村、浙江省卫生村。

姚岸村先后实施了 3 次大规模旧村改造,全村村民都搬进了新房。

姚岸村以"红色姚岸·慈孝名村"为品牌,以农旅结合为抓手,大力实施乡村振兴工程,致力于打造融吃住为一体、集红色教育、休闲、避暑于一身的多功能复合型乡村旅游胜地。

目前,姚岸村有民宿 20 家,可容纳 200 名游客住宿,可容纳 1000 名游客就餐。

自 2016 年以来,姚岸村先后完成了中共仙居县委旧址二期扩建工程、尚书故居、游客中心等项目建设,并投资 150 多万元建成了红色体验基地。

当年的五一黄金周期间,来村游客就达 3000 多人次。

村里还通过招商引资吸引工商资本进入。投资 3100 余万元的"且慢民宿"的合伙人之一吴老板说:"我们做的是高端民宿,看中的就是这里便捷的交通、丰富的旅游资源和整洁的环境。"

得益于红火的红色旅游,村民栽种的高山提子、高山杨梅、毛竹等生态特色农产品,也成了畅销货。

2018 年 5 月 1 日这一天,台州市路桥区峰江街道中心小学近 200 名学生来到姚岸村开展研学实践活动。

　　"近几年,我们通过挖掘和整理红色文化,大力发展红色旅游,延长红色旅游产业链,提升红色旅游影响力,多渠道促进了农民增收。"姚西洪介绍道。

　　姚岸村被评为台州市中小学生研学实践教育基地,现在每周都有近千名学生来村里开展研学实践活动。

　　仙居县委旧址纪念馆解说员滕丹丹告诉笔者:"我每天都要接待好几批游客,以团队和单位为主,接下来几个星期都预约满了。"

　　2021年10月5日,姚岸村的仙居县委旧址纪念馆前,前来参观的游客或驻足凝视,或排队合影。县委旧址纪念馆里一页页泛黄的文件、一张张定格历史的照片以及带有红色回忆的革命文物,引领大家穿越时空,追寻革命历史足迹。

　　游客王女士和好友带着各自的孩子,兴致勃勃地来到仙居县委旧址纪念馆参观。她对解说员滕丹丹说:"趁着假期,我们特地带孩子来仙居县委旧址纪念馆,让他们知道现在的生活来之不易,要好好珍惜,努力学习。"

　　"桐林客栈"农家乐主人张老板跟笔者说:"现在,每周都有学生来村里开展研学实践活动,农家乐生意都很好,1年有10多万元的收入。"

　　红色资源和绿水青山,是姚岸村的两大优势资源。近几年,该村通过挖掘和整理红色文化,大力发展红色旅游,延长红色旅游产业链,提升红色旅游影响力。村民富了,村里收入也增加了。

　　姚西洪笑着对笔者说:"姚岸村的旅游兴旺了,我们更要抓村风民风建设,让游客们游得高兴、游得舒心。"

第二节 小山村竟如此美丽

一辆越野车,从台州市人民政府大楼出发,跨过椒江大桥,驶上台金高速公路章安入口,一路向西,直奔仙居而去。

坐在车里的张新建,看着车窗外绿肥红瘦的山野,闻着扑鼻而来的嫩草绿叶的清香,神清气爽,精神倍增,积聚在内心的许多忧虑渐渐消散。

张新建系台州市人民政府机关事务管理局保卫处处长,此行他是去仙居县溪港乡金竹岭脚村担任农村工作指导员。

2004年,浙江省委、省政府发布《关于统筹城乡发展促进农民增收的若干意见》文件,要求全省建立机关干部驻村指导制度,推动党委、政府工作重心下移,进一步加强农村基层建设。文件要求实施"连心工程",从各级机关挑选一批党员干部到农村,一般每个行政村都派驻一名农村工作指导员,担当起农村政策宣传、社情民意调研、上下信息沟通、群众信访调解、农民致富服务、组织建设督导等职责。

张新建知道,推行机关干部驻村指导制度,使得2004年到2011年的8年来,一批批省派、市派、县派的农村工作指导员,扎根农村,八仙过海、各显神通,为乡村振兴发挥了突出的作用,取得了较好的效果。

张新建想,自己作为 2011 年新一批市派农村工作指导员,能否为仙居县溪港乡金竹岭脚村的发展发挥作用。对此,他心里没有底。

车子驶到台金高速公路仙居县横溪镇出口下了高速公路,然后驶入横溪通往安岭乡的县道。一路上,山道弯弯,群山叠叠,永安溪曲曲折折,车子经过下岸水库右岸,到达溪港乡金竹岭脚村,足足花了 2.5 个小时。

张新建下了车,在村里转了一圈。他看到金竹岭脚村木头结构的 2 层老房子,破破落落、零零乱乱地散落在山坡上,仿佛一阵风便能吹倒。村里到处是猪栏、露天粪坑,臭气冲天。村里道路都是泥土路,高低不平。他不禁心头沉沉,感慨这个小山村真是太落后了。

张新建入驻金竹岭脚村后,与溪港乡党委、政府领导进行了对接,在村里进行走访调研。村民说:村里 20 年没有批准建房了,孩子们结婚的房子都没有,有的房子的房龄比爷爷的年纪都大;村里道路,晴天扬尘,雨天泥泞。

张新建还听到这样一个故事:有一个在仙居城区安家的村民,想把孩子送到金竹岭脚村的老家住几天,陪陪爷爷奶奶。可是孩子不愿去,因为爷爷奶奶家的房子太破了,厕所太脏了,苍蝇、蚊子太多了。

张新建了解到,金竹岭脚村村民最高的呼声,就是早日进行新农村改造。

但是,张新建发现了不容乐观的村情和民情。

金竹岭脚村有 156 户、532 人,许多人在外经商,留在村里的大多是老人和儿童。村里住在"前台"的人和住在"后台"的人,分成 2 个生产队,2 队矛盾尖锐。村党支部换届时,28 名党员应选举出 3 名党支部委员,结果只选出 2 名委员。

村"两委"班子形不成战斗力,群众对村干部也没有信心,对张新建这个市派指导员也没有信心。

张新建怀着做好农村指导员工作的一腔热情,怀着改变金竹岭脚村面貌的激情,提议召开村"两委"和党员会议,结果一半多人没有到会。

张新建的心凉了半截。

他在思考:面对金竹岭脚村这样的村情,凝聚人心、推进发展的切入口在哪里?为期 1 年的农村工作指导,自己能做些什么?

在深入走访村民后,张新建发现村干部想干事,新农村规划方案也拿出了一稿,但许多村民对方案有意见。

张新建毕业于浙江农林大学,毕业后分配到仙居县城乡建设环境保护局。此后,历任仙居县白塔镇人民政府镇长、台州市机关事务管理局市级机关物业管理服务中心主任等职,长期从事与建筑规划相关的工作。他看到金竹岭脚村新农村规划方案的不完善之处,从中找到凝聚人心、推进该村发展的途径。

有过乡镇领导工作经验的张新建,知道夜里开会不会耽误大家的农事。于是,他选择在一个夜晚,在乡分管领导和驻村干部的支持下,召集村"两委"干部和村民代表开会。

"我知道大家迫切想拆掉破旧的老屋,重新建新房,改善居住条件。这个想法符合实际,我极力赞成,也大力支持。"张新建开门见山的话,一下子说到大家的心坎里,有的人情不自禁地鼓起掌来。

张新建微笑地接着说:"但是,怎么拆?怎么建?这不是一家一户的小事,这是涉及全村统一规划的大事。而且建新房干什么用?这个要想清楚。"

有的人笑了:"建新房还能干什么用?自己住舒服一点呗!"

张新建挥着手坚定地说:"我看金竹岭脚村拆旧房、建新房,不光是改善居住条件,更主要的是要赚钱,而且要赚大钱!"

大家听了这话,惊得大眼瞪小眼:"怎么赚钱?怎样赚大钱?"

与会的村民,都被张新建的话给吸引住了。

"我们要从旅游村庄的高标准来规划建设金竹岭脚村,家家办农家乐,天天在家里赚钱!"

还没等张新建说完,便有人忍不住说:"哪有这样的好事?"

于是,张新建娓娓道来,认真分析金竹岭脚村的区位优势和发展前景。

金竹岭脚村位于下岸水库库尾,紧邻仙居抽水蓄能电站,而且永安溪水从村前流过,这里是人们去浙江第三大河椒江源头游玩的必经之地。村子南面的金竹岭上,有远近闻名的清音寺。可以说,"两山夹一溪"的金竹岭脚村,山清水秀,自然环境幽静,空气清新,人文景观独特,是大城市人们前来休闲避暑的胜地。

张新建说:"绿水青山就是金山银山。这是时任浙江省委书记习近平于 2005 年 8 月,在浙江湖州安吉考察时提出的科学理念。我们要充分把绿水青山的优势,转化成金山银山的现实。关键是要有发展的思维、前瞻的眼光,把金竹岭脚村的新农村建设规划做好。"

与会的人们仿佛看到了美好的前景,精神抖擞,信心倍增,脸上漾起了笑容。

"我看了金竹岭脚村新农村建设的规划。这个规划把吕氏祠堂去掉,排上村民的屋基,这不好。我实地去吕氏祠堂看了,吕氏祠堂的门楼倒塌了,两边厢房也全部倒塌了,大堂也差不多要倒掉了,祠堂的门堂长满了野草。有的村民认为,祠堂倒也倒了,还不如拆掉,能够多排几间屋基。那为什么我说拆掉祠堂不好?"张新建向大家说起自己的看法。

古时,祠堂主要是用来祭祖、议事、教化,以及兼办红事白事的场所。在现代,祠堂的存在,也具有重要意义。首先,古老的祠堂是人们承载乡愁记忆的重要载体。其次,祠堂是人们了解氏族的迁徙、传承和功绩的重要基地。再次,祠堂是人们团结交流、缅怀先辈伟业、增强凝聚力、再创辉煌的教育平台。

这些天,张新建在走访村民时了解到,吕氏宗祠初建于 1930 年,内部为回廊式四合院结构,正厅由 9 根大柱子、25 根小柱和 8 根大梁构成,檐牙高啄,雕梁画栋,正厅前门堂上建有戏台,是当地有名的宗祠。

张新建知道,在农村,道德教化是促进村风民风转变最根本、最基础的一环。他针对金竹岭脚村吕氏后人约占 98% 的现实情况,指出:吕氏祠堂,无论是从金竹岭脚村吕氏后人缅怀先辈来说,还是从发展旅游特色村来说,都需要保留并修缮。

与会村民都十分赞成张新建的意见,保留并修复吕氏祠堂。

于是,张新建从吕氏先辈"一门三相、九世仕宋"的北宋宰相吕蒙正、吕夷简、吕祖谦等名人历史故事说起,引导人们见贤思齐、团结一致,把金竹岭脚村的新农村建设搞好。

村民的心被张新建说得热乎乎的。

张新建利用自己的专业特长和熟识建筑设计单位的优势,邀请宁波市一家著名的农村建筑规划设计公司,给金竹岭脚村新农村建设做规划。新的规划出来后,张新建充分征求村民的意见,然后部署实施。

张新建知道,要在旧村上建新村,必然要先拆屋,后重建。但是,拆屋和重建便会涉及村民的切身利益。在村里 2 个生产队多年矛盾还没有完全消除的情况下,他采用先易后难解决问题的办法,即把达成共识的修复吕氏祠堂项目率先实施起来。

修复吕氏祠堂,村里没有资金。于是,张新建带头捐了 500元,村里"两委"干部、在外经商办企业的乡贤,也纷纷捐款,一共捐了 20 多万元。

根据规划上的预算,吕氏祠堂修复需要 120 多万元。资金缺口这么大,村民感到修复祠堂没有希望了。张新建对村干部和村民说:"大家不要泄气,资金我们一起来想办法!"接着,张新建带着村干部一次次跑乡里、县里各部门,最后争取到了一笔专项资金。

几个月后,一座白墙黛瓦、极具江南特色的吕氏祠堂,在原址上出现。当村民们走进古色古香的祠堂,看到祠堂里的戏台,看到大厅上高挂的祖先画像,看到祠堂两边厢房墙壁宣传框里介绍的吕氏祖先的丰功伟绩、吕氏家训等内容,大家既激动又感动,一个个神情肃穆,不敢大声喧哗,显出对祖先的敬重。

张新建看在眼里,喜在心里。他知道,在祠堂里布置的文化礼堂的内容中,吕氏历史传统文化,特别是吕氏家风家训,可以给大家以震撼和反省。

于是,金竹脚村需要召开村干部会议和村民代表会议时,张新建都会安排在吕氏祠堂里。

张新建跟大家说:"我们村,村风好,很少有人打扑克、搓麻将,大家勤劳、肯吃苦,出门开油漆店、开干洗店先富起来的人,乐意带着村民一起挣钱。这多好啊!这是吕氏传下来的好家风!"

大家笑了。

张新建还说:"我们做什么事,上要对得起祖宗的教诲,下要对得起后辈的评说。做人做事不能光想着自己的利益,也要想着大家的利益,要有大局观念,要和睦相处。只有这样,我们每次走进祠堂,面对老祖宗的画像,心里才能坦坦荡荡。"

村民的脸上浮起一丝羞愧的神情。

在吕氏祠堂开会,效果很不一样,张新建看到了道德教化发挥的巨大作用。

村里最好的地段中,有块地是老吕家的自留地,这里属于新农村建设的规划范围,但 80 多岁的老吕舍不得拿出这块地。

张新建和村干部都知道,如果这块地征不下来,多间屋基便无法落实。大家知道,老吕的儿子在外做服装生意。让老吕的儿子做父亲的思想工作,可能会容易一些。

一天上午 10 点 43 分,张新建突然接到乡贤吕汝平的微信消息,大致的意思是:他跟老吕的儿子的亲戚关系比较好,可以通过这位亲戚一起跟老吕的儿子商量。

乡贤吕汝平在外开了一家油漆店,他主动为新农村建设解决问题,这让张新建很感动。

2015 年春节前夕,金竹岭脚村在外经商、打工的人们,都纷纷回家过年。当张新建得知吕汝平和老吕的儿子都回村后,便把他们请到仙居城关的茶馆聊金竹岭脚村的发展前景。

老吕的儿子毕竟是走南闯北见过世面的人。他知道张新建指导员多次届满主动留任,在 2015 年 10 月还担任驻村第一书记,为的是把金竹岭脚村新农村建设好。他深受感动,答应去做父亲的思想工作。

不久,老吕一家人同意拿出自留地,以便村里统一规划屋基建设新农村。

就这样,村里在拆屋时碰到的困难和问题,张新建和村"两委"干部,以及村里乡贤们,齐心协力,一个个妥善地解决了。

在各家各户屋基安排上,为了公平公正,也为了筹集村里道路及公共绿化等建设资金,张新建和村"两委"干部研究决定,采用投标形式自主择选屋基,屋基地理位置好的,投标价就高一些。

这一个屋基安置方案,得到村民的拥护。每家每户屋基落实后,大家热火朝天建新房,新农村建设便一天一个样。

张新建和村"两委"干部,看到金竹岭脚村新农村建设快速推进,很是欣慰。接着,他们便向打造旅游景区村的目标迈进。

在金竹岭脚村南的大路旁,有一株大松树,像黄山的迎客松一样美,还有一株高大的柞树,也有悠久的历史。柞树木质坚硬,耐腐蚀,叶子可用来饲养柞蚕,木材可用来造船和做枕木。在乡村村头,极少看到高大的柞树,因此,此树显得特别稀有和珍贵。

然而,大松树和柞树长在一座古坟上。在农村,这种树被称为"坟头树",砍不得,移不得;古坟也移不得,如果移坟,两株大树也保不住。

然而,古坟不迁移,到时肯定会吓坏游客,影响村里农家乐的发展。

这一棘手的难题如何解决?

张新建经过不断思考,采用了掩埋古坟进行绿化的处理方式,把古坟及周边打造成一个小公园。这样既保留了古坟,又凸显了两株大树的风景。

可是,当张新建把这一方案提交给大家讨论时,有的人觉得把古坟埋掉是对先辈的不尊重。

张新建便把各地因搞建设需要而迁移坟墓的事例一一列举出来。他说:"天底下的父母都无私地关爱子女,希望子女过得好。如果因坟墓在村头影响大家发家致富,先辈若是在天有灵,也会感到不安的。"

大家觉得张新建说得有道理。于是,村民统一了思想,在古坟及周边建成了一个美丽的公园。

金竹岭脚村原来有一座横跨永安溪的窄桥。张新建考虑到村庄下游与永溪村交界的地方,已建了一座能通车的水泥桥,为了把金竹岭脚村打造成有特色的新农村,他建议把窄桥拆掉,建成一座廊桥。这一建议得到大家的赞同。

于是,张新建到县里各有关部门争取专项资金,建起了一座古色古香的廊桥。这座廊桥,成为金竹岭脚村一道亮丽的风景。

2018年12月的一天,根据组织安排,张新建被调到仙居县埠头镇振兴村担任指导员兼驻村第一书记。他向金竹岭脚村的村民们告别,向7年来看着发展起来的美丽的新农村告别。

7年来,金竹岭脚村向省、市、县等主管部门争取到了项目配套资金2000万元,昔日破烂不堪的小山村,蜕变成美丽的新农村。一家家农家乐开起来了,村民们真的像张新建所说的那样,在家里就能赚钱。

村民们拉着张新建的手,久久不愿松开。大家记着他7年来的辛勤付出,记着他为改变金竹岭脚村的面貌操劳得白了头。

虽然张新建离开了金竹岭脚村,但他的手机里还保存着金竹岭脚村不少村民的手机号码和微信,经常关注金竹岭脚村的发展:

2018年,金竹岭脚村和永溪村合并为金竹溪行政村,2村实现共同发展致富。

2019年1月,金竹溪村入选2018年度浙江省美丽乡村特色精品村。

2019年12月,金竹溪村入选第一批国家森林乡村名单。

2019年,金竹溪村荣获"浙江省文明村"称号。

金竹溪村取得的每一项成绩,张新建都为之感到高兴。

现在金竹溪行政村共有 311 户、1142 人。其中金竹岭脚自然村有 86 户、353 人,现有 167 人在村里,截至 2023 年 10 月,开办了 37 家民宿。

金竹岭脚村逸乡居民宿主人高兴地说:"我家的民宿年收入达 20 多万元,五一黄金周和十一黄金周有五六万元收入。"

原来在家务农的吕汝军,现在也开起了民宿。他的小弟吕小军的家里按民宿要求装修后,其民宿于 2022 年 10 月 1 日开业,生意兴隆。许多在外打工的人也回村准备开办民宿。

村民说:"党和政府派了一位农村工作指导员,彻底改变了农村旧模样,村民的思想观念也发生了翻天覆地的变化。大家更加讲文明、重礼节,道德素养和自我要求更高了。"

大家感恩党和政府,也感恩张新建。他获得荣誉,大家也为他高兴,这是他辛勤付出应得的回报。大家对张新建所获的荣誉,如数家珍:

2019 年 6 月,张新建荣获中组部、中宣部等部门授予的"人民满意的公务员"称号。

2021 年 2 月,张新建荣获中共中央、国务院授予的"全国脱贫攻坚先进个人"称号。

2021 年 6 月 28 日,张新建荣获中共中央授予的"全国优秀党务工作者"称号。

张新建认为,自己这些荣誉的获得,是因为有了"农村工作指导员"这样一个服务基层农村的好平台,他觉得自己的工作做得还远远不够。

第三节　善作善成后塘村

　　2022年2月26日一大早,春光便温暖了白岩山半山腰上四面环山的一个小山村。百鸟在村前村后茂密的松树林和青翠的竹林里,叽叽喳喳地欢叫着,仿佛也在为今天山村里的盛会而兴奋。

　　这个小山村名叫后塘村,是朱溪镇下辖的行政村,与杨丰山村相邻,是朱溪杨丰山梯田群带的组成部分。后塘村全村有245户、751人,大部分青壮年在外经商、打工,在村里生活的男女老少只有140人。

　　就是这样一个偏僻的小山村,不断创造奇迹,赢得了各项荣誉:2021年,后塘村相继荣获"省级美丽宜居示范村"称号、"省级高标准农村生活垃圾分类示范村"称号、"市级美丽庭院示范村"称号。

　　2022年2月26日,全镇环境革命暨美丽乡村示范村现场会在后塘村召开。这是对后塘村工作的肯定。

　　朱溪镇各村的村干部,以及镇党委、政府干部参加现场会,与会人员多达170人。这样规模的现场会,需要精心准备,不能出差错。

　　说实在的,林元辉作为村里的一名老干部,组织这样的现场会是轻车熟路的。

　　林元辉从 27 岁开始就担任村委会委员,40 岁时担任村党支部副书记。2021 年 1 月村"两委"换届时,他当选为村党支部书记、村委会主任,挑起后塘村新农村建设的重任。

　　参加现场会的各村干部,就是来实地考察后塘村的建设成果,学习先进经验,寻找差距和不足,推进本村新农村建设快速发展的。

　　后塘村办公楼建在村东面的山岗上。与会人员在村办公楼集中后,大家俯视全村,只见几座矮山拱卫的起伏不平的山岙里,随着高低的地势,一幢幢白墙红瓦的崭新的 3 层楼房,错落有致地朝南排列,呈现出欣欣向荣的新农村美丽景象。

　　与会人员还看到,在村里的东南角,有条古色古香的长廊沿溪坑而建,一直延伸到保存较为完好的古老的祠堂。在祠堂前的池塘上建起的曲桥,连接着岸边与池塘中央的石凉亭,有许多老人坐在凉亭里聊天。

　　这几个区块有机组合起来的景观,让与会人员感受到浓浓的乡愁韵味,大家无不交口称赞。

　　与会人员观看了后塘村的全貌后,便走下观光山岭,来到村里参观。

　　昔日,人们称后塘村为"路无百步平"。村民骑自行车到村头便要将自行车背回家,摩托车和汽车只能停在村头。房屋基本上是老旧的木结构建筑,破败不堪。

2016 年,村"两委"班子反复研究决定,决心彻底改变后塘村的落后面貌,进行新农村改造。

时任村党支部副书记的林元辉,担任拆建总指挥;林利荣、林忠良担任副总指挥。

在村党支部的统一领导下,拆迁指挥部组织精干力量,进村入户宣传建设新农村的好处,并详细讲解拆迁方案和各项补偿政策。大家任劳任怨,迎难而上,不畏艰辛,顶住种种压力,以"拆违、拆危、拆旧"为抓手,结合改与建,整合土地资源,盘活存量建设用地,拆除危旧房 400 多间、猪牛栏 127 间,占地面积约 2 万平方米。按照规划,新建房屋 200 间,其中村办公楼 10 间。

许多与会人员曾多次来过后塘村。他们了解后塘村昔日"路无百步平"的落后面貌,如今走在村里,发现平坦的柏油路都建到每户人家的门前,汽车可以直接开到家门口。光这一点,就让大家感慨不已。

后塘村在开展新农村建设的同时,大搞"绿化、洁化、美化"。村道两旁和房前屋后,都种上花草,红花绿叶,春意盎然。还有道路两侧图文并茂的文化墙,内容丰富多彩、语言通俗易懂,让人陶醉其中。一座座房屋,错落有致;一户户门窗,干净明亮;白墙红瓦的鲜明色调,呈现了江南农村的新风貌。

林元辉边走边向大家介绍说:"村里开展评选'最美庭院''垃圾分类红黑榜'等活动,激发村民保护环境、共建美好家园的热情;村民以自荐的方式成立志愿小队,专门服务孤寡老人及留守儿童;打造文化墙,传播和倡导现代文明新风。"

"现在住的新房子宽敞明亮,房前屋后还可以种菜,晚饭后去村口凉亭那边散步,日子过得一天比一天好。"村民林元溪笑着跟大家说。

后塘村村民林福龙已 80 岁,他从 1994 年开始在广西柳州办橡胶厂,是千万富翁。林福龙有 2 个儿子和 1 个女儿,在 2011 年,他把企业交给儿女们管理,自己退休享清福。虽然他在柳州有事业有房产,可以过上富裕的生活,但是 2016 年他得知村里在进行新农村建设,便回到村里,配合村里拆掉危旧房,新建了占地 88 平方米的 3 层连体别墅。2018 年下半年,他和妻子入住新房,一直在后塘村生活。

林福龙站在门前笑着对大家说:"原来这里名叫'岩塔头岗',出门就是一块陡峭的岩塔,小孩子玩耍时不能跑,一跑便会滚下岩塔。如今这里建成可以开车的村道,这是过去想都不敢想的事。过去,这里还有 1 排 10 多个粪坑,臭得很。现在家家都有卫生间,粪坑不需要了,空气也清新了。"

林福龙和 77 岁的妻子认为,后塘村新农村建设得十分漂亮,住在这里赏心悦目,空气又好,村里又办起了"6199"食堂,每人每餐只需付 2 元钱,每天自己不用买菜烧饭,日子过得跟神仙一样。

林福龙的儿女们,每年都回到村里住一段时间,他们都觉得后塘村新农村建得确实好。

与会人员实地参观了后塘村的村容村貌,大家都称赞不已。在随后的集中汇报会上,林元辉代表后塘村"两委"做汇报发言。

近年来,后塘村立足地方实际,充分挖掘个性和特色,将改善农村人居环境与发展现代农业、搞活乡村旅游、加强生态建设有机结合。美丽乡村建设由点及面，不断拓展，一幅乡土气息浓郁、人文特色鲜明、人居环境优美的美丽乡村画卷徐徐展现。

后塘村依托321省道关键节点，以文化为根、农业为基、村民为本，关注生态环境资源的有效利用、人与自然的和谐相处。

村"两委"注重新型农村业态发展，按照"一村一品"进行定位，大力发展特色农业、休闲农业、景观农业。400多亩高山茶园、800多亩绿色稻米无公害基地、600多亩毛竹基地是后塘村核心的产业基础，村内成立了专业合作社4家，以合作社带动全村农户发展。村里先后开展了"龙虾节"等一系列活动，吸引游客观光，发展休闲旅游，带动农民创业增收。

与此同时，后塘村"两委"重视挖掘文化特色，寻求文化融合点，彰显文化元素，认真组织开展"道德讲堂"，以喜闻乐见的形式传承和弘扬耕读精神。

后塘村可信、可学、可鉴、可用的新农村建设经验，使与会者深受启发和鼓舞，现场会取得圆满成功。

人去会散，而百鸟啁啾的天籁山曲，还在继续吟唱。

许多人可以看到后塘村的建设成就，但许多人看不到村"两委"班子几十年来付出的辛劳。

林元辉笑着对笔者说："现在看到村民的笑脸，过去我所受的误解和委屈也消散了。但是我从中感受到，作为村干部想要把农村建设好、管理好，没有爱心和责任感，是难以取得效果的。"

他认为，爱心和责任感的产生，一是党的教育使党员不忘入党的初心，二是优秀传统道德教育下的村风民风起到突出作用。

　　林元辉 20 多岁便到辽宁、内蒙古、黑龙江养蜂,经过五六年逐花放蜂的奔波,挣了第一桶金,回家造了 2 幢 3 层楼。

　　结婚后有了孩子,他考虑到方便带孩子,便在后塘村办起了竹木加工厂,生产学生用的课桌椅。后来,因为全县为保护绿水青山,严管树木的砍伐和销售,所以他关掉竹木加工厂,到仙居城区开办了杨丰山土菜馆,年收入五六十万元。

　　2015 年 7 月,林元辉的母亲患了脑梗塞,卧床不起。他看到 76 岁的母亲对他依赖的目光,便在和妻子商量后,关停开在县城的土菜馆,回到后塘村照顾母亲,一直到 2016 年 8 月母亲病故。

　　此时,村"两委"班子决定开展新农村建设,改变村里的落后面貌。大家希望时任村党支部副书记的林元辉担任拆建总指挥。林元辉毅然担当起这一重任。

　　可是村里有人议论,说林元辉在城里开饭店亏了好多钱,想通过村里大拆大建捞一把回去。

　　林元辉听到这些议论,既好气,又好笑。他跟大家说:"如果不是为了照顾生病的老娘,我也不用回到村里;如果不是因为担任村里副书记的职务,尽到一个干部改变村里落后面貌的责任,我也不会当这个拆建总指挥。身正不怕影子斜,只要清清白白地把新农村建设搞起来,我相信大家的误解会消除的。"

　　事实上,林元辉把照顾母亲的孝行,转化成了对村里百姓的大爱。他真心希望村民能够改善居住条件,过上安居乐业的幸福生活。

　　经过全村干部群众四五年的共同努力,新农村最终得以建成。接着村"两委"十分重视村风民风建设,以弘扬慈孝文化为切入口,从培养大家对父母子女的慈孝情怀的小爱,逐步引导大家向爱村民、爱社会的大爱迈进。

村里专门建起文化礼堂,开设了"乡贤馆"和"林白书屋"。

林白系后塘村人,曾任温州日报社党委书记、社长。他情系桑梓,一直关心后塘村的建设。1978 年,后塘村在村"两委"的带领下,兴建了一条从前周村到后塘村 3200 米长的机耕路。虽然这条机耕路只有 2.5 米宽,但是村民们欢欣不已。因为,村民们终于可以骑自行车,也可以开拖拉机下山了。

到了 1998 年,随着经济的快速发展,许多在外经商打工的村民买了汽车,显然,狭窄不平的机耕路难以实现村民开汽车进村的愿望。于是,村"两委"研究决定把道路拓宽到 5 米。2004 年,村里又对原先的道路进行了水泥硬化。

这两次道路修整,林白都主动捐款。后塘村的许多乡贤被林白的这份爱乡精神感动,也纷纷捐资支持通村水泥路的建设。村民记住了林白和乡贤们的这一份大爱。

2007 年,村里决定打造水塘景观,建造曲桥和凉亭。退休老师林清和兄弟林白,还有杨荣华,每人各捐了 1 万元钱。2011 年,村里准备再建一座凉亭,已迁往福应街道断桥上宅村办工艺品厂的林三元、林月华夫妻包下了所有费用。

2012 年,后塘村"两委"班子知道"以文化人"的巨大作用,决定在建设村图书阅览室的同时,专门建立"林白书屋",以此弘扬林白乡贤奋发有为的事迹,以激励后人成才报效家乡。

林白得知后塘村要设立"林白书屋"的消息,便把儿女们为他准备过 80 岁生日的 1 万元钱,捐给后塘村购买书籍。

温州电视台原台长沈惠民,被林白为家乡"种文化"的精神所感动,个人拿出 6000 多元钱,买了 200 多册书籍送给后塘村图书阅览室。

他们的大爱情怀令村民们深受感动,热爱家乡、建设家乡的良好氛围不断变得浓厚。

2012 年 10 月,后塘村设立慈孝基金,大家积极捐资。没过几天,村里便筹集到 10 万元慈孝基金。目前,后塘村慈孝基金达 100 多万元。

村"两委"对考上重点高中和重点大学的村民都给予一定金额的奖励。

村里给 60 岁至 75 岁的老人每月发 20 元,75 岁以上的老人每月发 40 元,按季度发放。每年重阳节,村里给 60 岁以上的老人发放价值 100 元的物品,给 75 岁以上的老人发放价值 200 元的物品。

慈孝润乡风。后塘村民说起林益南,都说他是孝子。他对父母一直很孝顺,他家几代人都很孝顺,有慈孝的好传统。林益南不光对自己的父母孝顺,对村民们也很友爱。他多次开轿车把生病的村民送到仙居县人民医院看病,获得了"仙居县好青年"称号。

林元辉被选为村干部,不光是因为他对父母孝顺,更主要的是他对村民有大爱。

2019 年 3 月,有一天夜里 11 点多,天气寒冷,林元辉得知邻居老太太肚子痛得厉害。由于老人的 2 个儿子都在城里工作,家里没有其他人,他便迅速起床,一边电话联系老人在城里工作的儿子,一边抓紧时间开车送老人去城里。车子开了 10 多公里的路程后,他遇到了开车前来接老人的儿子。

林元辉回到后塘村已是深夜 1 点多,又得知村里 50 多岁的五保户林健康腹痛难忍。林健康患癌症多年,林元辉知道他的病症又发作了,他开自家的轿车,与时任村监会主任的林先荣一起把林健康送到仙居县人民医院救治。林先荣留在医院照顾林健康,村里还支付了林健康的住院费用。3 个月后,林健康病故。

村"两委"干部一起将林健康的遗体送去火化,妥善地安排了后续丧葬。

村民感慨地说:"村干部把林健康当作亲人一样照顾,真是难得!"

有人说:"父慈子孝,家庭便会有温暖感;村民人人心中有一份对别人的关爱,村里的道德风气便会有温度;村风民风好了,村里的各项工作便容易开展。"

林元辉说,后塘村民风好、家教好,没有青少年犯罪。

2020 年 7 月 31 日,仙居县关心下一代工作推进会召开,对后塘村青少年教育工作给予了表彰。

林元辉的出色工作,受到各级各部门肯定。

2021 年 7 月,林元辉被授予"仙居县优秀共产党员"称号。2021 年 8 月,林元辉家庭被浙江省文化和旅游厅授予"省级文化示范户"称号。2022 年 2 月,林元辉被朱溪镇党委评为"2021 年度优秀党支部书记"。

　　林元辉说："成绩属于过去。基层治理不能躺在功劳簿上吃老本。村干部既要有与时俱进的思维和举措，又要一如既往地把慈孝的优秀传统文化根植在自治、德治、法治和智治之中。这样基层治理才能纲举目张，干部才会受到村民的拥护。"

第五章　美丽芬芳满山乡

第一节 油茶之乡的情爱

笔者走进湫山乡方宅村，远看山峦起伏，群山连绵，近见小桥流水，田园在望。村内拔地而起的新居，与雕梁画栋、古色古香的清代古民居相映成趣，绘就一幅美丽的乡村新画卷。

从 1996 年开始就担任村党支部书记，现兼任村委会主任的方建平对笔者说，近年来，方宅村"两委"紧紧围绕"乡隐方宅，油茶古村"这一目标，团结奋进，克难攻坚，大力发展油茶产业。如今，方宅村有油茶 5000 多亩，油茶果成为村民的"致富果"，既带来经济上的增长，又带动了乡村振兴。

在历史上，方宅村的富庶得益于油茶产业，这里被称为"仙居油库"。具有"浙江油茶之乡"美名的方宅村，是有文献记录的仙居油茶最早的种植地，现今这里还有多棵树龄超过 1000 年的油茶树。在中华人民共和国成立之初，方宅村的油茶林面积已达 1500 多亩。

1956 年至 1958 年，方培金在担任方宅村党支部书记期间，提出了"发展千亩新油茶，把方宅建成仙居油库"的口号。他带领全村干部群众上山垦荒种植油茶，至 1958 年上半年，共新造油茶林 1000 余亩,改造油茶林近 300 亩。

1958 年底,方宅村党支部副书记、林业社主任方小羊,代表方宅村到北京参加全国社会主义建设先进表彰会,捧回了国务院颁发的"农业社会主义建设先进单位"奖状。1963 年 12 月 9 日,方宅村又获得林业部颁发的"经营油茶林成绩显著"的奖状。

一心为民的方培金,从 1957 年开始连续 3 届当选仙居县人民政府副县长,并当选了 2 届浙江省人大代表,1962 年还荣获"浙江省劳动模范"称号。

方培金取得荣誉,这让方宅村百姓为他骄傲。但他更加清醒地认识到,只有心怀大爱、造福人民,才会得到党和人民的信任。

功成不必在我,一任接着一任干。淡山乡党委、政府把油茶产业提升到全乡经济发展的战略高度。

2017 年,淡山乡党委、政府举办首届淡山油茶文化节。"靠油茶致富,从前做梦都想不到。"村民们看着络绎不绝的人流,高兴不已。

"自 2017 年起,我们每年都举办油茶文化节,吸引四方宾客前来欣赏淡山美景,了解千年油茶文化。"淡山乡党委负责人介绍说。油茶文化节打开了淡山油茶的市场,茶油价格比往年提高了 60%,销量增长了 15%。文化节期间,淡山乡累计接待游客 6 万余人,农家乐、美食、土特产等使村民盈利 20 余万元。

全乡推动油茶产业的发展,重拾祖宗留下的油茶产业,也极大地推动了方宅村油茶产业的发展。被称为"仙居油库"的方宅村的油茶产业发展,也得到了省、市、县各级党委、政府的重视。

2021年11月,华能(浙江)能源开发有限公司玉环分公司工程师邵帅,作为浙江省山区26县结对帮扶驻村干部,入驻方宅村。

1992年出生的邵帅,是公司的优秀青年和技术骨干。当时公司选派结对帮扶干部,他第一个报名。他觉得自己作为一名党员,从学生时代就有为人民服务的情怀,而且自己是在城市出生长大的,也想到农村磨炼。

与邵帅结婚不久的妻子,为了让他在方宅村专心做好驻村干部的工作,辞掉了在玉环的英语老师的职位。她来到仙居,租了一间民房,把家从玉环搬了过来。这样,邵帅就不用每周往返400公里回家,可以安安心心地在方宅村开展帮扶工作了。她在这里一边照顾邵帅的饮食起居,一边看书复习,准备报考研究生。

方宅村具有的中国乡村的古典美吸引着邵帅。方宅村处于"山有小口"处,有"复行数十步,豁然开朗"的地理特征。同时,方宅村内有"阡陌交通,鸡犬相闻"和"黄发垂髫,怡然自乐"的情景,还有从清代的古村落里飘出的袅袅炊烟。公司的同事常来方宅村看望他。很多同事都认为方宅村给人以陶渊明笔下"世外桃源"之感。

方宅村的村民都很热情好客。村民经常做当地的特色小吃邀请邵帅一起吃。有时邵帅开车到县城办事,顺便会载村民进城,他还会帮村民修电脑、网购。虽然做的是一些小事,但村民总是挂在嘴边,记着他的好。方宅村的村民团结,人心安定。方宅村中很少发生纠纷,极少有需要移交上级处理的矛盾。每年重阳节、春节,村里都会组织慰问 60 岁以上的老人,还会为 60 岁以上的老人购买人寿保险。这种关心老人、淳朴感恩的民风,让邵帅倍感亲切。

邵帅了解到方宅村的油茶发展史,便十分重视和支持方宅村的油茶产业发展。方宅村把山茶油加工厂建在原方宅村小学的位置上,邵帅被村民的大局观感动。

方宅村小学于 2009 年撤销后,很多小工厂的老板想以较高的租金租用原校区办厂,村里都不肯出租。但要在原小学校区内建设山茶油加工厂,村里立马无偿拿出校区用地。村里从上到下没有人优先考虑自己的私利,都想把油茶产业发展起来。这种大局意识,显示了良好的村风民风。

很多从方宅村走出去的仙居当地领导,得知方宅村要建新的山茶油加工厂,都主动给予支持,帮助邵帅联系各相关部门。山茶油加工厂项目建成后,将可日产 1000 公斤精炼山茶油,这会大大提高农民的收入,也能增强外出务工人员返乡务农的意愿。

方宅村经济得到提升,生活得到改善,村民的文化活动也变得丰富多彩。方建平说:"过去村民起早贪黑,干完活回家,吃完饭就准备休息了,哪有什么文化生活。现在,村民晚饭后沿着溪边散散步,或者围在一起下下棋、打打牌,很有生活的味道。"

方建平认为,要把一个村管理好,要以精神文明建设为主体进行道德教化,润物细无声地推进乡村自治和法治建设。道德教化尤以敬老爱幼、关爱农村"一老一小"生活为重点。老人、小孩健康快乐地生活,就能使在外经商打工的人们安心挣钱。

村"两委"干部基于这样的认识,大力宣传弘扬村里的慈孝事迹。

村里有位 80 多岁的老人杨莲香,卧床不起,大小便都不能自理。她的 2 个儿媳妇每人 5 天轮流服侍。一开始,大儿媳妇处理婆婆大便时,被臭气熏得呕吐不止。但她吐完后,继续处理婆婆的大便。小儿媳妇也这样不嫌脏、不嫌苦。她们日日夜夜轮流服侍婆婆 2 年多,直至婆婆去世。她们的孝行成为村里媳妇们学习的榜样。

村里的长寿老人方桂英,96 岁了,能吃能走,身体很好。大家说,方桂英健康长寿,是她的儿子、儿媳孝顺的结果。

方桂英的大儿子杨金弟和小儿子杨飞斌 2 家人都在云南做生意,他们 1 家 1 年轮流照顾母亲。如果轮到大儿子家照顾母亲,大儿媳妇便从云南回到方宅村侍奉婆婆,为婆婆烧饭洗衣,照顾日常起居。如果轮到小儿子家照顾母亲,小儿媳妇便回家照顾婆婆。他们 2 家照顾母亲 10 多年,让母亲吃得好,生活无忧,开心快乐。

方建平对笔者说,像这样子女孝敬、赡养老人的事例还有很多。

2022 年 5 月 10 日深夜,湫山乡方宅村如四周群山一样寂静,村民已沉睡在甜甜的梦乡里。

61 岁的吕良春,突然被一阵剧烈的头痛痛醒。

吕良春的老婆方小芬猜想,吕良春可能是脑出血了。因为,他曾经有过一次脑出血的经历,出现的症状也是头痛。但是,这次吕良春头痛,明显比上一次严重,这把她吓坏了。

方小芬 28 岁的儿子在外地打工,在家的父亲 91 岁了,年事已高,有腿疾无法行走,而方小芬是个哑巴,无法叫救护车。于是,她急忙跑到同村的姐姐家求助,姐姐一家人马上打电话呼叫医院的救护车。

在大家的帮助下,吕良春被救护车送到仙居县人民医院抢救。

第二天,在江苏养虾的方建勇回到村里,他是方宅村乡贤联谊会秘书长。他得知吕良春突发脑出血在医院抢救,心里不禁一阵酸楚,这是一个多灾多难的家庭,又是一个充满慈孝和乐于助人的家庭。

方小芬的爷爷方官海出身书香门第,家教极严,4 个儿子都十分孝顺。

方小芬的父亲方培鱼,曾在仙居县液压件厂工作,方小芬的母亲名叫陈菊香,在家务农。

在 20 世纪六七十年代,家里有一个人当工人拿工资,这是令人羡慕的事。从四都村嫁到方宅村的陈菊香,对村里年长者非常尊重,对晚辈十分慈爱,从没有与人发生过口角。她乐于助人,谁家有困难都会主动前去帮忙。比如每逢刮风下雨,她总是帮助左邻右舍抢收晒在外面的油茶籽、稻谷或衣服等,不顾自家东西被风吹雨淋。她这种先人后己、无私助人的品德,让村民们很感动。

由于丈夫不在家,陈菊香将农田劳作、上山砍柴、照顾家里小孩都承担了下来,任劳任怨。

特别是她对几个残疾儿女的关爱,令人动容。陈菊香生有

3 女 2 儿。大女儿长到 1.2 米左右就不再长高,而且驼背;二女儿患脑膜炎,医治无效后死亡;三女儿方小芬由于跟二姐睡在一起,感染了脑膜炎,变成了哑巴;陈菊香的第五个孩子因患脑膜炎双脚瘫痪,双手不会抓握,吃饭也要人喂,长到 12 岁时病亡。家里排行老四的儿子,是唯一身体健康的,他长大后接替父亲,在仙居城里一家液压件厂上班。

大女儿嫁到本村一户人家,三女儿方小芬招了陈岭自然村的吕良春为夫。

随着方培鱼和陈菊香夫妇俩年事已高,一家生活、生产的重担落在了吕良春和方小芬夫妻的身上。

方小芬虽然是哑巴,与大家交流不便,但继承了母亲尊老爱幼的优良传统,她对儿子悉心教育,对父母极其孝顺。

陈菊香到了 70 多岁时,患病瘫痪在床。方小芬日夜悉心服侍母亲五六年,直到母亲亡故。而且这些年,她还要照顾行走不便的父亲。

方小芬的母亲去世后,方小芬的丈夫吕良春由于积劳成疾,腰椎出了问题,干不了重活,而且无法连续几个小时干活,这样的身体条件使他无法出门打工挣钱。因此,家里更加困难。

吕良春在 2019 年已经患过脑出血,如今又突然住院,不知要花多少钱。

方建勇对这样有孝心、有爱心,而又如此不幸的家庭十分敬佩和同情。他想,应该帮一帮这一家人。于是,他便在方宅村乡贤微信群发出为吕良春捐款的倡议。

这一次,方建勇为帮助吕良春而发出捐款倡议时,他带头捐了 2000 元。

倡议发出后，马上得到在外经商、办企业的乡贤们的响应。

郭国林捐了 5000 元、方建旭捐了 2000 元、吕怀英捐了 1500 元、方华国捐了 1000 元、赵军凯捐了 1000 元，还有许多人捐了 200 元至 800 元不等，共有 40 多人捐了 4 万多元，解决了吕良春生病急需的费用问题。

人们为吕良春捐款的大爱情怀，仅是方宅村慈孝优良传统的一例。

方宅村历史上就有重视慈孝、乐善好施、为民造福的仁爱传统。

方丙照编写的《方宅志》记载，生于清朝乾隆年间的方相万乐善好施，不但资助村里各项公益事业建设，而且为相邻的缙云县壶镇大桥建设出资出力。百姓们称他为"大施主"，慈善美德代代流传。

方宅村村民具有民族大义、为穷苦百姓翻身得解放的大爱情怀，在抗日战争时期也十分突出。

湫山乡红色讲师团成员方美林，从小听村里大人们讲革命故事长大。他介绍，1941 年，在缙仙区委书记蔡根福的领导下，特派员陈日福在方宅村以买牛卖牛为掩护，从事地下活动，并发展方金田、方希木、杨美布、方明脸 4 位村民加入中国共产党。1944 年 4 月，中共方宅村党支部成立后，党组织支持党员发展"兄弟会"，并以此名义购买枪支让党员掌握，组建党领导的抗日武装浙南游击队。1948 年 10 月，根据中共处属特委"扩大武装力量，继续开辟新区"的指示，方宅革命根据地正式成立。中共方宅支部组织民兵开展收缴官里、高地、下岸、杨岸等村的民枪。至月底,民兵组织发展到百余人,拥有枪支 58 支、土炮 1 门,同时在村周边修建碉堡、地道、拦水坝等防御工事。11 月底,该村武装自卫斗争转向公开化。1949 年 6 月下旬,方宅乡人民政府正式成立。同年 9 月,最后一批企图袭击方宅乡的数百名残匪被解放军歼灭。

1949 年 3 月 28 日晚间,武工队队长方明脸被匪徒杀害。虽然方明脸壮烈牺牲,但他为百姓谋幸福的革命精神,激励着方宅村干部建设家乡、造福百姓的斗志。

1942 年投身革命、1943 年就加入中国共产党的方培金,成为一名交通员。他以运送私盐为掩护,传递消息、护送特派员,为党做了大量的工作。他曾担任方宅村自卫队队长、村长等职,积极参加剿匪,大力发展方宅村的生产。

"不忘初心、砥砺前行。"方建平表示,方宅村将利用好先辈留给他们的红色资源,将红色文化作为未来发展的动力之源,为近 2000 名村民谋福祉。

"我们村已经完成了第一期和第二期新农村改造,84 户村民顺利入住别墅式新房,第三批改造正在进行中,方宅村的居住条件将会得到极大的改善。"方建平高兴地对笔者说。

方炳土是最早一批入住新房的村民。"我家里原来的旧房子在村子最里面的山脚下,一出门就是猪圈。现在好了,住上了新房,生活条件发生了翻天覆地的变化。"

村"两委"非常支持乡贤们开展各类敬老活动。于 2019 年 11 月 11 日成立方宅村社会事务组织服务中心,这是方宅村吸引乡贤做好村里公益事业、关爱老人的一个创新性举措。在云南做建材生意的方建旭担任法定代表人,方建勇担任村社会事务组织服务中心秘书长。

从 2016 年开始,乡贤们在重阳节捐助物资慰问村里老人。方建勇捐了 2000 元,方建旭捐了 2000 元,购买电热水壶赠送给方宅村 430 位 60 岁以上的老人。

2017 年重阳节,方建勇、方建旭、郭国华、方华森 4 人捐了7000 元,买了大米和食用油,赠送给村里的每位老人。

2018 年重阳节,乡贤们购买了不锈钢厨具送给老人们。

2019 年重阳节,乡贤们捐了 2000 元购买物资。

2021 年重阳节,乡贤们请全村老人吃浇头面,并送给每位老人 3 双袜子。

方建平和村文书李洪亮都说,不管礼品贵重与否,这是乡贤们的一番心意,是倡导敬老、爱老、尊老的好举措,值得弘扬。常言说"家有一老,如有一宝"。老人们对家庭、家族和村里的民风村风建设都起到了至关重要的作用。

从慈孝的家庭之爱、家族之爱,到关心帮助村民的大爱,这些优秀品德成为方宅村一代代相传的村风民风。

第二节　美丽梯田的风景

浙江最美的梯田在哪里?

许多摄影家认为,浙江最美的梯田要数仙居县朱溪镇的杨丰山梯田。

杨丰山梯田,位于离仙居县城南部约 40 公里的杨丰山。这里海拔 500 多米,其山形左右凹进,中间凸出,古老的村落就在中间凸出的位置。当地老人们说这里是天仙所坐的大龙椅。

杨丰山上的 2000 多亩梯田,就从大龙椅的椅背、扶手上一层层铺叠开来,如一件由横纹缝缀成的袈裟,铺挂在大龙椅上。

春天,梯田放满水时,这件袈裟在阳光照射下,银光闪闪,美丽动人;夏天,梯田里的稻禾碧绿,这件袈裟在云雾缥缈的流韵里,青翠欲滴,诗意无限;秋天,梯田里的稻子金黄,这件袈裟在蓝天下,华贵闪耀,绚烂夺目;冬天,梯田银装素裹,这件袈裟典雅素净,别具风情。

站在杨丰山顶上,远看群山叠叠,葱蔚洇润;近看壮观的梯田,季节变迁,景色随之变换。晨云暮霭,翩翩风袂,时时不一样的风光,处处不一样的景观,让人百看不厌,心生爱恋。

早在清朝康熙年间编写的《仙居县志》，就对杨丰山有如下的记载："上多沃田，登之万山皆伏。每晨起四望，云气澹沱，弥漫上下，拟之云海。日出则露数峰如翠螺，隐隐闻鸡犬声，盖仙界也。"

在仙居历史上，仿若仙界的杨丰山所产的大米一直颇负盛名。从客观上来说，杨丰山梯田土质特殊，昼夜温差大，云雾浸润，所产的大米，无论用来煮粥还是煮饭，都芳香可口。

然而，当地百姓传说，杨丰山的大米之所以好吃，是因为这是"仙米"。人们传说的是：在很早以前，杨丰山百姓为帮助大禹治水，把珍藏的谷种全部碾成米，送到仙居淡竹的韦羌山给治水的勇士们食用，治水成功了。冬去春来，布谷鸟催着人们播种。可是，杨丰山的百姓没有稻种了。韦羌山上的天姥，有感于杨丰山百姓的大义之举，到天上取了仙稻种子送给他们。

"仙米"的神话传说，显示了杨丰山百姓心地善良的品格。

梯田耕种，需要每一个百姓具有互相体谅、互相关照的善良之心。因为，梯田用水，有一个突出的特点，就是必须由山顶上第一丘田放满水，然后由上而下依次放满下一丘水。如果位于梯田下段的人，想率先灌满自家田里的水，那么整座山上的梯田放水就会乱套。

千百年来，杨丰山百姓在梯田上耕种相安无事，这就是民风淳朴的写照。在这里，大家有一个朴素的认知，就是你待别人真心实意，别人也会待你真心实意。对待土地也是如此，你精心呵护土地，精耕细作，土地也会还你一个丰硕的收成。

杨丰山村村民善良的故事数不胜数，不说久远的古代，就说当代,就能举出许多例子。

杨丰山村西井自然村,有位名叫张永远的村民,60多岁,在上海打工,儿子在宁波打工。有一天,张永远得知独自在家生活的母亲病倒,便辞掉工作,急忙从上海回到家里服侍母亲。80多岁的老母亲卧床不起,生活不能自理。张永远就在家里精心照料母亲,隔三岔五到朱溪集市上买母亲喜欢吃的东西。一日三餐,给母亲烧喜欢吃的饭菜,每天坐在床前陪母亲聊天解闷……

就这样,张永远日复一日悉心服侍母亲,直到2年后母亲寿终。

杨丰山村党支部委员潘国星敬佩地说:"像张永远这样的男人,对母亲这么孝顺,真是难找!"

潘国星自己也是一个讲诚信、重慈孝的人。1963年出生的潘国星,是杨丰山村黄泥塘自然村人,初中毕业后就出门闯荡谋生。他开办煤矿时,由于种种原因,亏了100多万元。亏掉的这些钱,都是从亲戚朋友们的手上借过来的。为了还掉借来的钱,潘国星夫妻俩到深圳开小吃店,每天凌晨三四点钟就起床干活。经过几十年的艰苦努力,他们终于还掉了所有的欠债。

2010年,潘国星的外孙女出生后,为了让女儿和女婿在外更好地挣钱,为了让外孙女有一个安定良好的生活环境,他和妻子像许许多多做父母的一样,回到家里含辛茹苦地抚养孙女。

因为潘国星讲诚信、有慈爱之心,2013年杨丰山片区各行政村"撤扩并"时,大家便选他当村委会委员,他在这个岗位上一直干到现在。

从 2008 年开始,周方平担任下郑村党支部书记;2011 年,当选为县党代表;2013 年杨丰山片区行政村"撤扩并"时,当选杨丰山村党支部书记。

从 2005 年开始担任北山村委会主任的陈件城,在 2013 年当选杨丰山村委会主任。

2013 年,周方平 46 岁、陈件城 39 岁,2 个人都年富力强,而且都曾在外经商见过世面,既具有开拓创新精神,又熟悉本村实际情况。

"撤扩并"后的杨丰山村,全村共有 560 户、1900 多人,但在村里的村民只有约 150 人,而且留在村里的大多是老人和儿童。

杨丰山村"两委"班子看到杨丰山村昔日是米粮仓,而现在村里精壮劳力外出经商或打工,留守的老人们耕种这些梯田,力不从心,一丘丘梯田逐渐变成长满野草的荒田。他们认为,要振兴杨丰山村,首先要让村民的心热起来,要让杨丰山村村民的力量凝聚起来。

于是,村"两委"班子在全县"慈孝仙居"创建的大环境下,以慈孝文化建设为切入口,大抓村风民风建设。特别是在 2014年,以开展慈孝基金建设为抓手,外联乡贤爱乡之情,内聚村民建设家园之心,制定村规民约,从思想道德上树正气,从村风民风上扬慈孝,营造了团结拼搏、勤劳致富的良好氛围。

村"两委"大力弘扬慈孝文化,促使在外的村民心系在家的父母和孩子,让一老一小能够老有所养、小有所育,打造温暖人心的村风民风。

2014 年 8 月的一天上午,杨丰山各自然村村民,蜂拥到杨丰山行政村村部所在地的北山自然村,参加慈孝基金捐款仪式。村民张学群慷慨地捐了 15 万元。

张学群是杨丰山村西井自然村人,他在桐乡市创办了一家生产羊毛衫的公司,生意兴隆,他致富后不忘回报桑梓。早在 2006 年,为了支持大洪村通往西井村、下郑村和下塘村的各条道路建设,张学群个人捐助了 6 万元。

同是从杨丰山走出来的企业家周和海,在杨丰山村慈孝基金捐款大会上,捐了 5 万元;在桐乡市办羊毛衫厂的张军辉,捐了 5 万元;同在桐乡市办羊毛衫厂的张锦灿,捐了 5 万元;在仙居城关办家具厂的王彩妹,也捐了 5 万元。

那一天,在杨丰山村慈孝基金捐款大会上,出现了感人的一幕。

黄泥塘自然村 78 岁的潘成雪,是 1958 年入党的老党员,也是杨丰山村第一批入党的村民之一,他曾担任党村支部委员 30 多年。由于年老行走不便,他便叫邻居用轮椅把他推到捐款活动现场。

潘成雪对杨丰山村党支部书记周方平说:"我是老党员、老干部,村里设立慈孝基金,为老人、小孩服务,我很高兴,捐款 100 元,表表心意。"

周方平知道潘成雪家庭困难,妻子生病,女儿已出嫁,2 个儿子家庭负担重。因此,周方平劝他不要捐款,但他一定要捐上 100 元。

在大家的踊跃捐助下,杨丰山村慈孝基金达到 50 万元。

上郑自然村李林华,60 岁,多年来在杨丰山坚守,一直在山上种水果、侍弄土地。他热心村里的公益事业,担任杨丰山村支部委员兼文书,对村里情况了如指掌。

他向笔者介绍说,村里每年把慈孝基金的利息,用于慰问老人和困难户。从 2014 年至 2016 年,每年中秋节,村里给 70 岁以上的老人发 200 元慰问金,给 80 岁以上的老人发 300 元慰问金,给 90 岁以上的老人发 500 元慰问金。2016 年后,每年中秋节,村里给 70 岁以上的老人发 2 盒月饼和 1 桶价值 100 元左右的食用油。

2020 年中秋节,西井自然村 86 岁的张炳云,得知送给他的月饼和食用油是用乡贤捐助的慈孝基金的钱购买的,他感动地说:"他们生意做得好,挣了钱,关心我们老人,这份心意很难得!"

更重要的是,通过弘扬慈孝文化,村民对亲人的关心爱护多起来了,左邻右舍相互谦让起来了,大家对村里的工作关心和支持起来了,村风民风有了极大的转变。因此,杨丰山村被评为仙居县慈孝创建示范点。具有浓厚优秀传统文化内涵的杨丰山村文化礼堂,被浙江省委宣传部、浙江省农村文化礼堂建设工作领导小组办公室评定为五星级农村文化礼堂。

杨丰山村"两委"通过各种方式方法,让乡贤们对父母孩子的慈孝之爱,扩大为对家乡的发展之爱,让乡贤们心系桑梓,推进家乡新农村建设。

一个个乡贤回家时,为杨丰山村的发展献计献策:交通要改善,村庄环境要整治,梯田不能减少、不能荒芜……

一个个以发挥杨丰山梯田优势为突破口、促进杨丰山村发展的特色项目,引进落地。

2016年,杨丰山村争取到了田间道路提升项目,将长6.5公里的田间道路由4米拓宽到6米。同时,朱溪镇大洪至下塘段公路,经过近4年的改建,也正式通车。

"公路修整、拓宽后,收购商上山非常便利,我们的稻米也卖得出好价钱。自家的玉米、土豆等蔬菜都能直接运到朱溪镇集市上卖。"村民陈小棚说。

杨丰山上的"四好农村路",成了"致富路"。

在改善交通条件的同时,周方平带领村"两委"班子和党员在改善村庄环境、丰富旅游业态方面下功夫,补齐村庄发展短板,重点打造2000多亩梯田的田园景观。

2018年,杨丰山梯田被评为浙江省"最美田园"。

在仙居县委、县政府和朱溪镇党委、政府的大力帮助和支持下,2019年杨丰山村成为中国水稻研究所在浙江省新一轮扶贫工作中的结对帮扶村。中国水稻研究所为此还专门组建了一个团队,每年提供新品种、新技术进行试验,发展优质稻米产业。

2019年10月12日,秋阳高照,天高云淡。首届"中国·仙居杨丰山梯田农民丰收节"在杨丰山村文化广场上拉开帷幕,全面展示了杨丰山村的梯田美景、秋收盛况和耕读文化,打响了杨丰山梯田旅游目的地品牌。这天,来到杨丰山的游客达3万人次,实现旅游综合收入近10万元。

2020年10月,杨丰山村"两委"换届,周方平当选为村党总支书记、村委会主任,陈件城当选为村委会副主任,2人为杨丰山村的发展继续奋斗。

村里党政工作一肩挑的周方平,感到担子更重了。常言道:"对想干事的人来说,越有压力,便越有动力。"这话放在周方平身上,非常合适。

周方平感到杨丰山村的发展,要深挖"一村一业、一村一品、一村一景、一村一韵"的潜力,吸引更多的投资者,扎实推动乡村全面振兴。

2020年冬,周方平鼓励村民在梯田上种油菜,在增加收入的同时,能丰富梯田的业态,确保春天能赏油菜花、秋天能收获优质稻米。

2021年,春风吹过杨丰山梯田。2000多亩金灿灿的油菜花,如高挂在天际的金色绸缎,美不胜收。

"到杨丰山梯田看油菜花!"成为人们在春天里常说的话题。

人们开着车,带着一家老少,或和同学朋友一起来到杨丰山村,看层层叠叠的金黄色油菜花,那种气势震撼人心。坐落在梯田中的一个个小村落,白墙黛瓦,桃花掩映,白云缭绕,那极具烟火气的美景,无不让人感到这里就是"人间仙境"!

2021年3月17日,杨丰山村不仅被评为第七届华东十大油菜花胜地之一,而且名列前茅。

时隔2个月的5月17日,天气晴好。这天上午,杨丰山村迎来了一批特殊的客人,他们是九三学社浙江省委、中国水稻研究所、九三学社台州市委以及仙居县的各级领导。

近年来,九三学社浙江省委充分发挥科技优势,着力打造以社会服务基地为依托、以专家为支撑、以需求为动力、以市场为导向的社会服务定点定时定向服务模式。

　　九三学社浙江省委于 2020 年在仙居杨丰山村成功举办了第二届农业科技论坛,并为杨丰山村量身打造了彩色水稻景观设计、"杨丰山地质＋生态农业建设"等系列方案,并且成功申报了九三学社中央乡村振兴示范基地项目。

　　5 月 17 日这天,九三学社浙江省委领导和专家及各级领导来到杨丰山村,他们是为九三学社浙江省委"同心共建"杨丰山村基地揭牌的。这意味着九三学社浙江省委今后将以共建基地为载体,助力乡村振兴,为推进共同富裕献计出力做出新贡献。

　　"稻米是我们最具特色的农产品,在中国水稻研究所和九三学社的帮扶中,我们产品的质量愈加显优。"周方平说。中国水稻研究所和九三学社发挥科技、人才等资源优势,坚持因地制宜,从杨丰山村的实际出发,重点围绕优质稻米产业、梯田文化与农旅融合发展,推动村集体经济发展和低收入农民增收。

　　80 多岁的陈由木回想起以前耕种的日子,记忆犹新:"那时候,种田辛苦啊!牛拖着犁,人在后面,一手扶着犁,一手抓着牛绳,深一脚浅一脚,累死累活的,还挣不了几个钱。"过去,陈由木有 20 多亩稻田,6 月插秧,10 月收获,1 年只种 1 季水稻,稻米基本自留食用,1 年收入仅五六千元。

　　随着"杨丰山大米"品质的提升,价格也从原来的 5 元 1 公斤,飙升到三四十元 1 公斤,而且游客争相购买。同时,"杨丰山大米"也先后获得浙江省农博会金奖、"浙江省十大品牌大米"等荣誉。

　　周方平在杨丰山村乡村振兴中,明确了"打造三产融合农文旅示范区项目"的发展思路。

2021 年,杨丰山村通过对外招商引资,成功引进 1 家公司合作开发。该项目由云中度假区、山顶户外营地、杨丰山研学营地组成。

该公司负责人表示,他们决定来杨丰山投资,最主要的原因还是它的原生态。城里的人来这里旅游,其实最多的就是享受这种慢生活。所以,杨丰山开发潜力比较大。下一步,他们将继续发挥自身优势,引入更多的民宿品牌和风投资金,把杨丰山打造成拥有多家精品民宿的康养研学基地。

2021 年当选为台州市党代表和浙江省党代表的周方平,不光要让杨丰山村走上共同富裕之路,而且想与周边的大洪村和后塘村联合起来,走共同富裕的道路。他的这一设想,得到朱溪镇党委、政府的大力支持。

2022 年 8 月 30 日,仙居县首家强村公司——仙居县杨枫山旅游开发有限公司成立。这是由杨丰山村、大洪村、后塘村 3 村联合成立的实现共同富裕的重要平台。

按照协议,大洪村、后塘村 2 村将用流转的 1600 多亩土地和闲置资产入股,各占股 20％,杨丰山村股份经济合作社占股 60％。3 村联手把杨丰山大米种植面积发展到近 4000 亩。3 村联合发展,做大杨丰山高山绿色稻米品牌和文旅项目,带动 5000 多位村民共同致富。

后塘村党支部书记、村委会主任林元辉,在接受台州电视台记者采访时说:"后塘村与杨丰山村相邻,海拔约 400 米,有 600 多亩梯田。由于村里年轻人外出经商打工,留在村里的老人比较多。因此,梯田只种了 300 多亩。通过成立强村公司,我们把撂荒的梯田都开发出来。梯田面积多了,产量也高起来了,农户的收入也多起来了。"

大洪村党支部书记、村委会主任周天兵说:"我们3村抱团,一起把'杨丰山大米'品牌做强、产量做大,让老百姓收益翻一番。我对此很有信心!"

3村抱团的强村公司成立后,便得到仙居农商银行的大力支持。

2022年9月6日上午,朱溪镇在杨丰山村文化礼堂举行"强村共富贷,集体变股东"农村共富授信签约仪式。仙居农商银行向培育杨丰山稻米产业的村集体授信"强村共富贷"5000万元,向仙居县杨枫山旅游开发有限公司授信"强村共富贷"1000万元。

"强村共富贷"是仙居农商银行响应仙居县委、县政府提出的农村共富"两个计划"特别定制的贷款产品,通过让农民持股、村集体入股,推动低收入群体、集体经济薄弱村增收。

村民们高兴地说:"仙居农商银行,真是农村老百姓的贴心银行!"

2022年11月22日上午,周方平得到喜讯,由台州市农业农村局主办的2022"台州好稻米"评选结果出炉。仙居县杨枫山旅游开发有限公司提供的"中浙优8号"稻米,荣获"台九鲜"杯2022"台州好稻米"金奖。

周方平得到这一获奖的消息,自然很高兴。他马上把这一好消息分享给林元辉和周天兵。

周方平看着杨丰山大米畅销的好势头,看着来杨丰山研学和旅游的人越来越多,他笑着对笔者说:"杨丰山好山好水好空气,养眼养肺又养肤,养胃养心养神更养情。我们村 70 岁以上的老人有 280 人,最年长者已经 99 岁。长寿老人这么多,说明杨丰山村是长寿之村,适合康养。"

周方平知道,随着杨丰山梯田知名度的进一步提高,随着研学和旅游的人成倍增长,做好杨丰山村的村风民风建设显得尤为重要。他在村里各类会议上要求大家从家庭的慈孝做起,把爱家人,发展到爱邻里,再进一步发展到关心爱护每一个来杨丰山旅游的客人。

周方平说:"有情、有爱、有温暖,才会让杨丰山的梯田更加美丽!"

第三节 高山瓜果的芳香

"我们丈婆山上风景好,空气好,高山水果好!"2022年5月27日上午,大战乡对山村党支部书记、村委会主任郑明学自豪地对笔者说。

1959年出生的郑明学,一点也看不出是一位走进60岁老年人行列的人。他精神抖擞,思维敏捷,声音洪亮,介绍起丈婆山风光时的那一种自豪感溢于言表。

丈婆山位于大战乡西南面,离县城26公里,最高峰海拔700米。在半山腰上,坐落着对山行政村所属的对山、丈婆山、丈马扇、高田等9个自然村,共有350多户、1080多人,有耕地950亩,山林9081亩,有优质高山杨梅2000多亩、高山水蜜桃2000多亩、板栗500多亩、毛竹1000多亩。

郑明学于1985年加入中国共产党,2011年开始担任丈婆山村党支部书记。当年,台州市政府部门的领导来丈婆山村调研,看到丈婆山村山高路远、房屋破旧,许多年轻人跑下山打工,村里留不住人。他认为,丈婆山村要脱贫致富,最好走移民下山的路子。

　　郑明学感受到领导对丈婆山村百姓的关爱,但他思前想后不愿意整村移民下山。他认为丈婆山村自然条件好,发展农产品有前途、能脱贫。

　　于是,在 2012 年,他与村"两委"反复研究,决定对丈婆山自然村进行新农村改造,改善村民的住房条件,提升人居环境水平,把外出的村民吸引回来。

　　丈婆山村人居环境建设,走在全县前列。

　　2013 年,丈婆山上各行政村"撤扩并",成立对山行政村。有发展头脑、肯干事的郑明学当选为村党支部书记,他挑起带领对山村村民致富的重任。

　　郑明学自从在 2012 年对丈婆山村新农村改造后,便在思考,改变人居环境固然重要,但更重要的还是发展经济。假如在家门口就能挣到钱,谁还愿意抛下年迈的父母和年幼的孩子出门打工?

　　要发展高山经济,必须吸引村民回村。有人力,才能发展农业生产。但发展农业生产,从投入到收成,周期有的要 1 到 3 年,有的要 3 到 5 年。有这么长的投入期,如何吸引人们回村?如何凝聚人心?

　　郑明学就从敬老爱幼的传统文化入手,倡导村民回村,一边服侍老人、照顾小孩,一边开展新农村改造工作。建设自家的新房子,同时种植杨梅、水蜜桃、蜜橘等水果作物致富。

　　2013 年,对山村"两委"决定在对山自然村创办"6199"食堂,为 60 岁以上的留守老人和孤寡老人提供饮食服务,以此从村级层面倡导尊老敬老的良好风气。

由于丈婆山山势峻拔,9 个自然村分散,办 1 个食堂也不能解决多个自然村里留守老人和孤寡老人的饮食问题,而且盘山公路要走 50 多分钟,他们下山购买生产生活用品也十分不便。

于是,对山村成立"爱心家政室",由村干部和爱心人士担任"爱心家政员",采用结对帮扶的方式,为空巢老人排忧解难。

"王大妈,你要买 2 斤猪肉、1 条鱼和 1 斤豆腐?"

"郑大爷,你要 2 斤黄酒、1 袋花生,是吗?"

"爱心家政员"郑顺风和结对的 2 位老人一一确认需要购买的东西。

"爱心家政室"设置了值班室、"爱心超市"、棋牌室和电视室等,为老人提供了休闲娱乐、互相交流的场所。"爱心家政员"根据自身情况,结对帮扶 1—5 位老人,为他们提供生活照料和家政服务。

"爱心家政室"还统一制作了有爱心人员照片、联系方式的卡片,分发到老人手中,以方便他们联系。

"小郑每天都过来,帮我买东西、做家务,真的辛苦他了。"郑焕弟老人逢人就这样夸赞郑顺风这位"爱心家政员"。

敬老爱老的风气形成了,年轻人回来看望父母的也多了,大家对村里的发展也就关心起来了。

接着,对山村"两委"班子开始规划 9 个自然村的新农村改造工作,并逐步实施。村"两委"还邀请林果专家到丈婆山上开展调研活动,因地制宜发展经济林。

这样一来,就有许多年轻人回到山上来了。

俞岭自然村的抗战老兵李山头,已 104 岁。他说,粮食才是老百姓的命,希望李再明、李小明2个儿子都能在家务农。

李再明、李小明对父亲十分孝顺。老人家心情好,身体健康,生活能够自理。

郑三林原来是纸板箱厂的管理员,妻子也在该厂上班。他们看到丈婆山村的发展势头良好,毅然辞掉厂里的工作回到村里,栽种了5亩杨梅、20多亩水蜜桃,还有板栗和毛竹,年总收入有13万多元。其中他们管理的20多亩毛竹,每年冬笋销售收入有8000多元,春笋销售收入有15000多元。只几年时间,他们家里的旧房翻新了,他们还买了1辆越野车、1辆货车,日子过得很有奔头。

丈婆山自然村的郑飞远,多年来在仙居城关卖油炸串小吃。2013年,他回村承包200多亩山地,栽种水蜜桃、东魁杨梅、毛竹,还栽种高山西瓜,饲养土蜜蜂等,进行多种经营,年总收入达50多万元。家里破旧的房子也推倒重新建造,居住和生活条件得到了极大的改善。

对山自然村的郭爱良,原来在外打工,2014年回到村里栽种了100多亩水蜜桃,养了100多头香猪,一年收入很可观。

长马扇自然村的应梓升,2018年他和在外做塑料生意的儿子回到村里,栽种了100多亩水蜜桃,还有杨梅和板栗,年收入达四五十万元。

高田自然村的王新来,在北京做服装生意达15年之久。他回村带头发展高山杨梅等林果产业,栽种东魁杨梅170多亩,还成立了仙居县新雷杨梅基地,打响了自己的品牌。他还与人合股成立了台州杨山香榧基地,培植香榧25亩2000多株。海拔约 500 米的良好高山生态环境,加上科学的栽培管理,其杨梅和香榧品质优良,受到客户的青睐,每年老客户都驱车到他的基地采购杨梅和香榧。王新来成为丈婆山上林果种植大户,每年收入达 200 多万元。

王新来自豪地说:"我们还种植了水蜜桃、柑橘等各类水果 20 多种,收入不错!"

在丈婆山上种植的高山水蜜桃,因为日照时间长,昼夜温差大,其外形、色泽和口感等均为上等。但因为地理位置偏远,1000 多亩的水蜜桃曾一度陷入没有销路的困境,满山的水蜜桃成了村民沉重的负担。

2019 年,中国联通浙江省分公司开始结对帮扶对山村。现中国联通浙江省分公司派驻对山村的农村工作指导员,是中国联通仙居县分公司的员工徐凯敏,他兼任对山村第一书记。徐凯敏跟笔者说,中国联通浙江省分公司利用自身的资源优势,积极打造对山村直播间、建立淘宝店铺、开展网红直播等,并先后筹划举办了 3 届桃花节和水蜜桃采摘节,全力推动水蜜桃销售。

通过一系列品牌营销的"组合拳","大战蜜桃"的品牌知名度持续扩大,对山村高山水蜜桃实现了从"低价寻销路"到"供不应求"的转变,村民人均收入实现翻番,真正让水蜜桃变成了致富的"金果子"。

郑明学对笔者说:"现在对山村杨梅、水蜜桃等水果和农产品,都能卖出好价钱!水蜜桃从原来的 1.6 元每公斤,陆续涨到 5 元每公斤、14 元每公斤了!"

村民周买吾一边数着手里的钱一边说:"现在的桃子金贵,

我家今年卖了 6000 多元，要不是年初冷空气影响导致减产，可能会卖到 1 万多元。等明年新种的桃树也能产果了，收入还能翻一番。"

2020 年底，对山村"两委"换届时，郑明学当选为村党支部书记、村委会主任。他不负众望，继续带领村"两委"班子，大力发展高山林果经济。

随着对山村水蜜桃知名度、品牌价值的不断提高，如何继续推动水蜜桃品牌提档升级、产业提质增效，使水蜜桃实现从桃农的"致富果"向乡民的"共富果"转变？为此，对山村成立了公司，科学制定价格标准，集中收购农户家里的水蜜桃，进行统一销售。这样一来，桃农的收入提高了，村集体也有了收益。更重要的是，水蜜桃的价格稳步提高，真正形成了"多赢"的局面。

同时，对山村还充分挖掘当地的文化底蕴与自然资源禀赋，打造"桃文化"景观节点，构建对山村"农旅融合"发展新格局，让"桃源村"实现共同富裕。

郑明学说："今年，许多游客专程跑到对山村参观旅游，参加桃花节，最多的时候一天有几千人。'农旅融合'发展的效果慢慢显现。我们将继续加强产业发展规划，全面推进'桃源里共富工坊'建设，通过'建坊赋能''吹哨报到''共富驿站'等举措，完善水蜜桃的产业链。全村 80% 农户都有林果产业，金贵的土地没有抛荒！9 个自然村全部进行旧房改造。"

现在，对山村"两委"班子民主、团结，干部在群众中有威信，村民在丈婆山上安居乐业。

第六章 数十年矛盾纠纷不出村

第一节　感德村的荣光

"一条清溪傍村流,一渠堰水穿村过,一个村庄美如画,一群干部人称赞。"这是一个游客对白塔镇圳口村的印象。

圳口村是仙居县知名度较高的美丽乡村。该村东连神仙居旅游度假区,西接淡竹原始森林,北临韦羌溪,真可谓山清水秀,桃源仙境。

经过村西的圳口大桥,便是网红游泳打卡点——韦羌溪的石壁潭。这里溪潭幽深,溪水清澈,滩面开阔,能同时容纳上千人戏水。每年盛夏时节,仙居周边县市的游泳爱好者,纷纷驱车来此享受好山好水带来的欢乐。因此,人们称这里为"仙居的马尔代夫"。

在人们的印象里,圳口村不但是环境优美的地标村,而且是基层治理先进村。所谓"先进",指的是40年来圳口村做到了"矛盾纠纷不出村"。要知道,在改革开放后快速发展的农村,人们的思想越来越多样化,外出打工的青壮年越来越多,孤寡老人和留守儿童也越来越多。在这样复杂多变的村级社会单元里,村里40多年来没有党员干部受到党纪政务处分,没有发生过社会矛盾纠纷的信访案件。这样的基层管理水平,其独特性和先进性不言而喻。

2022年6月5日,星期日,上午10点,笔者驱车来到圳口村。村党总支书记兼村委会主任王明奇,在办公楼前笑眯眯地接待笔者。

我们的话题从圳口行政村改为感德行政村说起。

王明奇说,2018年仙居县村级规模调整时,圳口行政村与邵山行政村合并,取名为感德村。为什么取这个行政村名?这源于一个感人的故事。

南宋咸淳八年(1272),百姓引韦羌溪的石壁潭水,开凿了1条约6公里长的主渠和1条约10多公里长的支渠。这2条堰渠建成,不但使圳口、白塔一带6000多亩田地旱涝保收,还给沿途21个村庄百姓的生产生活用水带来方便。

然而,当人们对这一条水堰建成充满期待时,不料水堰入口处的暗渠堵塞,溪水无法流入水渠。《仙居县志》载:"相传堰建成后滴水不进,有堰公者,置生死于度外,亲下暗涵查勘究竟,溪水暴至,退避不及,殁于涵中,后人立庙纪念,尊为堰公大王。"人们为纪念"堰公"心系大众、无私奉献、勇于排难、不畏牺牲的大爱品德,为此命名这条水堰为"感德堰"。

感德堰建成至今的750多年来,位于感德堰源头的圳口村百姓一直怀念和践行"堰公"的精神品德。因此,在圳口和邵山2个行政村合并为1个新的行政村时,新的行政村便被命名为"感德村"。

王明奇说:"感德堰不光是我们村的物质财富,也是我们村的精神财富。一代代村民非常重视慈孝家风教育,也非常重视无私奉献、和睦友爱的民风教化。从 1990 年开始,每年的重阳节,我们村集体慰问 60 岁以上的老人,营造尊老敬老的良好氛围。村民在分家时,都与老人签订赡养协议书,这样减少了长辈与晚辈之间的矛盾。"

为了直观地向笔者展示该村弘扬慈孝文化、见证赡养协议书签订的事例,王明奇带着笔者来到感德村文化礼堂,并从展柜里拿出 1 份"仙居县光荣赡养老人协议书"。

这份协议书是由仙居县老龄工作委员会和仙居县民政局联合制作的,协议书共有 3 条。第一条是赡养人应当保护被赡养人的各种权利,第三条是被赡养人和赡养人应共同遵守的法律法规等内容,这些内容都是统一印制好的。第二条是个性化协议内容,一共有 7 个方面,由各人根据不同情况填写。

王明奇拿给笔者看的这份赡养协议书,被赡养人是圳口村 4 组王鉴保、吴青香夫妻。他们于 1991 年 10 月 30 日在村委会干部的见证下,与 3 个儿子签订了协议。

协议书第二条明确赡养人应在赡养扶助方面使被赡养人获得以下钱物:

1. 粮食、燃料、零用钱:口粮每人每年原粮 600 斤,其中小麦 105 斤、稻谷 495 斤,零用钱每人每月 10.5 元,柴草 3 个儿子每人每年(负责供应)烧 4 个月的量。

2. 口粮田、自留地耕种:老人无力耕种时,分给 3 个儿子耕种。

3.衣、被、蚊帐等日常必备物品:由老人提出需要添置时满足,费用3个儿子平均负担。

4.居住和单独起伙用灶头:按原分家书为准,不做变更。住隔堰2间屋内。

5.病期护理及医药费用:由3个儿子共同护理,平均负担。

6.精神赡养方面:使老人精神愉快。

7.其他(包括百年后事):未了事宜协商解决。丧葬费用由3个儿子共同负担。

在协议书的后面,有被赡养人和赡养人的签字和红手印,还有作为监督单位的村民委员会的大红印章和作为监证单位的仙居县白塔镇人民政府的印章。

在20世纪90年代初,生活在农村的2位老人,每人每年有600斤原粮,每月有10多元零花钱,其生活过得应该不差。特别是第六点“在精神赡养方面:使老人精神愉快”,这真是言简意赅。要使老人“精神愉快”,这不但要按时给老人提供物质性的东西,还不能给老人“脸色”看,不能让老人为此不愉快。

感德村文化礼堂展示的这份协议书,是一份不可多得的珍贵历史文献,它不但还原了30多年前仙居县各级各部门重视精神文明建设的做法,而且见证了该村村民赡养老人的物质生活和精神生活状况。

原圳口村从1992年开始评选“五好家庭”,从1998年开始评选“十星家庭”。这些“五好家庭”“十星家庭”的评选,有力地促进了敬老爱幼、邻居和睦、关心集体的家风民风建设。

2012 年,仙居县开始推行"慈孝仙居"创建活动,圳口村更是积极作为,向前推进慈孝工作。

2012 年 10 月 23 日,是农历九月九日重阳节。这一天上午,村里热闹起来,老人们喜气洋洋,大家见面都说:"中午早点去吃长寿宴啊!"

原来,村"两委"研究决定,为营造更加浓厚的尊老爱老的社会风气,在重阳节中午,村里出资摆长寿宴,请全村 60 岁以上的老人赴宴。

请全村老人吃长寿宴,这是大好事,这一决定得到大家的热烈拥护和积极响应。

18 张大圆桌,每张桌上陆续端上鸡鸭鱼肉等 20 多个菜肴。

83 岁的王老汉吃着丰盛的长寿宴,笑着说:"村里这样关心老人,开心!高兴!要多活几年,享享老来福!"

村里不但请老人吃长寿宴,还给老人发长寿金。给 60—69 岁的老人每人每年发 120 元现金,给 70—79 岁的老人每人每年发 150 元现金,给 80—89 岁的老人每人每年发 200 元现金,给 90 岁及以上的老人每人每年发 300 元现金。

此外,过年时,给老弱病残的村民发放慰问金 300 元,给重特大贫困户发放 2000 元补助金。

2022 年 1 月 27 日,是腊月二十五日,村里过年的气氛已很浓郁了。这天下午,王明奇等村干部先来到有 50 年党龄、90 岁高龄的王炳河家慰问,接着走访 78 岁的王均章等 8 位老党员,给每人 300 元慰问金,以表示对老党员的关心爱护。

王均章老人感动地说:"谢谢党组织的关心!"

前邵自然村 96 岁的王玉林,拿着 300 元慰问金,笑着对前来慰问的村干部说:"非常感谢村干部,我老了还有人来看我,真的很高兴!"

王玉林的儿子也感动地说:"谢谢村'两委'干部的关心!"

感德村从倡导家庭敬老爱幼的个体行为,到村集体弘扬慈孝精神,形成了良好的社会道德风尚。

王明奇感慨地对笔者说:"老有所养,社会纠纷就少了。崇尚慈孝,基层治理就容易了。"

村里的老百姓说:"我们村之所以管理得好,主要是因为有一位好的带头人。"

这位带头人指的就是王明奇。

1984 年 4 月,退伍军人王明奇回到圳口村。第二年,他当选为村党支部书记。当时他了解到村集体资金只剩下 8.23 元钱,心里很不是滋味。

虽然村里没有钱,但这影响不了王明奇的创业信心。他提出,有钱要办事业,没钱也要办事业!

圳口村西的韦羌溪,隔断了圳口村民过溪生产劳作的通路,也阻断了淡竹乡百姓前往白塔集市的交通。平时,人们全靠竹排撑渡。夏秋季经常遇到洪水,无法摆渡;冬春季天寒水冷,乘坐竹排多有不便。

王明奇根据要做事情的轻重缓急,决心在韦羌溪上建造大桥,切实解决群众期盼已久的大问题。他跑镇里、跑县里,争取获得各级的支持。

村里从老人到小孩,大家心往一处想,全力支持圳口大桥的建造。

1997年,总投资200万元,建成了长120米、宽7米的圳口大桥,彻底改变了村里生活生产的面貌。

王明奇经常跟村民说:"我们村有尊老爱幼的好传统。如何把老人赡养得更好?如何把孩子培养得更有出息?首先手里要有钱。怎样让手里有钱?就是要出去闯。不怕苦,不怕累,才能发家致富。"

村民在王明奇的鼓动下,千方百计寻找致富的门路,人们的钱包渐渐鼓起来了。

"喂,我们家通电话了!"

"今后电话直接打到家里来,电话号码是……"

1998年,圳口村开通了118个程控电话,村民与在外经商或打工的兄弟姐妹亲戚朋友高兴地通上了电话。圳口村成为仙居县"首批程控电话村"。

2004年,王明奇想到"靠山吃山"的古训。他根据1982年村里收回分到农户的溪滩地由集体统一经营的好经验,便跟村干部商量,并经过村民代表表决通过,把圳口村分到农户的3000亩山林,收归集体统一开发经营,建设500亩用材林,其余用于发展杨梅和茶叶产业。当年,村民每人就拿到150元的分红,家家户户高兴得合不拢嘴。

2006年,王明奇看到神仙居景区旅游火爆,而圳口村又地处进入景区的交通要道。于是,他发动村民开办农家乐。

为了进一步办好圳口村的农家乐,吸引更多的游客,村"两委"班子在王明奇的带领下,不畏艰难,于2016年开展精品村建设，接着又实施感德公园建设工程。

乡村建设的大动作，涉及许多村民的利益。但大家都知道，这是村干部为全村发展着想，为全村百姓致富着想。于是，村民全力支持村里的各项建设，使村里的事业得以顺利开展。

2019年，圳口村被评为3A级景区村。

常言道："栽下梧桐树，引来金凤凰。"圳口村的环境美了，再加上圳口村的民风淳朴，悦柳项目入驻，融悦酒店进驻，这样全面带动了村里民宿产业的发展。

2020年，感德村"两委"换届，王明奇当选为村党总支书记、村委会主任。

新班子有新作为。王明奇对笔者说："现在村集体经济余额达到1000多万元。我们把这笔钱存入银行，光用利息就能为全村的慈孝文化建设做许多事。把钱花在德治上值得，因为只有民风好了，村民的心气顺了，大家的心齐了，才能更好地促进新农村全面发展。"

2021年，村民每人分红达到1200元。2022年，每人分红达到1300元。村民对王明奇这位干部带头人赞叹不已，各级党委、政府也对这名老支书给予充分肯定。

1986年至2001年，王明奇连续16年被评为仙居县"优秀共产党员"，先后获得台州市"富民好书记"、台州市"为民好书记"、台州市"优秀共产党员"、浙江省"千名好支书"等荣誉称号，并当选2008年奥运火炬手。

感德村也先后获得"省文明村""省卫生村""省级绿化示范村""市计划生育先进单位""市'四五'普法先进村""市综合治理

先进单位"等荣誉。村党支部获得"省先进农村基层党组织""市党建示范点"等荣誉。

　　成绩来之不易,但王明奇谦虚地对笔者说:"成绩属于过去。在新时代,要开创基层治理新局面,激发感德村'共同致富'新活力!"

第二节　仁庄村的仁德

　　一个偏僻的小山村,竟有 148 位学子考上大学,而且有的还一路读到博士后,许多人为之惊讶:是什么让这些山里的孩子这么优秀?

　　这个小山村,就是在仙居县溪港乡与永嘉县交界处的仁庄行政村。仁庄行政村由仁庄和上湖岭 2 个自然村组成,全村共419 户、1419 人。从大学生与村民人口数的比率来看,差不多 10个村民中就有 1 个大学生。

　　2022 年 5 月 22 日上午,笔者在仁庄村召开座谈会,陪同采访的溪港乡宣统委员吴建敏介绍说,地处深山中的仁庄村,相对贫困、闭塞,生活在这里的孩子们懂事早,他们知道只有知识才能改变命运。因此,这些孩子有强烈的读书自觉性,有明确的学习目标:考上大学,走出大山,改变命运。

　　这使笔者想起德国地理学家 F. 拉采尔在《人类地理学》中提出的观点,他认为:人和动植物一样,是地理环境的产物。人的活动、发展和抱负,受到地理环境的严格限制。

　　F. 拉采尔的这一观点有一定的道理。良好的环境能够更好地造就人才，"地灵生人杰"，说的就是这个意思。

虽然穷乡僻壤不能称为良好的环境，但是穷乡僻壤也能出伟人圣贤，有许多这样的例子。

"穷且益坚，不坠青云之志。"唐代王勃在《滕王阁序》里写出了环境论普遍性中蕴含的特殊性。有许多人在环境不良之地，在人生低谷之时，能够发愤图强，展翅冲天。对有抱负、有才华的人来说，逆境是激发潜力的催化剂。

仁庄村党支部书记、村委会主任王进，是一位年轻的村干部。他认为吴建敏的说法有道理，但除此之外还有另一个重要原因，那就是：村民中有大量在外经商打工的人，他们走南闯北，开阔了眼界，增长了见识，充分认识到知识有改变命运的重大作用。于是，他们在学习上对子女严格要求，并想方设法为子女读书创造条件。

笔者知道有这样的事例。在仙居城区，有一对卖烧饼的夫妻，他们做的葱油烧饼、萝卜烧饼、霉干菜烧饼，色香味俱全，每天前来买烧饼的人络绎不绝。

笔者问："生意这么好，赚了不少钱吧？"

想不到夫妻俩异口同声地说："这里的生意不算好，跟在上海做生意比，收入差得远了。"

笔者在与他们的详聊中得知，他们来自溪港乡，之前一直在上海做烧饼，为了照顾一女一子读书，他们才选择回到仙居。

他们说："赚钱是次要的，让孩子好好读书才是主要的，这关系到他们的前途。"

为了孩子们的读书大事，父母回到仙居打工的事例不胜枚举。

关于仁庄村能出大批大学生的原因,吴建敏从地域闭塞的角度,分析出学子们在逆境中刻苦求学以此改变命运的主观能动作用。而王进则从外出经商打工的父母眼界开阔了,认识到读书的重要性,重视儿女的教育这一角度,分析仁庄村涌现出大量大学生的原因。

村里一位姓王的老人从另外一个角度道出了仁庄村涌现大批大学生的原因。

他认为,仁庄村有良好的尊老爱幼的民风,且崇尚知识、尊重文化。比如村名原来叫"陈庄",后来变为"仁庄",这就是人们对陈庄村的一种褒奖,认为村民讲仁义。

"仁"是儒家文化的核心内容,"仁者"指的是充满慈爱之心、满怀爱意的善良的人。

千方百计让子女读书考大学,这是父母慈爱的表现;子女发奋读书考上大学,掌握一门知识,谋求高薪职业反哺父母长辈,这是孝的表现。

村党支部委员、会计王邦福不无敬佩地说,仁庄村有一位名叫金锡弟的村民,胃部长了肿瘤,一病就是10多年。由于生病,他不但挣不来钱,而且要看病吃药,造成家庭经济十分困难,大儿子、小儿子读书都没有钱缴学费。但金锡弟没有因为贫困就让孩子辍学,他咬咬牙向银行贷款支付了2个儿子的学杂费。2个懂事的儿子,不负父母的厚望,拼命学习,相继考上了大学。

说起村里的慈孝故事,村干部们就打开了话题,一个个生动感人的故事脱口而出。

　　王洪女的婆婆叶金妹，已91岁高龄。王洪女对婆婆悉心照顾，每天为婆婆烧饭、洗衣服、搞卫生。如果婆婆感觉身体不适，王洪女便带她到医院看病买药。村民认为王洪女孝顺，有爱心，大家便一致选举她担任村委会委员。

　　仁庄村委会副书记、村监会主任王有田，是上湖岭自然村人。他称赞上湖岭自然村村民王贵庭身残志坚，是口勤、手勤、脚勤的好人。

　　王贵庭是个命途多舛的人，他有4个哥哥和1个姐姐。由于家庭人口多，家境十分困难，王贵庭很早就辍学了。

　　为了谋生路，王贵庭经人介绍，到山东学弹棉花。

　　有一天，王贵庭开动机器，向弹棉花机投入生棉时，左手不慎被机器卷入。他的惨叫声，引得在场的师傅和工友们急忙前来抢救，大家关机器的关机器，救人的救人。

　　人们把疼痛得昏死过去的王贵庭送到医院救治。医师看到他的左手掌已被机器轧得粉碎，难以接骨，便只好锯掉他的整个手掌。

　　16岁的王贵庭，从此走上了不平坦的人生道路。

　　流淌的岁月慢慢冲淡了王贵庭的痛苦。他不因残疾自怨自艾，从悲伤中振作起来，从失落中顽强奋进，笑对人生的酸甜苦辣，每天热情开朗，乐于助人，有求必应。

　　王贵庭为了自食其力，不拖累父母，在上湖岭自然村的家里开了一间日杂百货店。

　　在他22岁那年，溪港乡残联为了照顾他，也看他手脚勤快，乐于助人，便让他当乡残联专职委员，每月给他补助300元。他一干就是几十年,热心地为全乡残疾人服务。从 2017 年开始,他虽然已不符合领工资补助的条件,但还是一如既往地承担乡残联交给他的工作。

上湖岭自然村有 96 户、305 人,外出打工、求学的有 200 多人,在家的老人小孩有 50 多人,最年长的 93 岁。在村里的人少了,王贵庭店里的收入就减少了。于是头脑活络的王贵庭,便到溪港乡政府所在地的麻车坑村设摊卖蔬菜,而且每隔 2 天到周边各村去卖菜。因为他热情待客、老少无欺,且他的蔬菜价廉物美,再加上他是残疾人,大家同情他,也敬佩他自强自立的精神,所以许多人向他购买蔬菜,他的生意比一般人要好。

王贵庭靠自己的勤劳,走出了生活的困境,而且他爱心不减,始终关心村里的老人和小孩。

2018 年夏天,酷热难耐,上湖岭自然村的留守老人和儿童没地方可去,便天天在村大会堂里闲聊、玩耍。

有一天,王贵庭自掏腰包,买了绿豆,煮了一大罐绿豆汤,送到村大会堂给老人们和孩子们解渴。同时,他还送上了瓜子、糕点等零食。老人们和孩子们非常高兴,直夸王贵庭人好心好。

在那个夏季的 3 个月里,村里四五十个老人小孩,每天都可以享受到王贵庭送来的饮品和瓜子等零食。他们每天喝到的饮品都不一样,或是绿豆汤,或是银耳汤,或是红枣汤,或是桂圆汤。

第二年夏季,王贵庭也天天给村里的老人和小孩送饮料、零食,大家都感动不已。

为了让老人和小孩有舒适的休闲场所,王贵庭垫付了 3 万多元钱,重新装修了村活动室,添置了电视机等。大家称赞王贵庭是为老人、小孩谋福利的热心人。

王贵庭对村里的老人和小孩非常关爱,对自己的母亲也非常孝顺。

王贵庭的母亲沈春兰,86 岁时患上了老年性痴呆,整天到处乱走。2019 年,王贵庭便放下卖菜的生意,专心在家服侍母亲。

为了让母亲开心,王贵庭经常带母亲到仙居各地的景区游玩。他知道母亲喜欢热闹,每逢横溪镇集市,他便带着母亲到集市上转转,给她买喜欢的东西。

有人对王贵庭说:"你这样在家服侍母亲,不去卖菜做生意,会坐吃山空的!"

也有人对王贵庭说:"你兄弟姐妹多,大家轮流照顾,可以减轻你的负担。"

王贵庭笑着说:"我这些年卖菜存下了二三十万元钱。我没有老婆、孩子,花钱少,没有经济压力。再说我生活条件相对好一些,我多照顾母亲一些也是应该的。"

如此大度、有孝心、有爱心、有责任心的王贵庭,受到人们的交口称赞。村民把他选为网格员,因此他每月有 1000 元的报酬。这是村民和村干部对他无微不至照顾母亲、对他关爱村里老人与孩子的褒奖和肯定。

说起仁庄村百姓的慈孝故事,还有许多。

年过花甲的王飞岳,年复一年,天天照顾卧床的老母亲。端茶送饭,喂药倒尿,这般艰辛,是没有经历过的人难以想象的。

常言道,"久病床前无孝子",说的就是照顾患病老人的不易。而王飞岳在家照顾母亲 10 多年,直至母亲在 2022 年 4 月去世。

王飞岳的 2 个弟弟,1 个在外打工,1 个在外经商。虽然他们难以抽身回家服侍母亲,但他们都拿出钱来孝敬母亲,资助哥哥王飞岳,以满足照顾母亲需要的各项开支。

王飞岳的孝顺也影响了儿子。2020 年,在杭州办密封件厂的儿子,把奶奶接到杭州照顾了两三个月,此举受到仁庄村村民的称赞。大家认为,作为办厂的老板,整天忙得不可开交,还要把卧床不起、生活不能自理的奶奶接去照顾,这份孝顺之心,让人感动不已。

村里有一位老人告诉笔者,仁庄村浓厚的慈孝氛围,极大地调动了学子的求学积极性,也极大地促进了乡风文明建设。仁庄村 20 多年没有纠纷事件出过村,这与良好的村风民风分不开。

王进感慨地说,村风民风好了,村里各项工作开展起来就容易了。在外工作的仁庄人,常常为村里的发展献计出力;在外经商、打工的仁庄人,经常捐资支持村里的建设,目前乡贤基金有 40 万元。每年重阳节,村里请 60 岁以上的老人聚餐欢度节日,给老人送八宝粥、桂圆、荔枝、白糖、木耳、香菇、红枣等礼品。村里慈孝之风,绵延不绝。

仁庄村弘扬慈孝的德治精神,促进了乡村重教尚学风气的形成,书写了新时代基层治理的新篇章。

第三节　干事创业的信心

在农村,村里数十年没有矛盾纠纷闹到乡里、县里去解决,这的确不是一件容易的事。

双庙乡西吕村,30多年来凡有矛盾纠纷,在村里就能得到妥善处理,可见西吕村的治理有其独到之处。2022年5月24日上午,笔者来到西吕村采访,探究其中的奥秘。

西吕村位于双庙乡集镇区,仙居县城通往朱溪镇的"管铁线"公路穿村而过。在"管铁线"公路路东,1幢3层的崭新楼房是西吕村办公楼。在2楼会议室里,笔者见到了村党支部书记、村委会主任应国龙。

应国龙61岁,是1981年入伍的基建工程兵,退伍后于20世纪90年代开始在村里担任民兵连长、党支部委员、村监会主任,2017年当选村党支部书记。2020年10月换届时,他当选村党支部书记兼村委会主任。他一直在家务农,是一位扎根农村的村干部。

当应国龙得知笔者的来意后,便介绍起村里的基本情况。西吕行政村下辖西吕、下山头2个自然村,共有381户、1230人,在家的村民有 370 人。大部分青壮年外出务工经商,主要是外出开干洗店、浴室。中老年人在家务农,农闲时做工艺品,以增加家庭收入。

西吕村每年集体经济收入有 10 多万元,主要的收入来源是村里的厂房出租。

应国龙笑着说,西吕村 30 年村民没有因矛盾纠纷而到上级部门去要求解决,这没有什么特别的经验。他认为,农村村民矛盾产生的原因,主要是对宅基地安排不满、土地边界纠纷和邻里之间的摩擦。村干部如果公平公正地安排宅基地,及时处理纠纷,矛盾就会在村里得以化解。矛盾不出村,更主要的原因是良好的村风民风在发挥作用。村风民风好了,大家相互关心帮助、相互谦让,许多矛盾便会在萌芽状态消失。

应国龙觉得村风民风主要体现在家庭的慈孝上,家家户户孝敬老人、关爱晚辈,人人有一颗爱心,村风民风就会好起来。

应国龙钦佩地说起王良珍儿女们的孝行,说起王植鹏培养 3 个儿子读书成才的故事。他说这些慈孝典范影响了西吕村的村风和民风。

笔者在应国龙的带领下,来到 102 岁的王良珍老人的家中采访。

王良珍单独住在村中的一间平房里,他正要出门,听说笔者要采访,便笑呵呵地请我们进屋。

笔者走进屋内,虽然看到屋里有床、锅灶等生活用具,但锅灶看得出来已经长时间没有开伙了。

原来,王良珍的饮食,由二儿媳妇和四儿子 2 家轮流提供。

应国龙介绍说，老人每餐都要喝点白酒。

笔者看王良珍老人脸色红润、精神矍铄、思路清晰、腰板硬朗、走路灵活，便知道他的儿子们、媳妇们对他照顾得很好。

长寿老人王良珍，是晚辈们孝顺老人的好广告，是弘扬慈孝文化的宣传员。他走到哪里，人们便会自然而然地说起老人这么长寿，跟后辈对他的孝顺分不开。人们自然而然地就会反省自己对老人是否关心、是否尽到孝顺敬养老人的责任。这种孝顺敬养老人的内在动力的产生，有力地促进了家风民风的改变。

随后，我们又来到王植鹏家。他家在村子的西头，是 2 间 2 层楼房，一眼看去便知道这是 20 世纪 80 年代建的房子，与如今的房子比起来，显得简陋。

王植鹏家门洞开，屋里没有人。

应国龙打电话给王植鹏，说有记者来采访。

王植鹏在电话里说，他在田里干活，马上赶回来。

我们便坐在屋檐下的竹椅上等着。

不多久，只见一个瘦高的看起来约莫 60 多岁的老汉，背着锄头急匆匆地赶来。他笑眯眯地对我们说："对不住，对不住，让你们久等了。"

笔者跟王植鹏聊天，知道他已经 76 岁了。现在农村老人的年龄真不好判断，不少 80 多岁的老人还在田地里干活，精神矍铄，面色红润。农村生活水平高不高，看一看大部分老年人的身体状况，就立马能判断出来。

王植鹏听应国龙介绍说，笔者是来了解他如何培养 3 个儿子成才的，他便开心地笑了，从家里拿出了一本家庭记事簿，一

边翻着,一边介绍起来:

那要从 1982 年 11 月 6 日早上说起。

我是泥瓦匠,当时我在山上村子里给人家造锅灶。这天一早,有消息传来,说西吕村西边的台门昨夜 10 点钟着火了,整个台门的房屋全部烧光了。

我一听,脑子"轰"地发响,着火的台门就是我的家啊!我扔下泥瓦刀便往家里跑。家里只有我老婆和 3 个儿子,最大的儿子 13 岁,老二 11 岁,最小的儿子只有 7 岁。一大三小,他们能不能从大火中逃出来?我想着,心里害怕得不得了,双腿发软,跑都跑不动。

好不容易跑到家,看见老婆在哭。我问,人伤着没有?老婆哭着说,孩子们都跑出来了,没伤着,但家里的衣裳、粮食都没有抢出来,天寒地冻的,这日子怎么过?

我说,人没伤着就好!虽然我嘴上这么说,但心里也经受不住这样沉重的打击。家里一无所有,怎么渡过这个难关?最要紧的是,不能因家里贫困而耽误了孩子读书。我想到自己读书只读到二年级便辍学了,后来好不容易复学读到初中。我知道只有知识才能改变命运。

亲戚朋友和村里帮助我们,大家送粮食、送衣服、送被褥。我们一家人住在村集体的小平房里,生活暂时安定下来。

有一天黄昏，我把3个儿子叫到床前。我跟他们说："大家不要怕苦，困难再大也会克服的。你们一定要读书，能读到哪里，我借钱都要供你们读到哪里！"

3个儿子也很懂事，星期六、星期日，他们都去做小工挣钱，或者上山砍柴。

我一边给别人做泥瓦工，一边抽空给自家造房子，每天两三点钟就起床干活。

我最难受的时刻是每学期开学，3个儿子上学要缴学费的时候。家里没有钱，我只好把稻谷卖掉，卖掉稻谷还凑不齐3个孩子要缴的学费，再向亲戚朋友借钱。

3个儿子知道我供他们读书不容易，读书都很努力。

大儿子考上杭州的中专，后来成为船长，又在职读了大学。

二儿子考上天津大学。报到时，由于家庭经济困难，穿的衣服很破旧，同学们便叫他"济公"。他在大学里读书也很用功，成绩很好。现在上海的外企当经理，年薪有60多万元。

老三考上温岭师范学校，毕业后在仙居城关的小学教书，后来通过进修，也拿到大学文凭。

现在村里都说我们家培养了3个大学生。其实这是他们自己努力读书的结果，我只是在财力上千方百计地支持他们。

王植鹏跟笔者说起这些往事时,语气里还不免流露出岁月留在他心底里的许多艰辛。

笔者知道,因为火灾,王植鹏一家变得一贫如洗。在这样的窘境下,王植鹏夫妇给3个儿子创造了一切条件让他们完成学业,使他们能够谋取到好职业,这是作为父母对子女最大的慈爱。

王植鹏对3个儿子的慈爱精神,得到村民的高度赞扬,他也成为人们学习的榜样。村里人们在孩子读书上都舍得花钱,大家说:"经济困难,哪有王植鹏家当时遭灾后困难?"

有慈、有孝、有情、有爱的西吕村,村风民风自然很好,选举出来的干部也值得大家信赖。

双庙乡党委、政府领导对西吕村"两委"班子的工作高度肯定,认为西吕村"两委"班子战斗力强,干群关系好。他们排除各种困难,处理"一户多宅"问题,开展新农村改造,老百姓拍手叫好。

西吕村自1997年以来的20多年里,由于种种原因,没有安排过屋基让村民造新房子。因此,村里缺房户有50多户。金福华一家的旧房被火烧掉后,一家6口人住在20多平方米的房子里。

朱军跃一家住在2间70平方米的泥墙屋里,一下雨便漏水。由于房屋破旧,家里又狭窄,女儿出嫁、儿子结婚都没法办婚宴。

近几年,村"两委"班子迎难而上,动员村民拆掉老旧危房,重新规划新农村建设,分期分批安排村民建新房。

　　朱军跃投标了 115 平方米的屋基,通过"级差排基"付了 7 万元钱,建起了 3 层的连体别墅。

　　他高兴地说:"现在的房子可以用来接待亲戚朋友了,不会给儿女们丢脸! 接下来要把女儿的婚宴、儿子的婚宴隆重补办一下。"

　　2021 年 10 月,西吕村新农村改造第一期批下了 8 户 20 间屋基;第二期安排了 7 户 17.5 间屋基;第三期、第四期将陆续安排 100 间屋基,切实解决村民缺房的困难。

　　笔者问应国龙:"您曾说过安排屋基是最容易产生矛盾的,现在安排了这么多屋基,有没有产生过矛盾?"

　　应国龙回答说:"村干部制定的政策公平公正,再加上村风民风好,大家互相谦让,不斤斤计较,矛盾便少了。村里矛盾少了,村干部干事创业的劲头就足了!"

　　笔者觉得应国龙说得在理。

　　当笔者要离开西吕村时,应国龙充满信心地说:"我们西吕村新农村改造完成后,请你们再来看看,那时西吕村的村容村貌肯定不一样。"

　　笔者高兴地答应了。

第七章 城中村的『蝶变』

第一节　把工作做到百姓的心头上

一边,妇女们在厨房里高高兴兴地揉面粉做馒头,一笼笼肉馒头热气腾腾地出笼;一边,少男少女们在舞台上唱歌跳舞,台下社区的老人小孩兴致勃勃地观看精彩演出。

福应街道县前社区每年 1 届的邻居节在腊月拉开帷幕,截至 2019 年,邻居节已举办了 14 届。举办邻居节,目的是增加邻居之间的互动,增进邻居之间的了解和感情,意义非凡。

常言道:"远亲不如近邻。"这句话的意思是,邻里之间有急难之事,可以及时伸出援手予以帮助;而亲戚如果相隔较远,就算有急事也无法及时前来帮忙。

在城镇,由于居住条件发生了小区化、公寓化的转变,人们一进家,便关上门,楼上楼下,甚至对门也较少往来。长此以往,邻里之间的感情便会越来越淡,互相帮助、友爱关怀、谦和礼让的文明之风得不到弘扬。

引领社会文明重在道德风尚建设,良好的道德风尚是社会稳定的基础,是精神文明建设的基石。县前社区"两委"班子,深知树立良好道德风尚的重要性,因此,从 2006 年开始,每年在过年前举办邻居节活动。

县前社区党委副书记徐建国对笔者说："每届邻居节,地点和活动内容都不一样,所以活动很吸引人。"

徐建国打开手机,给笔者看他保存的各届邻居节照片,有居民们拔河的,有妇女们手拿红绸扇跳扇子舞的,还有居民们围着一张张大圆桌喜气洋洋吃饭的。

从邻居节的活动照片中,可以看出每届邻居节的活动都丰富多彩,参加的居民无论大人小孩,都兴高采烈。

县前社区位于仙居城区繁华地段之一的解放街一带,这里是古代县衙所在地,是仙居县城的政治、经济、文化中心。因此,这里从前被称为"县前村"。2013 年,县前村改为县前社区。

历史上,这里的人们特别重视道德文化建设。有则关于"官塘"的传说为人们所津津乐道。

相传在清代,徐汉高、王永南 2 家引梨漩的水灌溉。每逢干旱季节,2 家常纠集人丁为争水大打出手。更有甚者,2 家会将棺材放在梨漩边,以显示抱着至死争水的决心。因此,梨漩被人们称为"棺材漩",又被人们通俗地称为"棺材塘",简称"棺塘"。

清嘉庆三年(1798),在外当官的张世人、顾公庆,回乡得知徐王 2 家积怨日久,便对 2 家进行劝解。于是 2 家化干戈为玉帛,订下分水盟约。从此徐王 2 家和睦相处,再无纷争。

后人为褒奖张顾 2 人为官仁义之道、为民造福之德,特将"棺塘"改名为"官塘",并立石铭记此事,教诫后人要与乡邻和睦相处。

如今,县前社区通过举办邻居节,弘扬倡导睦邻友好的优秀

传统风尚。社区不但每年搞邻居节,还订立了县前社区"邻里公约":

> 每日见面问声好,邻里和睦无价宝。
> 互谅互让风格高,县前居民乐陶陶。
> 垃圾卫生勤打扫,绿色社区同创造。
> 水电煤气要管好,惹出麻烦不得了。
> 尊老爱幼讲道德,不传是非不争吵。
> 一方有难大家帮,共建和谐家园好。

县前社区还设立慈孝基金,积极开展敬老爱老活动。每年重阳节,社区给股份经济合作社 60 岁以上老人发放价值 100 元的物品、100 元现金。而且由社区老年人协会筹办,按传统风俗习惯,给 69 岁、79 岁、89 岁的老人,以及 90 岁以上的老人,戴上大红花,过集体生日,中饭时请大家吃长寿面。

87 岁的王老伯多次参加集体庆生活动,他开心地说:"这种敬老活动很有意义,让我们老人感受到党和政府的关怀和温暖,感受到社区干部们和居民们的关爱老人之心。特别是干部们在活动中说,'家有一老,如有一宝,你们不光是儿女们的宝贝,也是我们社区的宝贝,希望你们都活到 100 多岁'。他们的话说得我们心里热乎乎的。"

社区老年人协会还设立"红榜"制度,各家居民凡未能好好赡养老人的,将在这家的门口贴上红榜,予以警示。自此制度实施以来,至今社区没有一户居民被贴红榜。

社区不但没有人不孝敬老人,反而涌现了许多孝敬老人的事例。如王开锁就是孝敬老人的典型。

从 2005 年开始,人们经常看到王开锁用轮椅推着八十来岁的老母亲在解放街、永安街上散心。王开锁这样的孝行,一直持续到 2015 年母亲 90 岁寿终。他 10 多年如一日地孝敬母亲,人们对他称赞有加,他成为人们孝敬父母的榜样。

进入小康社会,生活条件好了,许多人婚嫁大操大办,攀比之风日盛。针对这种情况,县前社区"两委"经过认真研究,广泛听取居民意见,于 2019 年订立社区民约,规定宴席价格标准,不准大操大办。为了避免居民到酒店办婚宴增加不必要开支,社区专门建造了家宴中心,配备齐全婚宴用具,场地和用具让居民免费使用。

人们富裕起来后,丧事也出现大操大办现象。有人给前来送丧的群众发香烟等,还在酒店请送丧的人吃丧饭,这些开支加起来高达四五万元。举办丧事,有人这样开了头,许多人不得不跟着办,于是形成一股大操大办丧事的风潮。这给许多家庭增加了不小的经济负担,大家有苦难言。

县前社区针对这种不断蔓延的铺张之风,专门设立了办理丧事委员会,统一安排办理居民丧事相关事宜。社区要求居民丧事简办,规定举办丧事不发香烟、不请送丧的人吃饭。这样的做法,居民们都十分拥护。

县前社区作为县城的中心,自然涉及城市建设征迁的大事。

县前社区党委书记、居委会主任李浩军对笔者说:"仙居县城征迁改造,一开始就涉及县前社区,县城发展征地也是从县前社区开始的。"

1968 年出生的李浩军，在 2002 年县前村党支部换届时，当选为村党支部书记。2016 年，李浩军当选为县前社区党委书记。2021 年初，社区换届时，他当选为社区党委书记、居委会主任。

李浩军认为："做好基层治理，我们当干部的就要想在老百姓的前头，把工作做到老百姓的心头。"

县前社区被征用的土地多，失土农民多，涉及征迁的房屋多，这些都涉及老百姓的切身利益。为消除出现的各种矛盾，李浩军带领"两委"班子，走访居民，深入调研，听取群众意见，制定各种科学合理的政策，满足群众的合理诉求。

2003 年，县前村在环城南路以北、县妇保院以西的 10 亩土地，被政府作为综合开发用地征用。当时村民很担忧，大家都知道土地是他们赖以生存的命根子，没有土地吃什么？靠什么生存？然而，大家也知道，城市要发展，肯定需要征用土地搞建设，这就是发展带来的矛盾。

如何解决这些棘手的矛盾？县前村"两委"在各级各部门的协调支持下，决定用土地征用款给 18 周岁以上的失土农民缴纳社会保险费，如果失土农民达到 60 周岁，每月就能领到养老金。这样就较好地解决了失土农民的后顾之忧。

李浩军在各种会议上向村民宣传，年轻人要出门经商或打工挣钱，不要死守在土地上。他举了好多例子，说明没有土地的人出门经商或打工能够致富。

他用这种疏导之法，改变了村民们依赖土地的观念。

　　社区"两委"班子在工作中了解到,作为"城中村"的百姓,最大的需求就是解决住房困难的问题。这是因为"城中村"的房屋不可能改建翻建,而新批新建房屋更加不可能。孩子们长大了,需要房子结婚。面对这一突出问题,干部们决定整合土地,搞"立改套"的小区房屋建设(即村民公寓式住宅建设),以解决村民住房困难的问题。

　　2012年,县前村成功把握机遇,率先实施全县"立改套"试点村项目工程。该项目经仙政发〔2012〕114号文件《关于同意县前村为村民公寓式住宅建设试点村的批复》批准,当年9月,县前"人和家园"小区开始第一期项目建设,总投资1.3亿元,总建筑面积为52879平方米,其中地上面积41354平方米,地下面积11525平方米,总套数298套,临街店面4000平方米。小区既充分体现出位置的优越、交通的方便畅通、各项设施的配备齐全,又显示出高档、舒适、和谐的环境气氛。村"两委"决定把小区命名为"人和家园",对小区寄予厚望。县前村作为"城中村"率先搞"立改套"小区建设的试点村,起到了很好的示范作用。

　　"立改套"项目自开始实施以来,前后历经17个月多。为了建好这一小区,村"两委"召开大小会议多达80余次,大家不厌其烦,细心耐心地解决各种问题,反复研究分配方案,做到公开、公平、公正。

　　2016年,"人和家园"住宅小区建成后,村"两委"按照每户人口数,分配相应面积的套房。

　　70多岁的郑公勤,一家三代6口人,住在占地面积68平方米的2层老房子里。"人和家园"小区建成后,他一家分到142

平方米、137平方米的2套房子。他笑着说:"2个外孙长大后,各有1套房子,我们不用为买房发愁了。"

2017年8月,李烟庆和母亲、妻子及儿子一家三代4口人乔迁到"人和家园"的新居。他们原来住的2层楼木结构老房子,前后间距窄,阳光照射不到,房间阴暗潮湿,也缺乏卫生设施。80多岁的老母亲住在里面,经常感到身体不适。现在一家人住在17层的套房里,视野开阔,空气清新,阳光充足,大家感到非常惬意。老母亲经常乘电梯下楼到小区的公园里锻炼,身体比以前好多了。

李烟庆感慨地说:"李浩军书记带领干部们,开展'人和家园'的'立改套'小区建设,花了不少力气,切实解决了我们的住房困难。我们住在'人和家园'的邻居,都说社区干部办成了利民的大好事,大家对社区干部非常感激!"

2018年1月3日,对于福应街道、南峰街道内的3个社区的部分百姓来说,是重要的一天。

这天,仙居县委、县政府召开"王台门巷、南门街片区拆迁动员会",县四套班子主要领导和分管领导出席了会议。县委书记和县长都在会上做了讲话,会议由县委副书记主持。

这个会议规格之所以高,是因为王台门巷、南门街片区是仙居旧城改造重要的地段,涉及福应街道县前社区、南峰街道南门社区和水孔头社区,占地面积89.1亩,建筑面积达7.28万平方米。

李浩军对笔者说:"当时,我们社区的居民中有许多人想不通。他们现在所居住的是县城的中心,菜场、学校、银行、商业街都在周边。旧房征迁后不但不能原地安置,而且还要被安置到主城区北面。'世世代代城里人,现在变成乡下人了。'征迁户委屈地这样认为。"

社区干部、党员,采取分组包干的责任制形式,进门入户做征迁户的思想工作,讲政策,听意见。第一次做不通征迁户的思想工作,第二次再去,社区干部、党员不计次数地做征迁户的思想工作。

2018 年,王台门巷、南门街片区完成拆迁,拆迁安置项目动工建设,旧城改造展现出新的成效。

有一天,张大妈骑着电瓶车到中心菜场买菜,看到新建成的宽阔的南门街,开心地说:"现在买菜经过南门街方便多了,不怕人挤人、车撞车了!"

位于仙居城区闹市区的县前社区,共有 2390 多户、7000 多人。治理这么大的一个社区,的确不容易。

李浩军说:"要让居民产生温暖感,这样才能发挥德治的作用。我们以邻居节和尊老爱幼的慈孝活动为载体,推进精神文明建设。在收入上要让居民有获得感,县前社区 2022 年集体资产就已达 3.5 亿元,年收入近 1000 万元。现在集体资产和年收入不断增加,人均年收入已达 4 万元。"

县前社区以德治促进自治、法治,取得了较好的成效。

社区领头人李浩军的工作也得到了各级各部门的肯定,他相继荣获浙江省"千名好支书"、浙江省劳动模范、浙江省优秀共产党员和台州市优秀共产党员等荣誉称号。

第二节 "以文化人"结硕果

2022 年 6 月 13 日下午,细雨蒙蒙,给夏日带来一丝清凉。

笔者来到省耕社区办公区,一进入大院的廊道,只见右边的墙上贴着"爱在邻里,幸福社区"8 个大字,这行大字下面贴着一张张竖式排列的标语,如"父慈子孝,爱老慈幼""与人为善,谦和有礼""诚信知理,邻里互助""互敬互爱,邻里和谐"等。

有张标牌上,写着大大的"爱"字,下面写着小字:"尊长者,爱晚辈。讲民主,不独行。夫妻间,重感情,相濡沫,敬如宾。一家人,互关心。人健康,最开心。亲帮亲,邻帮邻,邻里和,胜远亲。"

还有一块标牌上写着大大的"邻"字,标牌下面写着有关倡导邻里和谐相处的内容:"邻里间,如家人。少纷争,多容忍。遇急事,胜远亲。常问候,增感情。"

看着这些宣传牌,笔者感到一股浓厚的慈孝和邻里友爱的文化气息扑面而来。

穿过廊道,便是让人感觉豁然开朗的大院。在院子的右边,竖立着一排宣传窗。在一个个宣传窗里,上面分别印着红色的大字标题:"廉政教育日常化""主体责任清单化""社区面貌现代化""慈孝创建大众化""古宅保护品牌化"等。看着这些标题,就知道宣传窗里的内容的主题。

笔者还看到在院子的左边也竖立着一排宣传栏,在宣传栏上的一个个宣传窗里,标着"居务公开栏""党务公开栏""社区概况""省耕社区公约"等栏目。

笔者饶有趣味地看着"省耕社区公约",只见有关慈孝的内容占了很大一部分:

> 要尊老爱幼,保护老人、妇女、儿童在社会和家庭生活中的合法权益,禁止虐待、遗弃、伤害行为,任何人不得剥夺已婚女子的合法继承权。
>
> 父母、继父母、养父母对未成年的子女、继子女和养子女,必须依法履行抚养义务。成年子女、继子女、养子女及其配偶,对基本丧失劳动能力或无生活来源的父母、继父母、养父母,必须依法履行赡养义务。
>
> 居民发生赡养纠纷时,由本社区调解委员会进行调解,调解不成的,本社区支持被赡养人依法向人民法院提起诉讼。
>
> 弘扬慈孝文化,尊老爱幼,扶危济困,孝敬老人,关爱孩子。积极参加"慈孝之星""慈孝家庭"评比活动。

笔者感到这些社区公约非常接地气。

院子尽头是省耕社区办公楼,共3层。在3楼走廊外墙上,贴着"清廉省耕门"5个蓝色大字。

笔者看着这5个大字,感到很有意思。这里不写"清廉省耕社区",而写"清廉省耕门",这是告诫社区干部们,走进这座办公楼,就如同走进清廉之门,要干净干事,不忘初心,竭尽全力为人民服务。

在2楼走廊的外墙上,贴着"班子清廉,干部清正,居务清爽,民风清朗"16个蓝字。

有句话说:"未见其人,先闻之声。"虽然笔者还没有见到社区干部们,他们还没有向笔者介绍社区的情况,但笔者看了宣传栏里和办公楼墙上的内容,就已经感受到省耕社区在党建引领下,十分重视清廉文化建设和慈孝文化建设。

南峰街道领导原来安排省耕社区党委书记、居委会主任王喜明接受笔者采访。1962年出生的王喜明,曾获浙江省"千名好书记"、省劳动模范等多项荣誉,笔者直接采访他,可以了解到许多第一手故事。由于王喜明临时有事,社区党委委员李金西接受了笔者采访。李金西自2013年就开始担任省耕社区党支部委员,是社区的老干部,对社区工作也非常熟悉。

采访就从笔者看到的慈孝宣传内容说起。李金西说,省耕社区非常重视对慈孝传统文化的传承和弘扬。

从2008年开始,每年中秋节,小南门村(后并入省耕社区)给60岁以上的老人发放月饼。后来,老人们反映,中秋节孩子们看望老人都带月饼,家里月饼太多了,村里便改为给60岁以上的老人每人发放100元慰问金。

在全县轰轰烈烈开展的"慈孝仙居"创建活动中,小南门村老年人协会设立了慈孝基金,并开展慈孝基金捐款仪式。每年重阳节下午,村老年人协会就会邀请村里60岁以上的老人到村文化礼堂欢度重阳节,观看他们喜闻乐见的文艺节目,晚上村老年人协会还会请老人们在文化礼堂家宴中心聚餐。500多位60岁以上的老人欢聚一堂,享受社区给老人的一份尊重、一份关爱、一份情意。

76岁的王大爷说:"小南门村请60岁以上的老人看戏吃饭,是弘扬尊老敬老优秀传统文化的好举措。不但我们老人感受到村干部对老人们的关怀和心意,我们一家老少也感到温暖,家里小孩子也受到敬老爱老的教育。所以,在重阳节搞这样的活动,意义非凡。"

每年春节,小南门村还给60岁以上的老人每人200元慰问金,给80岁以上的老人每人300元慰问金,给90岁以上的老人每人500元慰问金。村里还给考上大学本科的学子每人1000元奖励,激励学子们努力学习,成为有用之才。

小南门村弘扬和倡导敬老爱幼的慈孝文化,深入人心,成为居民自觉遵守的基本道德准则。

李金西给笔者举了这样一个例子:有一位94岁的柯万英老婆婆,在80岁时患上老年性痴呆。她的儿女都十分孝顺,精心照顾老人。他们的孝行受到社区居民的高度赞扬。

柯万英的儿女是如何孝顺老人的?笔者在社区文书张洪恩的陪同下,来到柯万英的儿子张夏桥家详细了解情况。

1959年出生的张夏桥,是一名泥瓦匠,他的父亲早逝,母亲住在小南门村义井头的老房子里,他家在离母亲房子不远的地方。母亲患上老年性痴呆,常常出门后就认不得回家的路。

2013 年秋天的下午,张夏桥在城区干活儿,突然接到弟媳妇的电话,说"妈不见了"。张夏桥扔下手里的活计,急忙往家里赶。

张夏桥回到家,得知很多亲戚都已在四处找人,他开着摩托车便向河埠方向寻找。

天黑了,又下起了雨。各路人马都没有找到人,张夏桥和大家一样焦急万分。

不久,张夏桥接到电话,才得知母亲被黄包车送回来了。

大家以为是黄包车夫做好事载老人回家的,便要多给他一些钱。

黄包车夫不收钱,说已经有人付了钱。

原来,老人走到城北的工艺品城时,有位中年男子看老人迷路的样子,便问她家住哪里。老人回答说:"家住小南门村义井头。"于是,这位中年男子叫了黄包车,付了 5 元车费,交代黄包车夫一定要把老人送到家。

张夏桥兄弟姐妹对那位行善的人无比感激。大家认为世上还是好人多。

有一天凌晨 3 点多钟,张夏桥的小妹发现母亲出走了。张夏桥便骑上电瓶车出去寻找。当时,天还下着雨。张夏桥担心地想:"今夜如果不及时找到母亲,老人被雨淋湿,时间久了,身体肯定受不了。"

但是,张夏桥不知母亲是往哪一个方向走的,他只能凭感觉,骑着电瓶车往城南方向寻去。

这次张夏桥寻对了方向,他在省耕路口看到母亲在急匆匆地行走。他感到真是老天开眼,让他及时找到母亲。

有一天下午,张夏桥在家照顾母亲。母亲坐在藤椅上闭目养神,他坐在母亲旁边看着她。过了没多久,他突然发现母亲休克了,他慌忙掐母亲的人中穴位急救。大约过了半分钟,母亲才缓过气来。张夏桥急忙把母亲送到附近的县中医院救治。

从此,张夏桥兄弟姐妹便一刻也不放松对母亲的照看。

平时,张夏桥的姐姐和妹妹在照顾母亲。她们整天陪着母亲,喂她吃饭,给她洗衣洗澡。后来姐妹俩家里事多抽不开身,母亲的日常生活就由张夏桥和小弟照顾。

白天,张夏桥要出门打工,早上便把母亲送到西郭垟小弟的商店里,由小弟和弟媳妇照顾。晚上张夏桥打工回来,便把母亲接回家,夜里睡在母亲床前的小铺上,一是防止母亲深夜出走,二是方便照顾母亲上厕所。

张夏桥睡在母亲床前,一睡就是10年。他说:"这10年,我没有一夜睡过安稳觉。"

无数个深夜,张夏桥听到母亲呻吟和辗转反侧的声音,便起床前去查看,常常发现母亲大便拉在床上,棉被和床单都糊上了大便。

张夏桥总会及时细心地用热水清洗母亲的身子,换掉被褥,让母亲安稳入睡。

笔者感叹张夏桥行孝的不易,但张夏桥谦虚地说:"我的姐妹和小弟照顾母亲比我好。"

张夏桥说,他的小弟和弟媳妇照顾母亲细心、耐心。他们既要开店做生意,又要精心照顾母亲,很不容易。尤其是在母亲饮食方面,他们精心搭配各种营养食物,而且为方便母亲吃苹果等水果,他们把水果榨成汁让母亲饮用。

张夏桥说,母亲在 2022 年 9 月亡故,她老人家除了患上老年性痴呆,没有其他疾病。大家说她能活到 94 岁,是我们兄弟姐妹对老人孝顺的结果,大家都夸赞我们。我们认为孝敬老人,是做人起码的道义,是子女义不容辞的责任。

张洪恩对笔者说,张夏桥兄弟姐妹 10 多年如一日照顾母亲的孝行,成为我们行孝的榜样。

2013 年,小南门村与省耕居委会合并为省耕社区,并成立小南门股份经济合作社。王喜明当选为社区党总支书记后,狠抓班子团结,完成了许多人认为不可能完成的任务。

省耕社区辖区约 1.2 平方公里,常住人口 1.6 万多人。王喜明作为城镇基层社区的党委书记,清楚地知道向善向上的道德风尚的巨大作用。地处城区的省耕社区面临的不是守业,而是创业。随着仙居县城日新月异的发展,在发展中因征迁而产生的突出问题,需要及时解决。社区良好的民风,极大地促进各项建设项目的开展。

城市发展最大的困难,就是建设项目所需进行的征地和城市道路拓宽所需进行的房屋征迁。这两大困难现实地摆在省耕社区"两委"班子面前。

随着仙居县城由东向西扩展,省耕社区小南门股份经济合作社的大片土地被征用。

2014 年,刚担任省耕社区党总支书记不久的王喜明,便遇到县行政中心项目征地,涉及省耕社区小南门股份经济合作社190多亩土地。王喜明带领"两委"班子,进村入户,广泛听取小南门股份经济合作社社员对被征用土地的意见和建议。他发现社员主要担忧的是土地被征用后如何生存的问题。还有就是社员关注土地青苗补偿费的多少。针对这两大突出问题,社区"两委"和小南门股份经济合作社"两委"多次召开各类会议,商讨解决问题的对策。

最后,小南门股份经济合作社"两委"决定,对18周岁以上的合作社社员,由合作社出资缴纳养老保险金,合作社还给每人每年补助600元购粮款。这个政策解决了社员们的后顾之忧。

对土地的青苗补偿,社区"两委"根据县里的统一政策,做到不遗漏、不虚报,按实清点补偿。

社区党员、干部带头签订征迁协议,起到了很好的示范引领作用。而且,社区党员、干部结对包干去做被征迁对象的工作,圆满地完成了县行政中心项目的征地任务。

2017年7月12日上午,天空蔚蓝,白云悠悠。

全省扩大有效投资重大项目集中开工仪式暨"仙居新城·吾悦广场"项目开工仪式,在仙居新城中心举行,仙居县四套班子、各乡镇(街道)和部门主要领导参加了会议。王喜明等社区干部也参加了会议。

此次集中开工的"仙居新城·吾悦广场"项目、梦幻田园小镇、庆丰街北段片区改建、光明及第小区等7个项目,总投资67.3亿元,掀起了仙居"抓大项目、促大发展"的新一轮热潮。

"仙居新城·吾悦广场"项目,是总部位于上海的新城控股集团投资建设的商业综合体,是仙居打造"休闲娱乐购物活力之城"新地标的大项目。这一项目的顺利开工,让王喜明和社区"两委"班子非常高兴。这意味着他们在 1 个月里为土地清表所付出的辛劳,结出了硕果。

"仙居新城·吾悦广场"项目,涉及省耕社区小南门股份经济合作社 12 个生产队的 200 多亩土地,他们要在 1 个月时间内,自主进场清表,以达到无障碍施工,这项任务非常艰巨。

省耕社区"两委"班子勇挑重担,大家分工负责,发挥党员、干部和群众"爱仙居、建家园"的大局情怀,丈量土地、核实苗木、计算补偿金额,把每一项工作做实做细,按计划完成任务。

近年来,省耕社区在仙居金融中心、"泰和家园"建设项目土地征用中,都出色地完成了征用任务,为仙居城市发展做出了贡献。

就省耕社区来说,遇到旧城改造、道路拓宽这些难题,还得从 2016 年 8 月 11 日说起。

这一天,仙居县人民政府发出《仙居县旧城西门片区二期改造工程房屋征收与补偿安置方案(征求意见稿)》征求公众意见。

西门片区二期(棚户区)项目,是仙居县人民十分关注的一个旧城改造项目,打通西门街"断头路"的呼声,已经持续了 24 年。如今该项目启动,得到广大群众的极大拥护。

但是,这一改造工程的征迁任务十分艰巨,征收土地总计 231768 平方米,涉及西门社区、市桥社区、省耕社区民宅 972 户,其中省耕社区 266 户,房屋 437 间。而且,县政府要求各社区在 17 天时间内完成征迁任务。时间紧,任务重,困难可想而知。

房屋征迁,涉及的不光是经济补偿是否达到人们的心理预期,更是居民对生于斯长于斯的房屋的情感依赖。有的房屋是祖上几代人留传下来的祖业,居民从小在这些房屋里长大,每个角落都留下了成长的欢乐记忆;有的房屋是人们节衣缩食攒钱建造起来的,是艰苦创业的成果,拆掉房屋,就意味着亲手毁掉成果,居民于心不忍,于情不愿。

当然,还有居住的习惯问题。几千年来,人们习惯于居住在"顶天立地"的立地房里,对新兴的套房居住不习惯。大家总认为立地房接地气、干扰少,套房不但接不了地气,而且楼上楼下不同住户干扰大。

针对这些问题,省耕社区"两委"干部不断做居民的思想工作:一是公寓式套房住宅是城市发展的大势所趋;二是套房楼上楼下产生的干扰问题的解决,需要大家讲文明,注意行为规范,创造邻里和睦相处的良好环境。

常言道:"领导带好头,群众跟着走。"

王喜明和党员干部带头签订征迁协议,并对自己的亲戚进行劝说,一视同仁处理征迁问题。这样便形成了"一把尺子量到底"的良好效应,较好地完成了征迁任务。

省耕社区在完成县里重大项目任务的同时,"自选动作"也有特色。为了搞活社区经济,王喜明带领"两委"班子盘活集体资产。2015年,社区改建建材市场出租,单就这一项目,就为社区每年增加租金收入170万元。此外,改建边角地作为停车场出租,年收入达80多万元。社区宾馆用房出租,年收入102万元。就这样,社区集体年收入总计高达700万元,壮大了社区的集体经济。

2017 年,省耕社区又建成文化礼堂,以“弘扬慈孝文化”为主题的文化礼堂设置了文化讲堂、文史展览、文艺演出等场地,让居民们有了精神家园。而且文化礼堂还设置了家宴中心,居民红事白事都可以在家宴中心举办,这为大家节省了许多资金,受到大家的好评。这一家宴中心平时还用来对外出租,又增加了社区的收入。

功能齐全、活动频繁的省耕社区文化礼堂,受到各级各部门的一致好评,2020 年 5 月,获评为浙江省五星级农村文化礼堂。

城市建设,不但需要拆旧建新,也需要旧居保护。王喜明带领社区“两委”班子,及时精心保护维修“蒋宅里”古民居,受到文化专家的高度赞赏。

“蒋宅里”古民居,位于县城西门街北边区域,是城区保存较完整、面积最大的古民居,其主体建筑建于清代。清代乾隆年间,蒋氏将房产出卖给富翁张植鹏。此后,张植鹏扩建了多栋楼房,分内蒋宅和外蒋宅,形成具有三进院落的四合院格局。

许多人不解的是:“蒋宅里”房产已归张植鹏所有,为什么还叫“蒋宅里”?

原来,蒋氏在出卖“蒋宅里”房产时,契约上有一个约定,即张植鹏购买“蒋宅里”房产后,必须保留“蒋宅里”的名号,不能更改。因此,张植鹏以及后辈,遵守约定,一直沿用“蒋宅里”这一名称。这一遵守承诺的行为,受到了人们赞扬。

2015 年 5 月,省耕社区以县里开展“多城同创”为契机,在相关部门和南峰街道的大力支持下,对“蒋宅里”古民居进行修缮。

为了节省开支,社区"两委"班子和党员及群众,积极开展志愿义务劳动。王喜明第一个跳进臭水池里带头清淤,发挥表率作用。

2016 年 2 月 1 日,是农历腊月二十三日,这天上午,省耕社区首届"古城往事"民俗文化体验活动在"蒋宅里"古民居中隆重举行。

"蒋宅里"古民居挂起彩带、红灯笼,有人打麻糍、写春联、磨豆腐,年味浓浓,喜气洋洋。男女老少人来人往,呈现出一片欢腾景象。

82 岁的李金娥老人眉开眼笑地说:"我住在这里 56 年了,好多年没这么热闹啦,这样的活动好!"

省耕社区举办这一活动,就是通过喜闻乐见的民俗活动形式,开展宣传慈孝文化、非遗保护、民俗传承等工作,"以文化人",弘扬优秀传统文化。

王喜明等社区"两委"干部深切体会到,社区有良好的社会风气,面对各项困难和问题,干部和群众都会心平气和、通情达理地解决,这样矛盾便会减少许多,工作便会顺利许多,基层治理便会容易许多。

第三节 基层治理的重要一环

仙居县城有 2 条古老的街道,即东门街和西门街。东门街长 500 米,西门街长 700 米,两条街宽皆为 4 米,都是石板路面。

1982 年,东门街改建成水泥路面,而西门街一直是石板路面。这石板路面,历经岁月的雨水冲刷和人们经年累月的踩踏,变得高低不平,吱咯、吱咯的踩踏声,响在人们的记忆里,响在人们的梦境里。

拓宽西门街,方便车辆和行人通行,成为人们一年年的期盼。

1993 年,仙居县委、县政府启动了西门街东段,即西至义井头巷,东至穿城中路的 200 多米长、4 米宽的街面拓宽改造工程,以形成与 1960 年扩建的东西走向、10 米宽的解放街相连接的格局。

那年西门街东段拓宽改造后,人们迫切盼望余下的 400 多米长的西门街继续拓宽,结果这一盼望就盼望了 24 年。

2017 年,仙居西门街二期征迁工程 28 米宽的规划路段范围内的剩余房屋,在 17 天内全部拆除完毕,由解放街直通西门横街的宽敞大路，一夜之间呈现在人们的面前。这种建设速度，创造了仙居旧城改造的奇迹。

这个奇迹的创造，有西门社区广大干部和群众的一份功劳。

西门社区隶属于安洲街道，地处县城西面，东至光明山路、庆丰街，南至省耕路、省耕西路，西至商城西路，北至环城北路、城北西路，辖区面积约 1.1 平方公里。社区现有 1800 多户、6000 多人。

西门街二期征迁工程，涉及西门社区的 813 户居民。虽然征迁的房屋多，工作量大，但西门社区的"两委"干部胸有成竹。因为在 1993 年西门街东段征迁和 2007 年西门横街征迁的工作中，他们积累了大量的征迁经验，而且还形成了"西门征迁精神"，这是他们确保在规定时间内完成征迁任务的底气。

从 1998 年开始担任西门村（西门社区前身）党支部书记的王均良，经历了 2007 年西门横街征迁工作，成为一名出色的征迁指挥官。

2007 年，全长 1100 米、宽 28 米的西门横街拆迁，是城关西门片区一期改造工程的一部分，西门村涉及这项工程的大部分征迁工作。村"两委"干部和党员在王均良书记的带领下，全身心投入该工程所涉及的旧房拆迁工作中去，在将近 3 个月的拆迁时间里，大家付出了百倍的努力与辛劳。

2009 年 1 月 21 日，是农历腊月廿六日，许多在外经商打工的人开始回乡过年。他们惊讶地发现，这一天新命名为"庆丰街"的原西门横街建成通车，极大地缓解了城西南北交通拥堵的状况，人们对这条庆丰街的开通无不给予高度评价。

　　西门村的干部也为庆丰街的开通而自豪,但令他们更加自豪的是,在此项工程中锻造出的"特别能吃苦,特别能战斗,特别能攻关,特别能奉献"的"西门拆迁精神",以及积累的拆迁经验。

　　2013年,西门村改为西门社区。西门社区传承了西门村的拆迁精神和拆迁经验。他们在2015年的庆丰街北段道路拓宽改造工程、2016年启动的庆丰街北段拆迁工程中,都发挥了突出的作用。

　　因此,在2017年启动西门街二期拆迁工程时,已成为西门社区党总支书记的王均良带领西门社区"两委"班子,继续发扬"西门拆迁精神",运用拆迁经验,有条不紊地开展工作。

　　他们采用党员干部分组包干的方法,把政策宣传到每家每户,把工作做到每户每人。党员干部一次做不通征迁户的思想工作,就二次登门,二次做不通,就不厌其烦地再次去做工作,一直到做通征迁户思想工作为止。

　　征迁户老张对前来采访的记者说:"干部们一次次来讲政策,宣传征迁的重要性和必要性,我被他们为县城发展的事业心所打动,都不好意思不签征迁协议了!"

　　曾荣获台州市优秀共产党员、入选2019年度"台州好人榜"、荣获台州市劳动模范和浙江省"千名好书记"荣誉的王均良,在与笔者谈到社区基层治理时,深有感触地讲了三句话:"作为社区干部,一是要努力完成上级交办的任务,这是最基本的政治素质;二是要大力发展社区经济,经济能搞好,做什么事都容易了;三是要做好精神文明建设,发扬尊老爱幼的慈孝传统美德,形成良好的村风民风,这是基层治理的重要一环。"

　　多年来,农村倡导德治、法治和自治,以德治为先、法治为规、自治为基,这就说明了德治的重要性。

　　西门社区历年来在重大的旧城改造征迁工作中,能出色地完成任务,这与社区"两委"关爱居民、社区具有良好的民风分不开。

　　早在 2004 年,西门村"两委"便研究决定,给失地农民每人每月 50 元米粮款,解决失地农民生活之忧。

　　2012 年,西门村"两委"研究决定,给 40 岁以上的失地农民办理社保手续,当年投保了 800 多人;对于已经自行办理了社保手续的村民,给予每人现金补助 30014 元。西门村"两委"还决定,从此以后,每年都给年龄达到 40 周岁的村民办理社保手续。这给村民吃下了生活有保障的定心丸。

　　原西门村村民的就业方式很多样,不少村民的就业单位给他们缴纳了社保金。于是,从 2019 年开始,社区股份经济合作社代表大会决定,西门社区居民(属股份经济合作社社员)年龄达到 40 周岁的,社区给每人补助 5 万元社保经费。此项政策持续执行至今。

　　于是,西门社区出现了人人有社保的好现象。

　　西门社区老年人协会会长张高弟说:"现在政策好,人人有社保,每个老人每月都能领到 2000 多元钱,不向儿女要钱、要米粮,父子、婆媳矛盾都少了,社会风气也更好了。"

　　笔者从张高弟的介绍中了解到,西门社区老年人协会是在 20 世纪 80 年代成立的,协会成立的出发点是调解村民之间的纠纷。那个时期,子女给老人交口粮和生活费用,常常产生矛盾。

比如,有一户人家的媳妇,看婆婆睡着了,便去关掉电灯。婆婆为这事常跟媳妇吵架,说媳妇待她不好,不孝顺,媳妇感到很委屈。关灯,一是为使婆婆睡得更好,二是为节约用电。

子女与老人之间的矛盾、婆媳之间的矛盾,还有邻里之间产生矛盾,都需要老年人协会派人去调解,老年人协会的干部整天忙得很。

现在,人们生活水平提高了,社区"两委"也十分重视慈孝文化的弘扬,各类矛盾大幅减少了,老年人协会的工作就变得清闲了。

张高弟还介绍说:"现在社区关爱老人这方面工作,由我们协会负责落实。"

西门社区股份经济合作社60岁以上的老人有450多人,每年的重阳节,社区给所有老人每人发放50元左右的礼品。有老人住院,社区委托老年人协会派人去医院看望,会送四五十元的水果以表示慰问。

这些节日礼品和慰问品价值金额虽然不大,但礼轻情意重,体现了社区"两委"对老人的关怀。老人们收到这些,都感到很高兴。

西门社区老年人协会对社区内的慈孝先进典型也给予大力宣传,为大家树立榜样。

1953年出生的李林伟,就是张高弟会长高度赞扬的一个慈孝典型。

笔者在西门社区老年人协会秘书长余相朝的陪同下,来到李林伟家进行面对面采访。

现年 71 岁的李林伟长得瘦小，体重也只有 50 多公斤，显露出他历经岁月沧桑的印记。他曾经是建筑公司的泥瓦工，公司改制后，他成为下岗工人，平时在一些建筑工地给人打零工。

妻子王仲寅与他同龄，也已 71 岁，她在 26 年前患糖尿病，身体状态越来越差。17 年前，她由于糖尿病病情加重，两眼视网膜脱落，多次医治无效后，双目完全失明，成为一级残疾。屋漏偏逢连夜雨，不幸的事连续发生在王仲寅的身上。10 年前，她在家里摔倒，左侧股骨粉碎性骨折，在医院做了全髋关节置换手术。3 年前，她又在家里摔倒，造成右侧股骨粉碎性骨折，又做了全髋关节置换手术。

王仲寅在房间内听到余相朝和李林伟在客厅的说话声，便扶着老人扶手架，从房间里走出来。李林伟见状忙上前把她引到客厅，坐在自己的旁边。

笔者看到王仲寅长得白白胖胖，1.65 米左右的个子，李林伟说妻子的体重有 75 公斤。王仲寅与丈夫李林伟坐在一起，形成鲜明的反差：李林伟显得生活过得艰辛劳苦，王仲寅显得生活过得安逸幸福。

有位佝偻的老妇扶着矮矮的老人扶手架，也从房间里走出来。

李林伟忙上前把她扶到就近的客厅一端坐下来。

老人脸色红润，神态慈祥，面露微笑看着大家。

余相朝跟老人打了个招呼，说有记者来采访李林伟。说完便向笔者介绍说："这是李林伟的母亲，名叫张玉凤，今年已 95

岁了。"

笔者便向老人问好,说是来了解李林伟照顾父母和妻子的事。

张玉凤老人便笑了,说李林伟是孝子。

笔者采访李林伟的话题,也就此打开。

李林伟的父亲名叫李熙照,1925 年出生,是一名抗战老兵。那是 1943 年 2 月,18 岁的李熙照在仙居中学读初三,他和同学们响应号召报名参军,被编入青年远征军 209 师 639 团第一步兵营 2 连第二排。随着抗战形势发生变化,他的部队辗转去浙江、福建、江西一带驻扎。中华人民共和国成立前,他返回仙居老家。

到了 2020 年,96 岁的李熙照走路不方便,但他又很喜欢到公园与老人们聊聊天、散散心。于是,每天早上 5 点钟,李林伟从 4 楼背着老父亲下楼,把他放在轮椅上,再推到庆丰公园,让他跟老人们相聚聊天。

早上 6 点钟左右,李林伟把父亲送回家。然后把 75 公斤重的妻子从 4 楼背下来,用轮椅推着妻子再到庆丰公园,让她呼吸新鲜空气,与大家一起聊聊天、散散心。

到了 7 点钟左右,李林伟送妻子回家。接着,他开始给大家做早饭。

由于李林伟对父亲的孝心、对妻子的爱心,在庆丰公园锻炼的男女老少,对他无不交口称赞。

2022 年 5 月 23 日,98 岁的李熙照病逝出殡时,送行的人们都说老人这样长寿,跟李林伟的悉心照顾分不开,也跟老人 4 个女儿平时前来照顾的孝行分不开。

李林伟对笔者说:"父母生我身,我就要养他老。妻子为我生儿育女,共创家业,她有病有灾,我不能抛弃她,而且要照顾好她的生活,让她有一个幸福欢乐的晚年。虽然,由于财力和精力有限,我不能完全满足父母、妻子的要求,但我要做到问心无愧。"

笔者为李林伟淳朴善良的言行而感动。

余相朝说:"李林伟是我们社区居民学习的榜样。"

良好民风的力量是无穷的,西门社区重视慈孝传统文化的弘扬,有力地促进了社区公约的贯彻实施。

2020年12月,西门社区被命名为浙江省2020年度"民主法治村(社区)"。社区先后荣获浙江省文明社区、台州市文明社区、台州市和谐社区等称号。

西门社区从德治、法治到自治的相融,有力地促进了各项事业的发展。

第八章 古村的别样美丽

第一节　古埠头的新魅力

秋风送爽，桂花又开了。

漫步在埠头村干净整洁的石板路上，阵阵花香沁人心脾，令人倍感舒爽。

埠头村坐落在永安溪上游黄金水道的北岸，与永安溪南岸的皤滩古镇隔溪相望。千百年来，永安溪上来往船只在这里停靠上岸，使这里舟楫相连，商贾云集，水运发达，成为繁华的船埠码头，因此，这里的村庄便被命名为"埠头村"。村内至今还留存着清末民初财主富商建造的民居大院，有洪宗相民居、双眼井民居、旗杆前民居等 365 间，门堂 28 个。

在这些古宅老巷里行走，仿佛在岁月的长廊里穿行，步移景换，一栋栋古建筑似乎在诉说着村落昔日的辉煌和岁月的久远。

如果人们不曾忘却，那么昔日的古宅曾经是另一番景象：古宅年久失修，蛛网密布，蚊蝇乱飞，门堂里杂草丛生，荒芜破败。

2016 年 9 月，浙江省、台州市、仙居县相继召开小城镇环境综合整治动员大会。解决环境脏乱差和保护开发古民居的阳光，照到了埠头村。乘着小城镇环境综合整治的东风，埠头村的村容村貌发生了巨大的变化。

"这里以前是猪舍和乱搭乱建的房子,现在是游客服务中心。这里以前是杂草丛生、垃圾遍地的地方,现在成了深受大家喜爱的广场……"埠头村党总支书记、村委会主任王永猛热情地当起了"导游",边走边向笔者介绍埠头村的变化。

2016年12月,埠头村开展人畜分离整治,要拆除600多间猪舍,以及一些违章建筑。在拆除猪舍和违章建筑的工作中,村里6名干部实施分片包干制度,挨家挨户做工作。

"每天上午在村里工作,吃完中饭后开会部署下午的工作,晚饭后又马上开会部署第二天上午的工作……"那段时间,王永猛和班子成员几乎每天都是这样周而复始地工作,他微信运动的步数每天都在2万步以上。

经过大家的努力,埠头村一幅村美人和的新画卷徐徐展开。一批可看、可用的观赏性景点,如水韵记忆广场、水韵馆、消防警示馆、古戏台、谦让井、廊桥等,吸引了各地游客纷纷前来游玩。

2016年12月,埠头村被列入第四批中国传统村落名录,古镇焕发了青春。

埠头村对闲置的古民居进行流转,引入业态。通过一系列的规划以及招商引资,形成"民宿+电商"的旅游新业态。

从2016年开始,老鹰画室开始组织学生到埠头村写生创作。此后,每年该画室都会组织1500多名学生来埠头村写生。仅此1项,就让村民每年增加不少收入。同时,城峰中学与埠头村开展结对帮扶,每年组织学生来村里写生。埠头村也是仙居县委党校的教学点之一。2018年和2019年,埠头村连续2年举办民俗文化节,大大提升了埠头村古建筑的知名度。

在家门口摆小摊的埠头村一位姓叶的村民说:"以前村里没人来,现在村庄环境好了,游客也多起来了。学生来村子里画画,我摆个摊,卖点矿泉水和饮料,挣点生活费。"在家门口就能挣钱,村民感到很高兴。

"2018年,埠头镇成功入选小城镇环境综合整治第一批省级样板,沉寂了多年的埠头古村焕发生机,迎来了越来越多的游客。"埠头镇领导表示,该镇将充分发挥村里的水资源优势,挖掘村里的水运文化底蕴,把村子打造成休闲旅游的好去处。

2018年,埠头村入选浙江省第六批历史文化村落保护利用重点村,并被评为3A级景区村庄。

环境好,游客多了,村民的生活质量也越来越高。住在古民居四合院里的李彩莲一说起现在的生活,脸上就笑开了花:"腰鼓、扇子舞、排舞、太极拳、快板,这些我都会,现在每天村里都有活动,我做梦都没想到日子能过得这么快活!"

如今,埠头村像李彩莲一样参加各类文体活动的村民越来越多。不管是白天还是夜晚,在村里的文化礼堂、水韵记忆广场、文体公园等各个场所,经常活跃着一大批文体活动爱好者。目前,埠头村有舞蹈表演队、民乐队、健身排舞队、太极功夫扇队、腰鼓表演队等8支文艺团队以及1支女子舞狮民俗特色表演队,每年开展各类文体活动100多场次,他们还经常到其他村和周边乡镇参加演出。

据埠头镇文化站站长介绍,近年来,埠头村在每年的重大节日如春节、元宵节、国庆节、重阳节等都会举办各类文体活动,村民参与度高,营造了浓厚的节日氛围。每年正月,埠头村都在水韵记忆广场举行春节大型年俗(非遗展示)文化活动。活动中有百人旗袍走秀表演、女子舞龙舞狮表演、跳跳马表演、农民农具模特展示、民俗小吃品尝等,吸引了各地游客和村民前来观看,现场人山人海,场面壮观。

笔者走进村中的文化礼堂,只见许多村民在看书、练书法、下象棋,还有村民在打球、跳排舞、唱越剧……好一派和谐安乐的美丽乡村新景象。村里的文体活动日益活跃,文化礼堂小型活动日日有,大型活动不间断,村民享受到的文化服务越来越丰富。2019 年,埠头村文化礼堂被评为台州市五星级文化礼堂。

付出总有收获,村子的发展是对村干部最好的奖励。村办公楼的租金收入 1 年将近 13 万元,集市摊位收入 1 年 10 万元……村里的集体经济在不断壮大。

值得一提的是,仙居县大陈谷中药材有限公司大陈草堂中药材文化展示中心,落户在埠头村的埠头镇小镇创客厅,为埠头村集聚了人气。

该公司法定代表人、总经理项超伟介绍,仙居县大陈谷中药材有限公司以发展仙居道地药材、弘扬中医药文化为己任,以实现共同富裕、提升中药材高质量发展水平为宗旨,以"公司＋基地＋村社＋农户"的模式,恢复种植仙居历史上久负盛名的道地药材白术、元胡、玄参、贝母、白芍、白及等。截至 2023 年 10 月,公司有白术基地 600 亩,育苗基地 300 亩,培训农户 100 人次,为农民增收 200 多万元。

该公司的大陈草堂中药材文化展示中心,面积有 1380 平方米,展示中心设立"中药材文创区""中药材展示区""中药材制作区"3个陈列板块,展出的内容丰富有特色,吸引了周边村民和游客参观。

王永猛感慨地说:"埠头村集镇环境综合整治和古民居修缮之所以取得这样突出的成效,一是因为借了全省小城镇环境综合整治的东风,二是与长期坚持精神文明建设分不开。"

王永猛于2005年开始担任埠头村委会主任,2007年12月当选为村党支部书记。2020年12月换届时,他又当选为村党总支书记、村委会主任。在他的记忆里,20多年前村里对老人就已经非常关心。

村里每年给60—69岁的老人每人50元慰问金,给70—89岁的老人每人80元慰问金,给90岁及以上的老人每人300元慰问金,给现役军人、烈军属每户300元慰问金。过年时,村"两委"对村里46户贫困户和低保户进行慰问。

老人们都说,村里给老人发慰问金,营造了尊老爱幼的良好氛围。

老人们心情好了,也就健康长寿了。村里有一位老人85岁了,身体还硬朗得很,他自己种菜,还挑菜到街上出售。

干部和群众都自豪地说,埠头村的村风民风好,村里出现了弟弟为哥哥捐肾的感人事迹,这是埠头村慈孝传统美德的典范。

这位自愿割肾救兄的贤弟,名叫王益波。他出生于1977年10月,宁波大学英语教育专业毕业,先后任教于仙居县上张乡中心学校、仙居县横溪中学、仙居县城峰中学。王益波的哥哥,名叫王益飞,1973年出生,大学毕业后分配在仙居县城峰中学担任美术教师。

　　王益飞患病的端倪,在 2003 年学校组织的体检中就出现了。这次体检结果显示他的尿蛋白呈阳性,当时他吃了一点药,认为没有多大问题。到了 2004 年下半年,王益飞感到容易感冒,而且血压偏高。于是,2004 年 12 月 30 日,王益飞在妻子的陪伴下,来到仙居的医院检查。

　　医师看了化验单后,当着王益飞夫妻的面,说王益飞患的慢性肾炎很严重,这种慢性肾炎造成的肾损害不可逆转。从现在的病情看,如果病情发展速度快的话,那么生命存续只有 1 年时间。最乐观估计,也只能再活 5 年。

　　王益飞听了医师的话,背上立时冒出了冷汗,他的妻子也呆住了。

　　王益飞与妻子是浙江师范大学的同学。妻子是椒江人,为了爱情,她在 2000 年暑假从椒江章安的学校考入仙居县城峰中学担任美术教师。他俩在同一所学校任教,从事热爱的美术教育事业,并于 2001 年举办了婚礼,建立了温馨的小家庭。2003年 2 月,他们有了可爱的儿子,夫妻俩对生活充满美好的憧憬。

　　然而,天道不测,造化弄人。王益飞怎么也没有想到,这慢性肾炎竟缠上了他,而且情势是这般可怕。他悲哀地想:"我只有 31 岁,如果就这样因病离世,年轻的妻子失夫,年幼的儿子失怙,这一家的天就塌了!"

　　翌日是 12 月 31 日,是 2004 年的最后一天。王益飞仿佛感到这是自己的末日。

　　在家人和学校领导的关心下,王益飞赶赴浙江大学医学院附属第一医院(简称"浙大一院")复诊治疗,寻找希望。

浙大一院医师复诊后,对王益飞说,这种慢性肾炎,目前只能做保守治疗,今后要经常来浙大一院住院复查,视病情发展对症服药。

自此以后,王益飞成为与疾病做斗争的勇士。他虽然要不断去浙大一院住院复查,但他从没有耽误学生一节课。

时光一晃到了 2009 年,王益飞患的慢性肾炎发展为尿毒症,要经常做透析,才能稳住病情。

浙大一院的医师对王益飞说,如果不做肾移植,很难保住生命。

王益飞和家人面对医师的这一次"宣判",真的慌了。因为他们了解到做肾移植的肾源很难找,三年五年也不一定能等到匹配的肾源。

王益波得知这一情况后,便打算捐一个肾给哥哥。

当时,王益波是仙居县横溪中学的一名教师,他比王益飞小 4 岁,兄弟俩在敬长恤幼的家风熏陶下,互相帮扶,感情深厚。

王益波的妻子王溢芳,是横溪中心卫生院的妇产科护士。她担忧丈夫捐肾后影响身体健康。但这位每天迎接新生命的白衣天使,知道每一个生命的可贵,因此,她遵从丈夫的意愿,支持他捐肾救兄。

浙大一院的医生检查了王益波的身体后,发现他体重有 80 公斤,严重超重,并且已患上了脂肪肝,不宜做肾移植手术。

王益波跟医生说,他愿意减肥。他还跟哥哥王益飞说:"你坚持住,等我减肥成功,给你一个好肾。"

　　于是,王益波不吃肉、不喝酒,每天只吃一小碗饭,每天晚上在校园里暴走,以期快速减肥,消除脂肪肝症状。

　　近 2 年时间里,王益波忍受美味的诱惑;近 2 年时间里,他忍受暴走减肥的过度劳累;近 2 年时间里,他克服捐肾后可能会影响健康的忧虑。功夫不负有心人,经过近 2 年的努力,他足足减了 14 公斤体重。经医师检查,他身体的各项指标已达到肾移植要求。

　　王益波无比开心,哥哥的命有救了!

　　王益飞从浙大一院了解到,在浙江,亲人之间进行肾移植,大多是父母的肾移植给子女,而兄弟之间进行肾移植,为数极少。弟弟给自己捐献一个宝贵的肾源,为此,王益飞感到弟弟情重如山。

　　王益飞知道王益波从小很少打针,长大了也非常害怕打针。但是 2010 年 5 月 11 日,王益波捐肾的前一天,他竟要打针抽血化验 12 次。王益飞知道弟弟忍受 2 个小时打针抽血 1 次的恐惧,十分不易。

　　2010 年 5 月 12 日,王益飞永远记得这个日子。这一天,他和弟弟王益波同时动手术,医师把王益波的一个肾摘下来,移植到王益飞的身上。

　　血浓于水,情浓于血。王益波为兄捐肾,演绎了手足情深,诠释了中华民族孝悌的传统美德。

　　天佑好人。兄弟俩手术后,身体恢复得很好。

　　一直以来,王益飞感激弟弟王益波捐肾的深厚情谊。同时,他把这种手足亲情之爱,化为厚待学生的大爱。10 多年来,他一心扑在教学上,尽心尽力教授学生绘画技能。他教过的学生有 800 人考入美术类本科院校,其中考入中国美术学院的学生有近 100 人。他指导学生参加教育部主办的全国最高等级的美术竞赛,获全国一等奖的有 2 人,获省一等奖的有多人。

王益飞为了提高自己的教学水平,在业余时间刻苦提高美术创作水平,并取得丰硕成果。10 多年来,他参与结集出版美术教学图书 12 册。他创作的 5 幅中国画、水彩画、水粉画入选中国美术家协会主办的各类画展,水彩画作品入选浙江省第十二届、第十三届、第十四届、第十五届水彩·粉画作品大展。2018 年,他的水彩画作品《霞光》参加浙江省第二届水彩、粉画写生作品展,获"学术提名奖"。

王益飞是中国美术家协会会员、台州市美术家协会理事、台州市美术家协会水彩艺委会副主任。他还被评为台州市优秀教师、仙居县首批名教师、仙居县教坛新秀、仙居县十大杰出青年文化人才。

取得了骄人成绩的王益飞,成为弟弟王益波的学习榜样。王益波在三尺讲台上教书育人,贡献自己的聪明才智。

王益波先后被评为浙江省骨干班主任、第二届台州市"十大孝贤"、"台州好人榜"孝老爱亲好人、仙居县首届道德模范。

弟弟捐肾救兄的感人事迹,成为埠头村干部和群众弘扬尊老爱幼传统文化的先进典型。

"学先进,比奉献",成为埠头村干部和群众的自觉行动。埠头村有 600 多户、2300 多人,在家的男女老少不到 900 人。村党支部委员俞桃花,虽然年纪将近 60 岁,但她平时看老人们搞"门前三包"力不从心,便经常帮助大家搞卫生,受到人们的好评。

从 2021 年开始,村里在外经商的 23 名流动党员,开展结对帮扶村里的低收入农户的行动。每个流动党员过年前带着 100 元左右的慰问品,走访结对户,了解情况,帮助他们解决困难。

村委会副主任王振林说:"我们村班子团结,做事公平公正,小事不出组,大事不出村,村民的矛盾纠纷都化解在村里。"

现在村里每年集体经济收入有 38 万元,但是村干部每天仅有 50 元误工补贴,大家没有怨言。村干部乐于奉献的精神,令村民敬佩。

埠头村干部、群众的耕耘,得到了可喜的收获。

2020 年 3 月,浙江省林业局公布 2019 年浙江省"一村万树"示范村名单,埠头村榜上有名。

2020 年 12 月,埠头村被评为 2020 年浙江省卫生村。

2022 年 11 月,《钱江晚报》一位记者以《一个月帮村民卖出十多万(元)农产品,仙居这个"村姑带货团"火了》为题,报道了埠头村古民居里 8 位村姑开展网络直播,推销埠头村土特产的消息。这条消息发布在网络上,有 3 万多点击量。

有情、有爱、有文化底蕴的埠头村,焕发出新时代小城镇的青春活力。

第二节　石井村的昨天与今天

历史上的仙居城乡，几乎村村有水井，而能够将水井文化与孝道文化联系在一起的，可能要数官路镇政府所在地的石井村最为突出。以"井"命名的石井村，其村名来历，有2种说法。

第一种说法来自《光绪仙居县志》的记载："石井，县西北十五里。溪中有岩，石穴天成，渊深如井，里人汲而甘也。"据此一说，石井村的村名，源自"石穴如井"的说法。

而另一种说法，则来自代代相传的民间传说。传说在很早以前，村民用水都是到溪里挑水的。有一天，一位村民取水时，不慎失足被溪流卷走，溺水而亡，他的妻子和双胞胎女儿悲痛欲绝。

为了避免这样的悲剧再次发生，貌美如花的姐妹俩便决定"凿井择夫"：谁能在她们家门前凿出水井，便嫁给谁。

一位名叫张浚的英俊后生，在姐妹家的屋檐下凿出一口水井，井水清澈甘甜，汲水方便，免去了去溪里挑水的劳苦和危险。此井取名为"檐井"，后人又称"燕井"。大姐遵守诺言，嫁给张浚为妻。不久，小妹也嫁给一位能凿井的年轻石匠。

自此,村里的人们都请姐妹俩的丈夫开凿水井。不到 2 年时间,全村凿出 36 口水井,这些水井的井壁全部用溪石垒砌而成,故人们称之为"石井"。人们饮水思源,便把村名改为"石井村",以此纪念姐妹俩择夫凿井的孝义美德。

现在,石井村还保存着许多古井。在"横街头三台九门堂上门堂"地段的屋檐下,有一口名叫"廊檐井"的水井。住在台门里82 岁的徐六弟向笔者介绍,他小时候就知道左邻右舍一直饮用这口廊檐井的井水。自从村里接上自来水后,为了小孩子的安全,人们用石板把井口封住。不过有钢管从水井的侧面接入井里,人们平时用水泵抽出井水洗衣服。

这口"廊檐井",是不是传说中村里的第一口"檐井",有待考证。但有据可查的村里历史最悠久的水井,要数"上份台门"地段的六角井。这口石井,挖于清嘉庆五年(1800),距今已有223 年。

所谓六角井,是井栏圈用青石凿雕成内圆外六角形状的井。此井井栏圈每面刻着 1 个字,分别为"可""用""汲""并""受""福"。在"福"字的边上还竖刻着"嘉庆五年",说明此井挖于此年。

井栏圈凿刻的 6 字,取意于《周易》第四十八卦井卦九三爻的爻辞:"井渫不食,为我心恻。可用汲,王明,并受其福。""渫"指的是除污、疏通。"恻"指悲伤、同情、不忍心。此爻辞的意思是:井中已经除污,但仍然没有人来取水饮用,使人心生悲伤。大家可以来汲水使用,君王贤明,是大家共同的福气。六角井井栏圈刻的"可用汲并受福"6 字,大致的意思是:大家可以来汲水使用,有这口井是大家共同的福气。

在上横街有圆井,在隔墙里四合院门堂一角也有一口六角井,在门前有一口仰天井。这口仰天井的井水人们还在饮用,据77 岁的吴桂花说,周边 5 户人家饮用这口井的井水,活到 90 岁以上的有 11 人。

她笑着自豪地说:"这口井水质好,井水是长寿水!"

石井村井多,也形成了独特的井文化。据村里老人介绍,村民不能坐在井栏圈上聊天,不能跨越井口,不能在井边吵架,以示对"井神"的尊重。每年井水低浅时,人们会清除井底污泥。每年除夕,村里百姓会带上祭品、香烛,到日常取水的水井边祭谢"井神",以感谢它提供源源不断的井水,也祈祷在新年"井神"护佑百姓,继续供水不断。

百姓别具一格的祭祀感恩仪式,是慈孝情怀的体现和传承。

说起当代石井村的慈孝道德风范,石井村党支部书记、村委会主任李松亮便笑着说,石井村有 784 户、3100 多人,在村里常住的有 2100 多人,村里结婚超过 50 年的夫妻便有 40 多对,这说明石井村的村民夫妻和睦、子女孝顺,全村才有这么多对金婚夫妻。

李松亮于 1974 年出生,2016 年 5 月担任石井村党支部副书记。2017 年村党支部换届,他当选为村党支部书记。2020 年,村"两委"换届时,他当选为村党支部书记、村委会主任。

李松亮对村里的情况很熟悉,他说:"石井村张天明、徐巧巧、张桂芳等人,尊老爱幼、帮困扶贫的事迹很突出。他们对培育良好的村风民风,起到了带头作用。"

据李松亮介绍,张天明于 1962 年出生,有 1 个姐姐、1 个妹妹和 1 个弟弟,父亲张法海在 50 岁时患上哮喘,无法下地干活。

当时才 20 多岁的张天明,已娶了同村姑娘张云娟为妻。为了养家,他到仙居城关一家建筑公司打工。当他知道父亲的病情,看到父母不能劳动的情况,他便和妻子商量,辞掉工作,回家挑起农田耕种的重任。后来,父亲又患上肺结核,张天明经常带着父亲到医院治疗。

妹妹长大出嫁,弟弟长大成家,他们都在外做生意。照顾父母的烦琐事务,张天明和妻子都毫无怨言地承担起来。

张天明的母亲在 83 岁那一年,也患上肺结核,到了 88 岁时,她已病得卧床不起,后来还患上老年性痴呆,大小便都不能自理。

张天明每次精心细致地清理被父母大小便弄脏的床铺,不嫌臭、不怕脏,从没有对父母说半句怨言恶语。

90 岁的父亲又病重,张天明和妻子服侍着 2 个患病的老人,疲于奔命。

在这期间,张天明的岳母瘫痪在床,他和妻子也经常前去照顾。

在将近 40 年里,张天明和妻子精心服侍多病的父母,他还积极主动去照顾岳母,石井村的村民无不称赞张天明和妻子的孝顺。

2018 年,张天明被官路镇党委、政府评为年度道德模范,成为人们学习的榜样。

李松亮称赞的慈孝典型人物徐巧巧,于 1982 年出生,她是

2004年从官路镇西陈村嫁到石井村的。她的丈夫做道路建筑工程,经常在外,家务主要由她操持。直到如今,婆婆和小叔子一家人都在她家一起吃饭,大家亲情浓浓,和睦友爱。徐巧巧为使年老的婆婆心情愉快,经常开车载着婆婆到各地景区游玩。她对婆婆孝顺、对小叔子一家关爱,受到村里人们的好评,大家夸她是贤惠的媳妇、慈爱的兄嫂。

如此有爱心的徐巧巧,2017年当选为石井村村委会主任,2018年加入中国共产党。徐巧巧成为党员干部后,把对家人的慈孝小爱,发扬光大为对村民的大爱。

2019年8月9日,"利奇马"强台风在浙江省温岭市登陆之前,徐巧巧便带着村干部走访,指导村民做好防台避险工作。她来到瘫痪在床多年的陈秋花(化名)家,了解到陈秋花的日常生活由嫁在邻村的女儿照顾,各项开支由在外开小吃店的儿子负责。

这一对兄妹对母亲的孝行感动着徐巧巧。从此以后,她隔三岔五抽时间来到陈秋花床前,跟老人聊聊天,排解老人卧床的烦闷。有时候,徐巧巧会买来牛奶、饼干送给老人。老人需要购买药物等物品,她也为之代劳,帮了老人不少忙。

陈秋花每次看到徐巧巧前来,就说她不嫌弃病人、心肠好,为此感激不已。邻居都说徐巧巧这样的干部很难得。

徐巧巧关心非亲非故的陈秋花老人,她敬老的善行也影响了12岁的儿子。

2020年1月,徐巧巧的儿子跟她说:"妈,我去买一些香蕉、苹果、蛋黄派、方便面给陈秋花婆婆。"儿子有这样的爱心,徐巧巧感到很高兴,十分支持儿子的孝行。

2020 年,石井村"两委"换届,村委会主任由村党支部书记兼任,原任村委会主任的徐巧巧当选为村党支部副书记、村委会副主任,还兼任村网格员。徐巧巧的职务变了,但她的工作热情没有变,对村民的爱心没有变。

石井村东背自然村的张和弟,今年 71 岁,有严重耳聋,即便戴上助听器,听力也很差。他的妻子王金莲 64 岁,2013 年中风导致脖子以下全部瘫痪,躺在床上无法动弹,一日三餐全靠张和弟喂食,大小便也全靠张和弟处理。

张和弟有 1 个儿子,还有 12 岁的孙女和 11 岁的孙子。从外省嫁过来的儿媳妇离家出走,10 年没有回来过 1 次。

现在一家 5 口人,全靠张和弟的儿子赚钱供养。但是张和弟的儿子已经 40 多岁了,由于没有技术特长,只能隔三岔五给别人打零工,挣点辛苦钱。

2019 年,徐巧巧了解到他一家的生活困难状况,便和村党支部书记一起,积极为他一家办理了低保户手续。从此,张和弟和妻子每人每月能领到 800 元的困难补助,缓解了一家人的生活困难状况。

自此以后,徐巧巧经常和村"两委"干部一起,到张和弟家走访慰问。

2021 年过年前,徐巧巧冒雨来到张和弟家,发现他家 2 间旧房漏雨。这是建于 20 世纪七八十年代的 2 层砖木结构老房子,已年久失修。如果不及时修理,老房子损坏会更加严重。于是,徐巧巧马上向有关部门申报,为张和弟争取了低保户帮扶资金,然后组织泥瓦匠,把他家的2间老房子全部进行了翻修。

张和弟和邻居们对徐巧巧等村干部非常感激,称赞他们是为村民办实事的好干部。

2021年过年前,徐巧巧自掏腰包,买了牛奶、饼干、蛋糕等物品,送给张和弟的孙子孙女。2022年六一儿童节,徐巧巧还买了铅笔和铅笔盒等文具,送给2个小孩子。2022入冬时,徐巧巧又牵挂起张和弟的孙子孙女,她拿了家里的许多衣服送给他们。

徐巧巧所做的一切,村民看在眼里,感动在心头。

2022年春节前,徐巧巧发现王洪明夫妻在东阳做生意没有回家,他们15岁的儿子从学校回家后因疫情防控要求,需要在家隔离7天,一日三餐由同村的孩子姨母送来。

徐巧巧得知情况后,考虑到王洪明的儿子还年少,在春节合家团圆的热闹气氛里,独自一人在家隔离,肯定有些孤单冷清。于是,徐巧巧便花了200多元钱,买了苹果等时令水果,以及饼干、方便面和火腿肠等东西,送给王洪明的儿子。

孩子收到这意外的关怀和温暖,感到很高兴,便要付给徐巧巧买东西的钱,徐巧巧说什么也不要。

当徐巧巧回到家,她便接到王洪明夫妻打来的电话。他们夫妻对徐巧巧的关心表示感谢,并说要用微信转钱给她。

徐巧巧笑着跟他们说:"我收了你们的钱,孩子还有温暖感吗?你们没跟他一起过春节,就算我代你们给他送温暖吧!"说得夫妻俩在电话那头也笑了。

石井村还有一位女党员张桂芳,名声在外。

笔者有一篇题为《桂子飘香》的报告文学,发表在 2003 年 2 月 18 日的《人民日报》上,写的就是张桂芳以大爱的情怀扶持村里村外贫困群众的故事。

张桂芳,1958 年 3 月出生,她的祖上三代传承着养鸡养鸭、办鸡鸭孵坊、加工彩蛋的技术。张桂芳为了摆脱贫困,继承了祖上留传下来的这一门技术,养起鸡鸭,利用自产的鸡鸭蛋办起孵坊,并利用余下的鸡鸭蛋加工成彩蛋出售。张桂芳与丈夫一起,经过七八年没日没夜的打拼,终于成为村里的富裕户。

西陈村的应联明,年轻有文化,他想在有技术含量的食用菌栽培上寻求脱贫致富的路子。但由于缺少资金,规模上不去,挣不到钱。张桂芳得知后,便接连借给他 17000 元钱,接着又帮他向银行申请了 2 万元的贷款,并为他做担保。有了资金的应联明搞起了食用菌大棚栽培,当年收入就达 28000 元。

张桂芳为了更好地帮助大家脱贫奔小康,组建了仙居县绿盈农业专业合作社,改变了以往单纯的资金扶贫模式。

30 多年来,张桂芳累计为困难户承担经济风险责任 80 多万元,扶持 300 多户困难户顺利脱贫。

张桂芳的大爱情怀,得到百姓的交口称赞,也得到各级各部门的充分肯定。她相继获得台州市劳动模范、浙江省"双带好党员"、浙江省优秀共产党员、全国科普惠农兴村带头人、全国"双带双比"女能手、全国"三八红旗手"等荣誉。中共仙居县委还发出《关于向"三个代表"的忠诚实践者张桂芳同志学习的决定》的通知,号召全县共产党员向张桂芳学习。

石井村党支部书记、村委会主任李松亮告诉笔者,榜样的力量是无穷的。石井村乃至官路镇的百姓,都尊重和信任张桂芳,她在百姓心目中有较高的威望,成为基层治理的好帮手,村民之间有什么矛盾纠纷,她出面调解便容易得到解决。如在 2020 年下半年,村里开展"一户多宅"清理整治工作,有的房屋较多的村民,不愿意做退宅处理,还有几户房屋超面积的村民不愿缴罚款,村"两委"请张桂芳出面做工作。张桂芳热心去做村民的思想工作,圆满地解决了问题。

李松亮知道,关爱老人、崇尚读书,是促进村风民风建设的重要内容。村里 60 岁以上的老人有 600 多人,80 岁以上的老人有 80 多人。为了解决孤寡老人和留守老人的吃饭问题,2018 年,他和村"两委"干部研究决定,在村家宴中心开办了"6199"食堂,向老人们供应午餐和晚餐。60—79 岁的老人中餐收费 5 元、晚餐收费 3 元,80 岁以上的老人免费就餐。

从 2017 年开始,每年重阳节,村"两委"请 60 岁以上的老人到村家宴中心过节,中饭每桌 20 多个菜肴,老人们吃得很高兴,感到快乐幸福。2020 年后,在重阳节来临时,村"两委"给 60 岁以上的老人每人发 5 公斤大米,还有 50 元钱。

朱桂花老婆婆感动地对李松亮说:"村干部关心老年人,我们很开心,谢谢! 谢谢!"她幸福地活到了 101 岁,在 2021 年因病亡故。

村"两委"从 2021 年开始设立奖学金,考上仙居中学、考上大学本科的学子,每人可获得 1000 元奖学金;考上"985"和"211"大学的学子,每人可获得 3000 元奖学金。

村民说,村里这些尊老爱幼的举措,是真正的慈孝之举。

一直以来,村干部关心村民,村民也支持村里的工作,村里各项事业蓬勃发展。特别是石井村作为官路镇政府驻地,村"两委"十分重视集镇区建设。

2015年9月,石井村配合官路镇政府开展了轰轰烈烈的集镇区环境综合整治,整治占道经营,清理垃圾死角,整治乱停乱放,拆除各类违章搭建的棚屋。2017年官路镇又建设文化公园,整治综合菜场,使集镇区面貌焕然一新。

2017年,村"两委"开展"人畜分离"行动,拆掉村内的猪舍、牛栏,在村外新建村集体猪舍、牛栏40多个,提升了村内的环境卫生水平。

2018年,村"两委"对村办公楼、村体育公园门面、村农业产业服务中心进行改造,提升了形象,增加了租金收入,现在村里年经济收入达到100多万元。

2021年10月,南京大学空间规划研究中心、阿里研究院联合发布2021年淘宝村名单,石井村榜上有名。

2021年12月,石井村被命名为2021年浙江省卫生村。

班子团结、环境优良、集镇繁荣、居民安居乐业的石井新农村,在自治、法治和德治相辅相融的基层治理模式中,走向共同富裕的康庄大道。

第三节　有情有义江上人

2020 年 10 月 25 日,是农历九月初九重阳节。

这天下午,朱溪镇江上村文化礼堂锣鼓声、二胡声、笛子声和歌声,声声悠远,吸引着村里 60 岁以上的老人纷纷赶到村文化礼堂。大家兴致盎然地观看文艺演出,等候晚上美美地享受丰盛的敬老宴。

江上村由江上一村、江上二村 2 村合并而成,共有 350 户、1203 人,在村里的村民 280 多人,其余皆出外打工。村民在外主要开干洗店、开超市,还有做小吃、开浴室和养虾。

原江上一村村民王直进,早几年在宁海开了一家眼镜店,他一边卖眼镜,一边做房地产开发。他在宁海的事业越做越大,于是把户口也迁到了宁海。

在农村,人们都认为户口是根,户口所在地是一个人归属的地理标志。一个人从村里迁出了户口,便意味着这个人与村里切断了关系,不属于村里人了。

但是,59 岁的王直进在外经商致富后仍不忘父老乡亲。他在 2020 年重阳节这天回到村里,出资举办文艺演出,出资办敬老宴，与全村的老人们欢度重阳节。

夜幕降临，华灯初上，文化礼堂收锣息鼓，演出闭幕。

接着，村文化礼堂内，20张大圆桌一排排铺开，老人们喜笑颜开，相扶入席。

一碟碟冷菜端上桌，一盆盆鸡鸭鱼肉端上桌，十八九个菜肴把桌子上堆得满满的，其丰盛与美味跟大酒店的宴席不相上下。

席间，王直进还向每位老人赠送了老花眼镜。

老人们开心地说："有吃的，还有拿的，王直进心肠真是太好了！"

有人说："王直进致富不忘乡亲，离乡不离亲情，是江上村人们学习的榜样。"

王直进对老人们说："只要大家高兴，我年年都会回村办敬老宴，请大家共度重阳节！"

"你有这份心意，我们高兴呢！"老人们异口同声地说。

王直进说到做到，2021年重阳节，他放下手头的生意，专程驱车回到江上村，举办文艺演出，并办起敬老宴。

每年，王直进操办文艺活动，举办敬老宴，给老人们送老花眼镜，各项开支高达3万元。

有人问王直进："每年开支这么大，老婆孩子同意不？"

王直进笑着回答说："老婆孩子都很支持！"

"难得难得，一家人都这么有爱心，真是江上村出去的好村民！"老人们赞叹地说。

江上村党支部书记、村委会主任王伟红对笔者说："我们村有尊老爱幼的好传统，慈孝风气好。比如在农历八月十五中秋节,村集体出钱,给村里 60 岁以上的老人每人发放 2 斤白糖、1 筒月饼,体现村里对老人的关爱。"

他说起村民敬老孝老的事例,对此津津乐道。

100 岁的王荣思,有三儿二女。大儿子亡故后,68 岁的大儿媳妇项里州,仍继续承担赡养老人的责任。她住在与江上村相邻的岩前村,一日三餐烧好饭菜,风雨无阻地从岩前村送到江上村,让老人按时吃上饭。

村民们看着很感动,都称项里州是好媳妇。

江上村祠堂要修缮,江上村村民和一些户口已经迁出村的村民纷纷响应,有钱出钱,有力出力,村里共筹得资金 30 多万元,修缮工作比预期提前完成。

王伟红感慨地说:"村风民风好了,各种矛盾就少了,村里各项工作开展起来就顺利了。"

为了做好人畜分离项目,提高村庄卫生水平,村里全部拆除村民的猪栏、牛栏,并在离村 400 米远的地方建起村集体猪舍、牛栏,让愿意继续养猪养牛的村民租去圈养。以前村民在自家房前屋后养猪养牛,喂养方便,现在村里建的猪舍、牛栏离家远,喂养不便。尽管如此,但村民知道村干部这么做,是为了改善居住环境。于是,村民的思想也就通了,村民支持村里拆猪舍、牛栏的行动。

江上村的房屋建得很密集,以致小轿车无法进村,这极大地影响了居民的交通出行。

王伟红带领村"两委"班子进行反复研究,并经大家讨论通过,决定拆掉 40 多间老旧民房,开通村内道路。被拆民房的村民愿意重新建房的,村里给安排屋基;不愿意重新建房的,屋基按每平方米 500 元补偿。

在农村,拆屋移坟是最难做的工作。但是在村风民风良好的江上村,在村干部做过细致的思想工作的基础上,涉及征迁的村民大力支持做好房屋拆除工作,这使村里能够建成一条道路,极大地方便了村民的交通。

江上村拆除了猪舍、牛栏,建好了村路,村里环境卫生状况也改善了。

近年来,江上村荣获仙居县垃圾分类示范村、浙江省卫生村、浙江省善治村、浙江省民主法治村等荣誉称号。得到这些荣誉,村民非常高兴,认为这是对江上村的肯定。

江上村村域面积 2.98 平方公里,山林面积 3900 亩,但有1500 亩山林在方岩背区域,而且江上村世世代代村民的坟墓都建造在方岩背区域的山上。

2019 年,方岩背作为"飞翔小镇"项目的依托进行开发。这一项目是浙江省"152"重点工程项目和重大浙商回归项目。项目总投资 25 亿元,规划占地面积 4000 亩,主要开发建设低空飞翔娱乐、度假酒店等国际级综合文旅项目。这一项目涉及江上村村民在方岩背区域的山上 670 座坟墓的搬迁。

王伟红先统一村"两委"班子思想,然后走访相关村民,制订的政策方案在村民代表大会上讨论通过。

面对这个省级重大建设项目,村干部和村民都表现出大局意识,大家都认为这样的文旅大项目建成后,将会给朱溪镇集镇区吸引大量的游客,江上村离朱溪镇集镇区很近,受惠肯定不会少。于是大家积极支持项目建设,按规定时间搬迁了坟墓,让项目建设早日实施。

王伟红对笔者说:"我们村拆屋、移坟,做这样涉及村民重大利益的大事,没有人由此闹意见,村民都表示理解支持,的确难能可贵!"

江上村 20 多年来矛盾纠纷没有出过村,这说明江上村以德治为主的"四治"工作做得有声有色。

第九章 古文化的乡村坚守

第一节　古村古宅藏古韵

　　"我们在朋友圈看到这里的灯光秀很漂亮,吃过晚饭就带着家人过来看看。"连日来,漱山乡四都村推出的夜游活动吸引了不少游客。古法榨油技艺、板凳龙、旗袍秀、跳跳马、铜钿鞭、三月三民俗等,都带有浓浓的漱山特色。

　　近年来,漱山乡以建设"漱水宜人,在山一方"为主旨,打造全域旅游示范乡和"绿水青山就是金山银山"理念践行区,全面实施乡村振兴战略。该乡依托四都村深厚的历史文化底蕴,创新发展乡村夜间经济,并结合科技、创意、艺术等手段,营造丰富的夜间文化生活,让文化"亮起来",让文化"会说话"。

　　有1300多年历史的四都村,于2016年列入第四批中国传统村落名录,是漱山乡小城镇综合整治的重点。

　　2016年12月2日,四都村在漱山乡党委、政府的指导下,决心把古村打造成"看得见山,望得见水,记得住乡愁"的典型乡镇村落,但从小城镇环境综合整治要求看,四都村是整治的难点村。该村共有445户、1670人,猪舍达410间,露天猪饲料缸445口,村内有祖坟等坟墓40多座,还有许多需要拆除的堆杂物的棚屋。

四都村的发源地在村北的龟岩处,这里有 1 块 20 多平方米的扁平形巨石叠在山岩上,状如 1 只千年老寿龟蛰伏于此。四都村《漱峰陈氏宗谱》记载,唐代开元年间,漱峰陈氏始迁祖陈师卑迁到仙居时,即居于四都村龟岩之侧。因此,这里被村民们视为村庄发源地。

村民老徐购买了村里在龟岩旁边的大粪坑,改建成 2 间猪舍。由于人口多,房子拥挤,他将猪舍扩建成 2 层楼,底层用来养猪,楼上堆放杂物。

打造有历史文化记忆的四都村,这 2 间猪舍便成为首要的拆除对象。

时任村党支部书记杨方林等村干部与乡里的领导一次次地去老徐家做思想工作,希望他主动拆除猪舍。

年近 60 岁的老徐,是位淳朴厚道的农民。村里搞综合整治,他感到这是好事,应该积极响应。但现实问题是,拆了 2 间猪舍,杂物没地方放。再说,在农村不让养猪,不光是老徐,许多村民都认为没道理。

杨方林解释说,不是不让养猪,而是实行人畜分离,这样村里的生活环境才能变得卫生、优美。

有村民说,现在集中养猪的地方没建好,要将猪寄养在外村,距离太远,不现实。而且拆掉的猪舍,没有经济补偿,也没有宅基地返还,村民感到太吃亏了。

针对这些现实问题,村里研究后出台政策,对曾经批准建造的猪舍,拆除后其面积在新农村改造时返还,对违章建成的猪舍,拆除后不予补偿。拆除损失暂时一律不予补助。

经过 1 个多星期分头做思想工作,老徐顾大局、讲风格,在全村第一个拆掉猪舍。

村民老张一家有 4 间猪舍,虽然没有养猪了,用来堆放杂物,但也都在拆除规划之列。拆掉这 4 间猪舍,损失达 5 万元,年近 70 岁的老张和妻儿都想不通。

杨方林等村干部分批去做老张一家的思想工作。最后,老张一家也顾全大局,为了四都村的小城镇建设,不计个人得失,主动拆除 4 间猪舍,起到了示范带头作用。

于是,其他村民陆续开始拆除猪舍。

有的村民问:"村里开展环境综合整治,拆除猪舍是应该的,今后自己也不想养猪了,但现有饲养的猪卖不掉,怎么办?"

村"两委"班子商量后,决定组成杀猪卖猪肉小组。由村委会委员、村整治协作小组成员等四五人负责为村民杀猪,并代村民卖猪肉。他们夜里二三点钟起床,烧一大锅开水以备杀猪之需,待天亮杀好猪便在村里叫卖。每天为村民杀猪卖猪肉,一连杀了 10 多头猪,大家累得连走路都没力气。但他们说,为了能按时顺利拆掉村里的猪舍,再苦再累也情愿。

杨方林在横溪镇开了一家汽车配件商店,自从环境综合整治工作开展后,他将店里的事务全交给妻子处理,把全部心思都放在村里。他夜里要安排翌日村里的征迁工作,白天要在村里处理征迁中产生的纠纷,累得嗓子都哑了。

为了更好地挖掘四都村的历史文化,打造有品位的古村风貌,湫山乡政府聘请具有历史文化研究水平的民间文化研究人士为四都村环境综合整治文化顾问，负责项目建设监管和历史文化挖掘。淳山乡政府的这一举措，有力地提升了综合整治的文化品位，也体现了淳山乡党委、政府着力把四都村打造成精品村的决心。

四都村有一位名叫陈镇中的 97 岁老人，毕业于黄埔军校，在抗日战争时期，他在浙赣地区、浙闽地区多次与日军作战，官至营长。1949 年，他回到四都村生活。他曾参加乡土改工作队，担任县粮食局粮食专管员，后来回村当过四都村调解主任，还曾当选为仙居县人大代表。陈镇中每天看《环球时报》，看中央电视台新闻联播，是村里有文化、有见识的老人。

这样见过世面的老人，看到村里环境综合整治的力度和成效，感慨万千。

一直以来，离陈镇中家 20 多米远处有 15 间猪舍，臭气熏天，而且猪舍渗出的臭水会流到他家屋前的门堂，一年到头又臭又脏，蚊蝇滋生。他夜里睡觉，蚊帐都拦不住蚊子的叮咬。

陈镇中说，想不到这一次环境综合整治，把在他爷爷这一辈就有的猪舍，一下子全部拆掉了。

村里在拆掉猪舍的屋基上种上花草，把陈镇中家屋前门堂的污泥浊水全部清理干净。陈镇中开心地笑了，每天坐到门堂上晒晒太阳，看看报纸。他说夜里不用挂蚊帐了，没有蚊子的叮咬，他睡得香甜。

在环境整治中，四都村修建了长 280 米、宽 30 米的特色老街，千年古村焕发了生机。

淳山乡投资 300 多万元，修复该村古建筑，并借助灯光和数字多媒体技术,将水、景、古村、科技巧妙结合,打造集景、光、影于一体的四都"夜景长卷"。四都村在做好景观照明的基础上,采用节能环保的技术手段,将漱山油茶、雅溪灯笼等独特元素和"书画"概念融入亮化设计当中。

同时,雨巷互动地砖、200 余平方米水幕电影和石墙 3D 墙绘,通过全景式的视、听、触体验,使游客能够身临其境地感受这里的文化魅力。

"晚上我特地约了十几个朋友一起来看灯光秀,各色的灯光让四都村多了几分与现代接轨的味道,让人眼前一亮。"来自仙居县下各镇的一位中年男子牵着蹒跚学步的孩子感慨连连。

四都村环境综合整治后,村"两委"考虑在村里的衍庆宫设油茶展馆,在四都古街上设综合服务中心,宣传土杨梅酒,并在四都村穿村公路两旁村民门前挂上红灯笼,把中国传统村落保护与特色产业宣传结合起来,扩大影响。

此外,四都村还利用闲置民房,建立了 7 家名家工作室,筑巢引凤:一是引进国内知名艺术家来此采风创作;二是吸引大专院校的美术专业学生入住写生;三是吸引仙居本地文艺界人士来此创作或开展各类艺术活动。

村干部从发展的眼光看四都村,认为四都村将会是安岭乡、溪港乡、下岸水库与仙居抽水蓄能电站旅游的集散地。到那时,油茶、杨梅酒和灯笼三大产业会得到更好的发展。

"汉寿亭侯,青龙偃月神鬼皆愁……"走过四都村岁贡府,就听老街处传来高亢嘹亮的唱戏的声音。

再走几步,只见老街街口几位老人泰然而坐,手中摆弄着乐器,尽情演绎着越剧、京剧等,一曲接着一曲。有游客一时起兴,来点唱戏曲,老人们爽快地为他伴奏。

"我们都是村里的老人,为了丰富生活,就凑在一起敲敲锣鼓、唱唱戏。"陈胡能老人尽管已头发花白,但敲起锣鼓来却十分带劲。

"夜游经济"老少皆宜,既适合本地群众,又能满足游客观光休闲的需求。为了增强游客的夜游体验,湫山乡围绕"夜间经济",加强与民俗文化融合,打造独具特色的"湫山民俗夜间文化"品牌。同时,开展"重拾传统工艺唤醒乡愁""特色民间小吃大比拼""我们的村晚"等各类活动,将四都村的人文底蕴通过各类活动展示出来。

"夜游经济"带来了经济"新增长"。

"第一天我就卖了200多元,昨天晚上来的人更多。"目睹了夜游的火爆,四都村村民陈巧珍瞄准商机,在村口卖起了玩具。"夜游兴起,村里也热闹了,还能在家门口做点小生意挣钱。"陈巧珍的母亲陈爱芳笑着为夜游点赞。

为加强对夜间消费的引导,湫山乡出台了《关于加快发展湫山乡夜间经济的实施意见》,以打造"夜湫山"这一夜游 IP 为目标,增加游乐性和互动性,并形成夜游古村、夜品乡味、夜购农货、夜宿农家等系列夜间旅游活动,让游客实现乡村夜生活的全方位沉浸式体验。同时,制定优惠政策,鼓励、引导企业、个人、乡贤和社会团体等前来投资。

据统计,自夜游开放以来,油茶价格相较往年增长了 60%,销量增长了 15%。杨岸土杨梅酒和雅溪灯笼销量较往年各增长 10％和 12％。

2019 年 12 月,四都村被命名为 2019 年浙江省 3A 级景区村庄。

2021 年 2 月,四都村入选 2020 年度"浙江省'一村万树'示范村"名单。

2021 年 12 月,四都村被命名为 2021 年浙江省卫生村。

现任四都村党支部书记、村委会主任的杨方林说:"这些荣誉的获得,离不开村干部的努力,离不开群众的支持。"

村委会委员陈义程告诉笔者,四都村的村风民风好,对老人敬重孝顺,这有利于村里各项工作的开展。

村民沈米江在外做生意,因为老母亲已 96 岁,年老体弱,卧床不起,他便放下手中的生意,回家专门照顾母亲,直到 2022 年 5 月 22 日母亲去世。沈米江的孝行,深深感染着四都村村民,他成为大家行孝的榜样。

四都村在集体经济不宽裕的情况下,在每年的重阳节,会给全村 60 岁以上的老人发放大米,为 90 岁以上的老人做长寿面,祝他们长命百岁。

四都村个人行孝、集体行孝,营造了崇尚慈孝的良好氛围,增强了村民支持村里发展的大局意识。许多村民说,四都村做事大气,四都人心有大爱。

人们说,具有大局意识的四都村民,积极支持综合整治,这跟村东的永济桥有很大关系。

永济桥有 100 多年历史,是一座保存较完好的七孔古桥。它东西走向,横跨在四都港上,一头连着潄山村,一头连着四都村,是古时横溪、漱山地区通往溪港、安岭及永嘉、缙云方向的主要古道。

这座七孔石桥背后,有个感人的故事。

古时,四都村与漱山村隔着宽阔的四都港,1条木桥成为2村连接的通路。由于四都港经常发大水,木桥经常被冲毁,阻断了交通,若是绕道过溪,便要走四五十里的路程。木桥被冲毁时,人们常常隔溪慨叹。

有一年,四都村嫁到漱山村的独生女,得知老父亲生病危在旦夕,想见她一面,但由于洪水冲断了木桥,她一时之间过不了溪,无法给老父亲送终,她伤心欲绝。

1912年,又是盛夏发大水的季节,漱山村的乡绅沈老钟看着不时被洪水冲毁的木桥,看着阻隔在四都港两岸的众多焦急的行人,他决心兴建一座石拱桥。

家里人都支持他的善举。于是,沈老钟在这年秋冬季节的枯水期,开始动工建桥,他卖掉了家里的10亩田以筹资建桥。

沈老钟知道这里是交通要道,人流量大,于是,将此桥设计为长63米、宽5米、高7米的拱形结构的七孔桥,桥面铺设青石板,桥东、桥西10多米长的引桥路面用青石板和鹅卵石铺设。

这样规模的石拱桥,工程巨大,所需资金远远超出沈老钟的预算。他耗光家里所有钱财,也无法填补造桥所需的资金缺口。无奈之下,他去各地化缘,筹集了一些资金,就动工造桥。若没有资金,便只好停工。就这样,耗时8年,他历尽千辛万苦,终于将石拱桥建成。沈老钟为了感谢、纪念四方乡民捐助修桥,将此桥命名为"永济桥"。济者,渡也,通也,助也。

如今,新的公路建成后,永济桥便废弃了。但是沈老钟捐资、筹资主持兴建永济桥的善举,仍然受到四乡百姓的称赞,他舍小家为大家的无私奉献精神,仍深深影响着当地乡风民俗向善向美发展。

尤其是湫山村和四都村百姓,都说:"想想沈老钟倾家荡产造桥方便大家出行的事迹,我们还有什么想不通的事?还有什么脸面为鸡毛蒜皮的事争得面红耳赤?"

如今的四都村,古宅古街展古韵,美丽乡村传美誉。

第二节　文化赋能括苍村

2022 年 9 月 5 日,星期一,中午时分,双庙乡宣统委员苏贞给笔者打来电话:"括苍村的翁森纪念馆验收通过,已列入浙江省第二批乡村博物馆名单,浙江省文物局已发文公布!"她的语气充满喜悦。

括苍村的翁森纪念馆验收通过,标志着仙居历史文化名人翁森纪念馆建设取得了阶段性成效。这真的是值得高兴的信息。

话说得知这则喜讯 3 个月前的一天,苏贞陪同笔者前去括苍村采访,她带着笔者重点参观了村里的翁森纪念馆。

括苍村位于括苍山下、双庙溪以东,与公平村隔溪相望。该村原名下支,据《仙居县地名志》,"村北下面的溪滩上,有 2 块岩石,形状像 2 头猪,故称下猪村。后由于溪滩造田,2 块岩石已不存,同时'下猪'不雅,故改称下支村"。

2013 年 8 月,仙居县行政村撤扩并时,由下支、洋麻坑、各山 3 个自然村组成新的行政村,村名定为括苍村,行政村驻地在下支自然村。括苍村有 240 多户、820 多人。村里青壮年大多在上海、杭州、宁波、金华等地经商或在仙居各大企业工作,平时在村里的村民只有270余人,他们除农耕外,空闲时间以加工工艺品居多。

现在下支自然村也叫"括苍村",旧貌换新颜的下支自然村宣传标语和路牌上标的都是"括苍村"。令笔者无比惊讶的是,昔日窝在山脚下的那些破旧不堪、杂乱无章的建筑不见了。一排排别墅式建筑耸立在双庙溪的右岸,溪水倒映着白墙黛瓦的一排排屋宇,新农村美丽的景象如诗如画,美不胜收。

车子驶过双庙溪大桥,穿过村内建有长廊、戏台的公园,来到村东北角,只见一座古色古香的老房子呈现在眼前。这是笔者开车穿村而过看到的全村唯一的古老建筑,让笔者感受到该村的悠久历史。如果没有这座老房子,真使人觉得括苍村是迁移而来的新村庄。

这座2层楼的老房子,有7间屋的长度,坐西朝东,四周外墙全部用溪滩石垒砌而成,这些石块的排列组合,精细有序,没有用泥浆黏合,石匠精湛的砌墙技术,令人叹为观止。

老房子的门窗也是木门木窗,显出了岁月的古老。在居中的门头上,横挂着1块木匾,上书"翁森故居"4个大字,在门的右侧墙上,挂着"双庙乡博物馆"的牌子。

这时,有位30多岁瘦高的小伙子从纪念馆里迎了出来。

苏贞向笔者做了介绍,小伙子名叫许志翔,是2020年村"两委"换届时新当选的村党支部书记、村委会主任。

笔者在许志翔的引领下,走进翁森故居。

进门后,笔者看见一个小屏风,屏风上印着一篇"前言",介

绍了翁森的基本情况:

> 翁森(1255—1326),字秀卿,号一瓢,又号此庐、北
> 庐、此翁,仙居双庙乡下支村(今括苍村)人,宋末元初
> 杰出的教育家、诗人,一代名儒。他一生不曾为官,但
> 因博通经史,闻名遐迩,当时人称"翁书橱"。宋亡后,
> 他立志不仕,隐居教授。元至元年间,他在家乡创建了
> 安洲乡学,以朱熹白鹿洞学规为训,坚持以儒学教化乡
> 人,仙居乃至台州各地从学者先后达 800 多人。元代
> 废除科举期间,读书风气淡薄,文化衰落,经翁森的积
> 极努力,仙居乃至台州的耕读之风又彬彬称盛。翰林
> 学士陈刚中曾为之作《安洲乡学记》,对翁森在办学上
> 的成就给予高度评价。
>
> 翁森善诗,作品很多,据《翁氏宗谱》记载,共有全
> 集 18 册留与子孙。传世的作品集名《一瓢稿》,大多已
> 经散失。民国时期李镜渠所编的《仙居丛书》,将翁森
> 的诗作辑为《一瓢稿剩稿》。近年在《翁氏宗谱》里发现
> 了他的《百梅咏》组诗 100 首,是一笔丰富的历史文化
> 遗产。翁森的诗歌内容丰富,语言清新自然,思致超逸
> 风雅。尤其是他的《四时读书乐》脍炙人口,名满天下,
> 民国时曾被编入全国中学国文课本。
>
> 作为隐逸乡间的士人,翁森的贡献是巨大的,影响
> 是深远的。我们以历史上曾经出现过这样的乡贤而
> 自豪!

"前言"高度概括了翁森的生平事迹。笔者读完"前言",感叹出生在乡野的翁森有如此文学造诣和育人情怀,这使人肃然起敬。

绕过屏风,便看到 1 楼贯通的房子里摆着仿古的课桌椅,在房子的北端设有讲台。环顾四周,木头的屋柱一排排竖立,支撑着木质楼板,墙没有粉刷,石头墙体裸露着。这是南方乡村最古老、最典型的木石结构的房子,显示着这座房子的原始与古老。

从房子的南端走上木头楼梯,来到 2 楼,便是有关翁森的各项内容的展室。

第一单元展示的是"弦诵不绝——翁森的教育情怀",介绍翁森在元代至元年间,创建安洲书院于仙居东南 25 里的崇教里,收徒授学,倡导耕读,使儒家文化和乡风文明得以弘扬。

第二单元是"行吟秀溪——翁森的诗人风雅",介绍了翁森的诗歌创作。翁森一生以《四时读书乐》最为出名。正如展板上所介绍的,此诗"意韵深沉,境界高远,文辞优美,脍炙人口"。还有翁森写的《百梅咏》,也为历代文人所称道。

第三单元为"泽被千秋——翁森的影响和价值"。翁森创办的安洲书院影响深远,现在仙居城区安洲小学就是沿用"安洲书院"之名。《四时读书乐》一诗问世以来,在弘扬读书之乐、崇尚学习文化上做出了贡献。

每个单元的展室,有书籍、物件、书法和绘画作品,内容丰富,展陈条理清晰有序,这是个很不错的介绍翁森的专题展览。

笔者问许志翔:"这个纪念馆是谁帮助提供资料和布展的?"

　　许志翔说:"是入驻括苍村的文化名家张峋帮助布展的。"

　　笔者恍然说道:"怪不得展陈搞得这么规范!"

　　张峋是台州市博物馆副馆长,他从事文博工作近 30 年来,积极致力于台州历史文化的研究。他参与翁森纪念馆的建设,是"专业的人做专业的事",其优势自不待言。

　　许志翔说:"到了双休日和节假日,张峋老师便来到括苍村,住在村里给他使用的 2 间工作室。有关翁森文化史料的挖掘整理、翁森纪念馆的建设工作,他都亲力亲为。没有他的主导帮助,我们肯定搞不起来!"

　　苏贞跟笔者说:"我们乡里党政一把手都高度重视支持翁森纪念馆的建设,目前正在申报全省第二批乡村博物馆项目,以此推进括苍村的乡村文化振兴建设。"

　　许志翔说:"这个项目申报要求很高,但有张峋老师和乡党委、政府的支持,我们有信心把这个项目争取下来。"

　　括苍村在新农村建设中不是把古老的房屋一拆了之,而是精心地保存下来,花费资金给予修缮,并把挖掘、展示和弘扬历史名人文化与古屋保护结合起来,这极大地丰富了乡村文化内涵。括苍村"两委"班子领导的文化眼光,笔者打心眼里佩服。

　　许志翔说:"括苍村要走文化与旅游相结合的乡村振兴路子,没有文化不行!"

　　笔者深以为然。但笔者又想,像许志翔这样的乡村干部是如何认识到文化在乡村振兴中的重要性呢? 这是笔者前来采访以基层治理为主题的主要内容之一。

　　随后在括苍村办公楼会议室召开的座谈会上,笔者从村"两委"班子和村民代表讲的一个个故事中,了解到村干部重视挖掘并弘扬当地历史文化的一些缘由。

许志翔的爷爷奶奶是下各镇原外湾村球园坤自然村人。球园坤自然村地处括苍山的半山腰,村民到双庙集市买东西,要经过下支自然村,2 村之间有 3 公里的山路。许志翔的父亲出生时,上有 2 个姐姐、3 个哥哥,爷爷奶奶怕养不活他,便把他送到下支自然村寄养。

从此,许志翔的父亲就一直在养父母家生活,在他 17 岁时,养父病亡,2 个哥哥成家后,分家立户生活。许志翔的父亲成家后,便一直供着养母,生活上对她无微不至地照顾。养母生病时,许志翔的父亲在养母的房间里另铺 1 张床,陪着养母睡,觉察到养母有什么不适,便及时起床服侍。2007 年,养母病亡,时年 82 岁,也算是高寿有福之人。

许多村民说,许志翔的父亲对养母孝顺,一点也看不出他们是养子与养母的关系。

许志翔从父辈身上感受到慈孝的情怀,他感到要把这种慈孝文化传承下去,而且要发扬光大。

在座谈会上,大家说:"我们村民风淳朴,有尊老爱幼的好风气。"人们纷纷说起慈孝的事例,说起应先寿和他的妻子抚养他的弟弟长大的事迹,人群中发出赞扬之声。

应先寿父母亡故时,他的弟弟还很小,他的妻子就像母亲一样把弟弟喂养大,并供他上学,使其有能力谋取好职业。

弟弟成家立业后,不忘兄嫂的抚养之恩,经常来看望兄嫂。兄弟俩的深情厚谊,受到全村人的称赞。

千百年来,下支自然村的百姓出门,要涉水渡过双庙溪,该溪流宽 100 多米,由于造木桥易被洪水冲垮,村里只好在溪面上修碇步桥。但是,碇步桥也经常需要维修,费钱费力。

2000 年,当时的下支村"两委"决定建造水泥大桥,解决村民出行的交通困难。

由于村集体没有资金,就连大桥的设计费用,还是村干部向别人借来的。因此,村民们担心由于村里没有钱,这座水泥大桥造不起来。

大桥建设工程开始投标后,村民们看到村"两委"为民办实事的造桥决心,于是同意村"两委"把村属的 1 块溪滩地出租,得到承包款 7 万元。村"两委"拿这 7 万元钱作为造桥启动资金。但造桥需要 40 万元,钱不够,怎么办? 村"两委"发动村民捐款,每人捐助 300 元。

2000 年 10 月,110 米长、4.5 米宽的钢筋水泥大桥建成后,村民们兴高采烈地参加大桥开通仪式。大家得知造桥还有许多欠债,又纷纷捐款。

应宝华家中儿女多,却只有 1 间旧屋,居住和生活都十分困难,但他也捐了 200 元钱。

常说:"嫁出去的囡,泼出去的水。"对下支自然村来说,女孩出嫁后,就不是村里的人了。但是,下支自然村大部分嫁出去的妇女都回来捐款,为建桥贡献财力。

有情有爱的村风民风,与"为人民服务"的初心融为一体,村"两委"班子在村党支部的领导下,掀起了新农村建设的热潮。

2015 年初,括苍村把新农村建设工作提上了议事日程。当时村干部都同意建设新农村,但是怎样建,形成了2种不同的意见。第一种意见是由老百姓自行建造,而村党支部主要领导提出第二种意见:由村"两委"出面统一建造。他认为统一建造时效性强,建设进度能够把控,而且可以做到统一房屋高度、统一结构、统一外墙景观。

但是,少数村干部认为,统一建房好是好,就怕管建房的村干部从中牟利。

为了消除群众的担忧,由村民选出村建房领导小组。小组成员反复听取广大群众意见,制定木工、泥水工、钢筋工的收费标准。为了让农户更放心,小组采购建房材料时透明公开,货比三家,采购哪家材料由群众说了算,干部不参与选择。

经过3年的不懈努力,2017年10月,300多间统一外立面装修的楼房全部竣工。2.5间户型的楼房总费用仅230400元,2间户型的楼房总费用仅187000元,1间户型的楼房总费用仅109000元。村民们看到这样低廉的建造费用,都非常开心。

择房时,村"两委"采用抓阄的方法,村民们在半天时间内全部完成择房。

2017年过年前,村民们欢天喜地住进了新房。

2018年6月,括苍村被仙居县委、县政府列为精品村建设项目,村干部齐心协力,分工明确,在短短6个月时间内,完成村内道路和景点打造,生态停车场道路全部铺上石板或建成柏油路。2018年底通过达标验收,宜居的美丽新农村崛起,成为亮丽的风景线。

如何做好括苍村新农村建设的后半篇文章?新上任的村党

支部书记许志翔认为,要挖掘地域文化,用文化赋能,做好研学产业,振兴括苍村经济。

许志翔大学毕业后在外闯荡,他开过奶茶店,又在温岭开过家具店,后来又到温州开了家面积达到 4000 多平方米的家具店,年收入很可观。

2020 年,他回家过年时,了解到村里虽然建设得很好,但年轻人都出外做生意或打工,在家的大都是留守老人和留守儿童,他觉得应该吸引年轻人回乡创业。

2020 年 8 月,他以身作则,回村竞选村干部,决心为括苍村发展做出应有的贡献。当他高票当选村党支部书记和村委会主任后,他知道这是村民们对他这位年轻人的信任和期望。他把温州的家具店交给妻子打理,自己全身心投入村里各项工作中去。

许志翔以年轻人特有的敏锐,利用互联网平台,发展研学文旅产业,吸引汉青染坊、仙居县机器人协会、吴先金根雕工作室进驻括苍村。

他又与丽水有关部门签订了合作项目,丽水 1 年组织 4 万人次来括苍村进行研学活动。他还借助于海亮明康汇生态农业基地近在咫尺的地缘优势,与该基地积极对接,发展研学教育、特色农产、农耕体验等产业,助力共同富裕。

2022 年 8 月,括苍村"两委"班子研究决定,在村旁一个得天独厚的小山顶上,开辟出 3000 多平方米的天文露营基地。这一基地吸引了许多年轻人前来露营观光,带动了括苍村的民宿经济发展。

2022 年 10 月,由浙江省妇联、省农业农村厅联合开展的全省美丽庭院特色村评选结果公布,括苍村成功入选。这是对新一届村"两委"班子不懈工作的肯定。

目前,括苍村又在紧锣密鼓地建设翁森文旅综合体,占地150 亩,建筑面积达 4000 平方米,以此进一步打响翁森文化名人品牌,强化文化赋能,推动乡村振兴。

大学生许志翔回乡建设新农村,村民们觉得他的这种情怀是一种大孝,于是都积极支持他的工作,大家对括苍村新农村发展也充满新的期待。

第三节　新表门村的故事

"去安岭，看一场七月七盛会！"

在农历七月七日的前几天，仙居摄影微信群中，大家打出的都是这句话，而且还在这句话的后面连发 3 朵花或 3 个笑脸的表情。大家表现出的兴奋劲，仿佛一个个还处在单身状态的大龄男子要去安岭寻找"神仙妹妹"。

安岭，位于仙居最西部，平均海拔 450 米，距仙居县城 78 公里，距台州市中心 173 公里，位于台州、温州、丽水 3 市地的交界处。这里是浙江省第三大河椒江的源头，空气清新，民风淳朴，物产丰富，方言独特，风俗殊异。

说起安岭独特的方言，举个例子，比如"吃"，当地百姓不说"吃"，而说"食"。吃饭，叫"食饭"。

在古汉语里，"食"既用作名词，表示"饭食、粮食"的意思，也用作动词，表示"吃"的意思。如苏洵在《六国论》中写道："吾恐秦人食之不得下咽也。"句中的"食"，就是"吃"的意思。

因此，到安岭听当地百姓跟你打招呼："食过了吗？"感觉别有一番古韵。

安岭具有特色的风俗,要数七月七庙会了。每年农历七月七日,安岭乡各村会组织起十八罗汉、三十六行、跳跳马、铜钿鞭、花鼓等民俗表演,仙居、缙云2县周边各村百姓会蜂拥前去观看,年年都会出现人山人海的盛况。

其中十八罗汉和三十六行表演最具特色,让人百看不厌。

十八罗汉,又称“叠罗汉”,是一种集杂技、武术、舞蹈于一身的民间艺术表演。参与表演的少则60人,多则上百人,每人头包红头巾,上缀会摇晃的3个小红球,身穿白色衣衫,裤子与头巾是相同的红色,扎白色绑腿,穿白色鞋子。大家组成大刀队、盾牌队等11支队伍,排成十八罗汉阵,摆出梅花阵、四柱阵等10多个阵容,打斗场面惊险刺激,非常有气势。

十八罗汉表演,让人惊叫连连。其中有一项表演,第一层手挽手站着一圈小伙子装扮的罗汉,第二层罗汉站在第一层罗汉的肩上,依次层层上叠,第五层是只有四五岁年纪的小罗汉,头戴花帽,身穿花衣,手执红色拂尘,坐在第四层的罗汉身上,摇摇晃晃,观众看得心惊胆战。十八罗汉表演项目起源于南北朝时期,表演中蕴含了祈求风调雨顺、国泰民安的美好愿景。

三十六行民俗表演,是由众多村民穿着各行各业的特色服装,拿着各行各业的道具,边走边唱,边唱边舞。其说词和唱词一般是方言俗语的顺口溜,通俗易懂,明白晓畅,幽默风趣,寓教于乐,歌颂劳动光荣,鞭挞不劳而获。此表演形式深受人们的欢迎。

在安岭乡一年一度的农历七月七庙会上,由来自新表门村等村的村民表演三十六行,来自上宅村等村的村民以表演十八罗汉为主。150多名演出人员，当天早上6点就在安岭的茶叶市场开始表演。接着，大家沿路到各村演出，不辞辛劳，午饭在路上吃干粮，表演持续到下午三四点钟结束。

据了解，在农历七月七前夕，许多在外经商或打工的安岭青壮年都会回来，积极参加十八罗汉和三十六行表演，这2项民俗文化由此得以代代传承，并被列入台州市非物质文化遗产。

新表门村村民尹寿高接受笔者采访时说："安岭一年一度的七月七庙会，传承了传统民俗文化，起到了聚人气、聚人心和宣传教化作用。"

尹寿高是新表门村的文化人，1969—1972年，他在石长坑水库建设指挥部分管宣传工作，1972年在安岭乡广播站工作，1973年在安岭乡文化站工作，1976年回到村里当干部。这么多年来，他从事文化工作很有感悟，认为农村的文化滋养很重要，特别是弘扬优秀的慈孝传统文化，能促进社会风气向好的方向发展。

"我们村的村名就是村民行善的见证。"尹寿高自豪地说。

《尹氏宗谱》中记载的村名来历的故事很感人。

话说明朝永乐年间，天下大旱，田地颗粒无收，安岭有位名叫尹如钫的富户，毅然拿出家里大量的粟米赈灾，救了一方百姓。皇帝得知此事，为表彰他的善行，敕命在村口建牌坊旌表。此后，文官进此牌坊下轿，武官进此牌坊下马，以示对尹如钫行善的敬意。人们称此牌坊为"表门"，后来此村被称为"表门村"，村名一直沿用至今。2018年，新官村和表门村合并，取名为新表门村。

　　四乡八里,世世代代的人们一说起这里,便会传颂尹如钫输粟赈灾的善行。这种大善大爱的美德,润养着乡风民风。

　　在新表门村,人们说起尹熙元照顾继母的事迹,都十分感动。尹熙元的继母嫁过来后,生了1个女儿。由于尹熙元亲生母亲过早亡故和家境困难等种种因素,尹熙元等到同父异母的妹妹长大成人后,他年纪也大了,很难娶到妻子。与他同母的哥哥成家后分了家,家境也不富裕,妹妹出嫁在外。淳朴善良的尹熙元为了减轻哥哥的负担,主动担负起照顾继母的重任。继母在77岁那年生病后,他和妹妹一直细心伺候,给她买好吃的,陪着她聊天解闷,极尽孝道。在继母从生病到去世的3年多时间里,他烧饭洗衣、端屎倒尿,没有流露出一点厌烦的情绪。

　　尹熙元照顾继母的孝行感动了侄子尹国友。2020年,70多岁的尹熙元摔倒造成股骨骨折,卧床不起。尹国友夫妇主动照顾起尹熙元的生活,直倒他82岁去世。

　　担任新表门村会计的尹培标,向笔者介绍说:"我们村百姓一直以来有尊老爱幼的好风气,村里也采取各种方式推动慈孝文化建设,比如在重阳节这天,村里会给全村60岁以上的老人每人送价值100多元的物品,有大米、食用油、香菇等。在重阳节这天,在外经商办企业的乡贤,也会给村里的老人们送温暖,给老人送大米、水果、饼干、棉被、衣服,并给老人免费理发、修理家用电器。"

　　新表门村还开展评选好媳妇活动,推动"慈孝仙居"建设。

　　50岁的曹爱珠,每天对公公、婆婆和声细语,不时给公公、婆婆送吃的穿的,还给老人零用钱。老人生病时,她细心陪护,不怕累、不怕脏,受到左邻右舍的称赞,她被大家评为新表门村好媳妇。

曹爱珠对公公、婆婆孝顺,也带动了下一代行孝。她的女儿尹阿芬嫁到椒江杜桥,每次回来,都买来好多东西送给长辈,对长辈的关心孝顺,情真意切。

村民尹祖礼在家照料父母10多年,被人们称为大孝子。

尹祖礼是新表门村新官自然村人,他的父亲在59岁那年,感觉吃饭下咽困难,尹祖礼便带着父亲去医院检查,结果发现患了食管癌,所幸不是晚期。尹祖礼和哥哥根据医生的建议,给父亲动了手术。但从此父亲体力不支,无法劳动,尹祖礼便和哥哥尹祖信一起供养父亲。

尹祖礼的父亲在73岁那年,走路时不慎跌伤了右腿,从此整日卧床,生活不能自理,一日三餐靠尹祖礼夫妇送到床前。

端屎端尿,换洗衣服,洗澡翻身,背着老人到门口晒晒太阳、透透气,尹祖礼夫妇做这些细细碎碎的事,一做就是10多年。

常言道:"久病床前无孝子。"这句话的意思是,父母病重卧床时间太久,原本孝顺懂事的儿女因为要挣钱养家糊口,或者因身心劳累,而出现经济、时间和精力的不济,因此在服侍久病的老人时,或多或少会产生厌烦的情绪。

10多年来,左邻右舍从来没有发现尹祖礼夫妇对老人有怠慢的言行。

尹祖礼夫妇照顾卧床的父亲已是疲于奔命,不料年事已高的母亲突然中风,全身瘫痪。在医院经过1个月多的抢救治疗,老人能吃饭,也会说话了,但是下半身瘫痪,无法行走。老人出院后,尹祖礼夫妇把母亲接回家赡养。由于老人大小便失禁,每日吃得多,大小便次数就多,一日大小便竟达 10 多次。尹祖礼夫妇每天照顾卧床的父母,忙得脚不沾地。

尹祖礼给母亲喂饭时,母亲流泪了,她说:"爹和娘拖累你们了!"

尹祖礼说:"都说养儿防老,我们照顾你们是天经地义的事。再说,哪个儿女不是父母一把屎一把尿拉扯大的?"

老母亲中风 7 个月后去世,尹祖礼虽然悲伤不已,但不能整天陷于悲伤之中。因为,他和妻子及哥哥一家还要服侍卧床的父亲。父亲平时需要什么,他们便买什么,千方百计让父亲吃得好、心情愉快。老人活到 88 岁去世。

村里人都说:"没有尹祖礼和妻子及他的哥哥一家的精心照料,老人哪能活到这么大的年纪?"

尹祖礼赡养父母的事迹得到各级各部门的肯定,他获得 2012 年第一届台州市"十大孝贤"等荣誉。

笔者还了解到,在七月七庙会十八罗汉和三十六行等民俗表演中,有一些人就是出于孝心回来的。因为父辈年龄大了,体力不支,子女把父辈替换下来,把民俗表演继承下来。

新表门村有良好的慈孝基础,村里矛盾就少了。20 多年来,村里的矛盾纠纷案件很少出过村。

第十章　志愿精神在乡村闪光

第一节 "老娘妗"工作室的故事

2022年5月3日晚上，王丽华吃过晚饭，洗刷了碗筷，便来到村办公楼"老娘妗"工作室，像往常一样开始办公。

在农村，村民白天都忙着做各种各样的活计，不着急的矛盾纠纷，都是趁着晚上空闲的时候到"老娘妗"工作室请求帮助解决的。

王丽华是安洲街道岭西村妇联主席、岭西村调解委员会"老娘妗"工作室调解主任。

王丽华来到办公室不多久，便见将近70岁的张婶抹着眼泪走进调解室，张婶说："我想想做人没有意思了……"

王丽华见张婶这副委屈模样，便马上扶她坐下，给她倒了杯开水，然后说："别着急，有什么事慢慢说。"

张婶便一五一十地把心里的委屈向王丽华倒出来。

原来，张婶与儿媳妇闹了家庭矛盾，她说儿媳妇有时不理她，有时对她讲话粗声粗气。她认为在家里劳作，付出好心却没有得到回报，心里觉得委屈。

王丽华知道，张婶与儿子住在一起，她儿子在新农村改造中刚建了新房子,经济压力大。儿子建新房前,已生了1个女儿,住进新房子后又生了双胞胎女儿,儿媳妇在家带孩子忙得不可开交,有时可能对老人说话欠委婉。

人年老后,会出现一系列生理功能衰退的现象,如视觉不明、听觉不灵、记忆力下降,有时会主观臆断别人在背后议论自己,排斥、冷落自己。还有少数老年人,会对邻居和子女的一言一行斤斤计较。

在农村,婆媳矛盾是家庭主要的纠纷,如果得不到及时的调解处理,矛盾纠纷就会越闹越大,演变成波及整个家族的大矛盾。

而调解村里的这类矛盾,王丽华的"老娘妗"工作室就发挥了很大的作用,因为同是女性,容易沟通。

王丽华知道张婶心里的委屈后,便好言好语对张婶夸赞了一番:"您把儿子拉扯大,又为儿子娶了老婆,真的受了不少苦,有功劳有苦劳,很不容易!村里新农村改造,儿子造新房时,您忙前忙后也帮了不少忙。住进新房后,喜事连连,您儿媳妇又给您生了双胞胎孙女。为带3个孙女,您出了不少力,我们都看得见。"

张婶听王丽华这么一说,情绪得到极大的安抚,脸上露出一丝笑意,说:"是啊,是啊,我整天都忙呢!出力呢!"

王丽华笑了笑,接着说:"做儿媳妇要多孝敬婆婆,要让您吃好、穿好。"

"吃、穿,儿子和媳妇对我都是好的。"张婶说。

"我跟您儿媳妇说说,要她和您多交流感情,说话不要急躁,要把婆婆当作自己的亲娘对待。"王丽华接着说。

张婶笑了，她说王丽华这些话一句句都说到她的心里去了。

于是，王丽华话语一转，说："话说回来，做婆婆也要有做婆婆的样子，不要总是在儿媳妇面前摆婆婆的架子，对待儿媳妇也要像对待自己的女儿一样关心体贴。要多看到儿媳妇的长处、生活的难处，多尊重儿媳妇的意见。年轻人的生活方式、思想观念与老一辈不一样，不能要求年轻一辈必须按照我们老一辈的生活习惯办事，该放手时要放手。说到底，婆媳相处，双方都要调整好心态，摆正婆媳的角色，多沟通、多体谅、多关心，婆媳关系处理好了，一家人都高兴，也会赢得大家的尊重。"

张婶不断点头称是。

王丽华最后说："现在您家人丁兴旺，美滋滋地住着新房子，日子一天比一天好，不要动不动就说'做人没有意思了'，要长命百岁，享受老来福！"

"好好，我听你的，要健康长寿，享受老来福！"张婶说着，心情愉快地离开了"老娘妗"工作室。

像张婶这样抹着眼泪进入"老娘妗"工作室，最后心情舒畅地走出工作室的事例，有很多很多。

村民都说"老娘妗"工作室化解了不少村民间的矛盾纠纷，大家都说王丽华能干。

1968 年出生的王丽华，是安洲街道直屋村人，她高中毕业后在官路麻纺厂上班，与来自西周村的同厂职工吴增远相识相爱。她 23 岁时结婚，来到西周村生活。

结婚后，王丽华对公婆孝顺，对小叔子一家关心帮助，与村民和睦相处,为人热情,处事公平公正,受到人们的好评。1997年,她加入中国共产党,以党员的标准要求自己,积极为村民服务,做出自己应有的贡献。

1995年,王丽华的丈夫吴增远当选为西周村委会主任。2013年,西周村与岭下彭村合并为岭西村,吴增远当选为村委会主任。作为主任家属,王丽华大力支持丈夫的工作,不但成为贤内助,而且在村"两委"的支持下,挑起村里调解矛盾纠纷的重担。

合并后的岭西村,正处在新农村建设的发展期,难免会产生一些矛盾和纠纷。2014年,王丽华牵头成立了仙居县首个矛盾纠纷调解工作室——"老娘妗"工作室。这个工作室团队,由王丽华等5名村妇联执委组成,她们在把村里矛盾纠纷解决在萌芽状态方面,发挥了积极的作用。

2019年10月,仙居县清理"一户多宅"在岭西村西周自然村搞试点。清理"一户多宅"和新农村改造相结合,拆旧房的补偿、建新房的按人口数安排屋基,这些政策经过大家讨论,也一致通过。但是清理"一户多宅"和新农村改造,牵涉到许多村民的切身利益,许多矛盾纠纷也由此滋生。

有的村民对拆旧房存在抵触心理,害怕拆掉旧房子,不知什么时候才能造新房子,大家存在观望态度。

当时,担任岭西村村委会主任的吴增远跟妻子商量,准备带头拆房。王丽华同意丈夫的想法,给予大力支持。她想,自家房子先拆,可以消除村民的许多顾虑。

2019年11月20日早上,虽然天气晴朗,但是冬日的寒冷严实地裹住村庄,村民们大多没有下地。

这时挖掘机轰隆隆地开到王丽华家的厨房前,她的丈夫吴增远指挥着挖掘机驾驶员开挖自家的厨房。

"主任家拆房了!"

"丽华家拆房了!"

村民们口口相传吴增远家拆房的消息,许多人跑来看真假。果然,大家看到高大的挖掘机在拆除吴增远家的厨房。大家看到这种情景,知道村里下决心、动真格了,便都回家收拾东西,准备接受拆房的现实。

村"两委"在开展"一户多宅"清理工作和新农村建设过程中,采用分批拆除旧房,分批安排新建屋基的办法推进。

根据旧房征迁腾出的地基面积,第一批可以安排 17 户重建新房。村民们谁都想早安排新建屋基,早建新房,早享受,早安逸。

谁会被安排在第一批新建屋基的名单中? 大家议论纷纷。

村干部和村民都知道,这事如果搞不好,便会产生极大的矛盾。

时任村委会主任的吴增远又跟妻子王丽华商量,虽然自家房子先拆除,但是新房等到最后一批建造。

王丽华对丈夫先人后己的想法给予积极支持。

夫妻俩还动员自家的 5 户亲戚,也等到最后一批安排新建屋基。

吴增远、王丽华夫妇如此姿态,令村民对他俩心生敬意。

接着,村"两委"着手研究第一批新建房屋的 17 户人家,并进行一户户排摸,让最急需解决住房问题的困难户先建新房。

李亚芬和丈夫及一儿一女 4 人常年住在 2 层旧房里,每层只有 24 平方米,一家人住起来十分拥挤。

王秋梅一家住在三十六头坦自然村,丈夫早亡,女儿和儿子都已 20 多岁,1 间 1 层的房屋不但难以住下 3 个人,而且房屋还经常漏水,他们只好租住在炉兴自然村,而且一租就是好多年。

像李亚芬、王秋梅这种有住房困难的家庭,经过村"两委"认真排摸评议,列入第一批安排新建屋基名单。

为避免新建屋基地段安排产生矛盾纠纷,村"两委"决定采用农村认为最公平公正的"抓阄"法,各家各户"抓阄"抓到哪处地基,就落实在哪处。

如此一来,对于第一批 17 户新安排的地基,大家没有半点意见。

2020 年 1 月 18 日,是农历腊月二十四日,也是南方的小年。这一晚,家家户户忙着过小年。而王丽华草草吃过饭,早早来到"老娘妗"工作室。她知道,近期由于开展"一户多宅"清理工作,村民对房屋丈量面积的异议、村民与村民之间有关公共面积划分的争议时有发生,大家都会来到"老娘妗"工作室,希望进行调解处理。

这一晚,住在老台门的 10 位村民涌进"老娘妗"工作室,要求王丽华给评理裁决。

王丽华经过了解知道,他们居住的旧院子需要拆除,院子里有 1 间"堂前",一直以来是院子内住户公共使用的场所。"堂前"2 边厢房的住户,认为"堂前"地基的平方数应划归他们所有;而院子里的其他住户认为,"堂前"既然是公共场所,那么"堂前"所属地基的平方数应由院子里各户平分。

面对这个"公说公有理,婆说婆有理"的纠纷,王丽华让他们各方充分表达自己的观点,进行辩论,自己也进行劝说调解。

经过2个多小时的调解协商,王丽华认为,如果把"堂前"的公共使用面积划分给2边厢房的住户,按"一户一宅"人口标准安排新屋基,也增加不了多少使用面积。既然都是世代居住在一起的邻居,那就不要为了争这一点宅基地面积而闹意见,伤了情面。她说:"双方当事人都在这里,大家都发表发表意见,以少数服从多数的原则解决此事。"

最后,"堂前"的宅基地面积划分纠纷以院里各住户分摊的方案解决。大家对这一处理结果表示满意。

在新农村建设中,有些村民由于家庭困难,无钱建新房,宁愿居住在破旧窄小的旧房里,也不愿意拆旧建新。王丽华和村干部一起,一次次去做村民的思想工作。她说,建房遇到的经济困难是暂时的。

在一些村民拆旧房建新屋遇到经济困难时,王丽华积极给予他们经费支持。

方婶的丈夫已亡故多年,24岁的大儿子在外打工,20岁的小儿子还没有工作,她家有2间老屋,包括1间2层楼、1间1层楼,由于家庭困难,她家不愿拆房子。村里干部多次做思想工作,她一家才同意拆旧房建新屋。

方婶借了钱,建造2间3层的新房,在盖房顶时,资金不足。王丽华得知这一情况后,马上借给她1万元钱,帮助她解决一时的经济困难。

2020年11月,村"两委"换届,吴增远当选为村党支部书记、村委会主任,他肩上的担子更重了。王丽华感到之后更需要她当好贤内助,做好"老娘妗"工作室的调解工作。

王丽华一家的主屋在2021年8月拆除,他们夫妻和一儿一女无处居住,想住到相邻的岭下彭自然村的朋友家。

得知消息的王秋梅便跟王丽华说:"我家造房子,多亏你们的帮助。现在我家房子造好了,你们就住到我家好了。"

在王秋梅的真诚邀请下,王丽华夫妻住到王秋梅家1楼靠北的房间中。王丽华要给她房租,王秋梅拒收房租。

张婶也邀请王丽华的儿子和女儿住到她家里,她把2楼、3楼各留1个房间给他们暂住,也不要房租。

王秋梅和张婶的好心好意,让王丽华深受感动,她对王秋梅和张婶深表感谢。

王秋梅和张婶说:"是你们的无私帮助,才使我们住上这么漂亮的洋房,我们应该感谢你们才对!"

王丽华深深地感到,村民们是淳朴的,只要你真心无私地帮助他们,他们都会记着你的好。

自2014年"老娘妗"工作室成立将近10年来,王丽华的确是用心用情为村民排忧解难、调解纠纷,得到了各级各部门的肯定。她荣获仙居县"三八红旗手"等荣誉称号,并当选为台州市第六届人大代表。

岭西村也获得台州市级文明村、台州市民主法治村等荣誉。

第二节　志愿服务蔚然成风

　　响岩村是步路乡的"北大门",地处永安溪畔,仙居至温州的省道仙清线穿村而过。这里不仅是步路乡的门面,也是仙居县旅游的窗口,金台铁路上的仙居南站离此地不远,永安溪漂流的起点就在这里。永安溪曾获"长三角十佳漂流景点""浙江省十佳运动休闲湖泊"等荣誉,每年都有大量的游客钟情于永安溪漂流。响岩村的木口湖地段是著名的影视拍摄基地,《长津湖》《建军大业》《兰陵王》《花千骨》等多部影视作品都在此取景拍摄。

　　响岩行政村由响岩、乌上、木口、西门、上余、毛头岩、大棚、大岩地8个自然村组成,全村有1500多人,大部分青壮年外出经商或务工,大多开干洗店、小吃店或养虾,在家的村民栽种杨梅等水果,全村有杨梅300多亩。

　　要管理好分散在永安溪畔的这些自然村,推进新农村建设,必须有团结干事的村"两委"班子。

　　2020年12月,响岩村"两委"换届后,干部团结,工作积极性高,新班子呈现出新气象。而且响岩村志愿服务很有特色,推动了全村各项事业蓬勃发展。

陈卫自豪地说："响岩村民风好,村民对老人都很孝顺!"陈卫于 2020 年 12 月当选为村党支部副书记、村监会主任,2021 年 12 月担任村党支部代理书记,主持村党支部工作。

说起晚辈对长辈孝顺,周仙兰是村民们交口称赞的好媳妇。

周仙兰在 21 岁时嫁给西门自然村的王建正,她与公公、婆婆,以及王建正的弟弟、妹妹从没有吵过架,相处得非常融洽。她的公公 70 多岁时患了肺癌,住了 1 个多月院,她和丈夫及其弟妹一起在医院陪同服侍。公公出院回家后,她悉心照料公公 3 年多,直到公公去世。周仙兰的孝顺,受到大家的赞赏。

陈卫说："在我们村,照顾老人和小孩,大家认为是天经地义的事。"

其实,陈卫自己就是孝子。他父亲 84 岁、母亲 82 岁,父亲原来在企业上班,退休后,父母就住在城里。平时,陈卫经常去看望 2 位老人,给他们送吃的、用的。前不久,他的父亲住院 1 个星期,夜里陈卫去陪护,白天他哥哥去陪护,兄弟俩不辞辛劳地照顾老父亲。兄弟俩认为照顾父亲是做儿子应尽的责任。

对父母有爱心、有责任心的干部,对村民也会有关爱之心。

2020 年,有一天,陈卫在西门村检查工作时,得知村里有位 78 岁老人所坐的轮椅被洪水冲走,老人没有了代步工具。老人因中风致使无法行走,全靠轮椅代步。由于家里困难,没有钱重新购买轮椅,老人出行不便。

陈卫知道这一情况后,便马上与乡干部联系,以临时救济的方式,为老人争取到购买新轮椅的资金。

响岩村有慈善志愿服务的好传统,奉献精神如村边的永安溪水一般不息流淌。

例如,周伟洪就是响岩村村民交口称赞的好人。

现年 50 岁的周伟洪,是响岩村上余自然村人,他从小就受到父母行善的影响。他记得小的时候,来村里讨饭的人比较多,父母对每个讨饭的人都非常同情,家里有什么吃的,便装了满满一碗送给讨饭的人吃。父母常跟他说:"不是到了在家日子过不下去的时候,谁愿意出门讨饭啊!凡是有人来到家门口讨饭,都要和和气气送给他们吃的。"

2003 年,周伟洪在仙居城关开办了仙居广生堂商贸有限公司,成为脑白金、强力神、养生堂、三勒浆、森山铁皮枫斗等产品的台州地区总代理。

2008 年,公司经营刚有起色时,周伟洪得知汶川地震的消息,马上捐了 1000 元善款。

2013 年,周伟洪参加仙居县城东企业群志愿服务队,成为一线队员。他每周与大家一起到地处城东的盂溪周边开展巡查、捡拾垃圾,并劝导在盂溪两岸行走锻炼的市民讲文明、讲卫生,以保持盂溪溪美水清。周伟洪参加这样的志愿服务工作,风雨无阻,从不间断。

同时,周伟洪还加入仙居县阳光义工协会,积极开展助学结对、消费维权、敬老服务等志愿服务工作。

如今,周伟洪成为仙居县阳光义工协会会长、仙居县社会组织代表人士联谊会副会长、仙居县政协委员。这些年,他个人在志愿服务方面的支出物资与现金达 30 多万元。仙居县阳光义工协会荣获浙江省十大微感动人物(团队)等荣誉,其项目荣获浙江省首届志愿服务项目大赛优秀项目等荣誉。

周伟洪不光致力于全县的志愿服务工作,也不忘桑梓情怀。从 2020 年开始,在重阳节这一天,周伟洪便会向响岩村 60 岁以上的 300 多位老人每人赠送黄芪生脉饮或驼乳粉等价值 100 元的营养品。他每年赠送物品的总价值达 3 万多元,已连续赠送了 3 年。他的这种爱乡敬老的爱心之举,受到村民的高度称赞。

从村"两委"的层面来说,在响岩村党支部每个月的党员学习日,大家把学习党的文件政策与义务开展环境整治活动结合起来。上余自然村由于正在开展新农村拆建工作,村民房屋腾空后,垃圾较多,乱搭棚、乱堆放现象严重。党员们清理出垃圾 20 余车。

在步路乡党委、政府和响岩村"两委"的大力支持下,响岩村蓝天志愿服务队成立,队员有 50 多人。

响岩村村民张春弟,是从事建筑工程的乡贤,也是仙居县人大代表,他向蓝天志愿服务队捐了 2 万元。

仙居县阳光义工协会会长、响岩村乡贤周伟洪认为:"志愿服务,既是爱心的体现,也是自律的过程。志愿服务,增加了人们的道德感,会有效促进村风民风的改善。"他积极支持蓝天志愿服务队的成立,捐了 1 万元作为服务队的工作经费。乡贤叶子群也捐了 1 万元。服务队用这些资金,购买了志愿服务队的蓝马夹及捡拾垃圾的工具,还有茶杯等。

蓝天志愿服务队成立后,强化对地处永安溪漂流码头的西门自然村和永安溪沿岸环境卫生的维护,清扫门前屋后和漂流码头停车场的垃圾。漂流码头停车场客流量大,有的游客将餐巾纸、方便面盒随意乱扔,以致停车场成为垃圾场。

蓝天志愿服务队的工作极大地改善了村里的环境卫生状况。现在村民也慢慢自觉地搞好房前屋后的环境卫生。大家感到环境变美了,游客脸上的笑容也多了。

通过开展志愿服务活动,西门自然村的邻里关系得到极大的改善,村里的多个项目建设也争取落地,新农村房屋外立面改造项目向县里争取到 200 万元资金,300 万元的精品村建设项目资金也争取到位。

村民们看到一个个建设项目实施,感到很高兴,有 10 多户村民开始装修房屋,准备开办民宿。

2022 年 6 月 3 日,端午节,响岩村的低保户和老人们高兴得合不拢嘴,他们感受到浓浓的孝爱之情。

这天,陈卫和村文化礼堂的管理员掏钱买来包粽子的材料,和村民们一起包粽子。村"两委"班子成员一起去慰问低保户,给他们送上粽子及礼物。

这一天,周伟洪带领仙居县阳光义工协会、步路乡社工站的 20 余位成员来到响岩村,开展"关爱夕阳红、孝善敬老行"义工活动。有的义工给村民理发,有的义工给村民测血压、测血糖,有的义工给村民维修家电,还有的义工给老人配老花眼镜。

周伟洪个人出资向村里老人赠送了麦片礼盒、西洋参胶囊、核桃粉等价值 1 万多元的物品。他还拿着价值 1 万多元的黄芪生脉饮等补品,慰问全村 50 位 80 周岁以上的老人、15 位孤寡老人、20 位生活困难的村民。

仙居县十五届一次党代会提出打造"智造仙居""康养仙居"

"温暖仙居""大气仙居"的战略目标,响岩村"两委"班子成员,在步路乡党委、政府的指导下,认真贯彻县党代会精神,努力弘扬"谦恭有礼、甘于奉献、为人利他"的大气包容精神,强化志愿者队伍建设,促进邻里和睦和环境整治工作的有效开展。

村干部和乡贤的孝行爱心,不但让全村老人们感到节日的温暖,而且是一次润物细无声的对孝德善行的弘扬和宣传,有力地促进了村风民风的改善。

台州市档案馆派驻步路乡响岩村农村的工作指导员卢珊感慨地说:"响岩村党员干部、村民、乡贤的志愿服务,有力地促进了响岩村干部的团结、干群关系的改善,在基层治理中走出了新路子。"

第三节　全国敬老模范的大爱

官路镇萍溪村离仙居县城 11 公里,台州通往金华的 35 省道公路穿村而过,永安溪在村南自西向东静静流淌。

萍溪村人口达 4000 多人。萍溪村历史上出过响当当的人物,南宋开禧元年(1205),温良敦厚的胡谦获"科举武榜第一人",当地百姓称他为武状元。

如今,几十年如一日做好事的胡卫明成为萍溪村的名人,仙居百姓对他赞不绝口。

记得 2014 年 4 月的一天,笔者来到萍溪村老年人协会副会长胡中敏家采访,向他了解胡卫明扶老帮困的事。80 多岁的胡中敏爽朗地笑着说:"卫明在村里热心帮助老人、小孩,大家都说他好。谁家有困难,叫他一声,他不管多忙,都会马上放下自己的事来帮你解决。我至今还记得卫明说过的一句话,'我的父母不在了,村里的老人就是我的父母……'"

胡中敏说起 10 多年前的重阳节,村老年人协会召集全村老人欢度节日,胡卫明拿着苹果等礼品前来慰问。老人们纷纷说:"卫明啊,你私人拿钱买东西送给我们,我们心里过意不去!"

胡卫明诚恳地跟老人们说:"我的父母不在了,村里的老人就是我的父母。重阳节送点东西给大家,是表表我对村里老人的心意。今后大家有困难说一声,我能做到的,都会尽力帮忙!"

胡中敏跟笔者说:"这10多年来,胡卫明说到做到。他真是好人,是难得的好人!"

胡中敏的老伴娟钊指着房门呵呵笑着跟笔者说:"这扇门是卫明前几天送给我们的。我们跟卫明说,门坏了,请他帮忙修一修。卫明来看了后,说旧门不能修了,他就送来了这扇门装上去。村里许多人家的门窗都是他义务修理的。"

娟钊老人指着胡中敏激动地说:"他的这条命,还是卫明给救回来的!"

胡中敏神色凝重地说:"是啊,是啊,那次如果不是卫明及时帮忙,我的老命恐怕就保不住了。"

胡中敏老人记得,那是2009年下半年的一天下午,他突然吐血不止。老伴娟钊急忙打电话向胡卫明求助。当时胡卫明开着面包车去城里办事,车子已到离村子三四公里远的新桥村,他接到电话后马上调转车头驱车来到胡中敏家,迅速把胡中敏送到仙居县人民医院抢救。接诊的医生说:"真是险哪,再晚点就难救了!"

过了1年,胡中敏又突然吐血,也是胡卫明及时把他送到县城医院抢救的。

胡卫明热心地帮助胡中敏一家,也是这样热心地帮助村里所有人的。

有一年大年初一早上,天色还一片漆黑,正在睡梦中的胡卫明被急促的敲门声和喊声吵醒。

"卫明,卫明,赶快起来！赶快起来!"胡卫明听出来是胡山富在着急地喊叫,急忙穿好衣服开门出来。胡山富一把拉着胡卫明的手说,他的儿媳妇要生了,请胡卫明帮帮忙,赶紧开车送她到县城医院……

胡卫明二话没说,急忙把面包车开到胡山富的家门口,家里人急匆匆地把产妇抬上车。他们说:"马上要生了,把车开快点!"

胡卫明开的车子刚进城,孩子便出生在车上,而且刚出生的孩子没有一点儿哭声,把一家人吓坏了。

"赶快提起孩子的脚,在背上拍几下!"胡卫明一边开车,一边大声说。

胡山富家人按照胡卫明说的去做,孩子"哇"的一声哭了出来。

车子开到仙居县妇幼保健院门口,胡卫明停住车,首先冲进医院门诊楼,大喊着:"医生救命啊！救命啊!"

值班医生和护士听到这样急切的呼喊,纷纷冲出来,把产妇和孩子抬进去抢救。

胡卫明得知大人和孩子都脱险了,才回到车上,看到车厢内都是血。他本想开车到洗车店清洗,转念一想不合适,便把车开回来自己清洗。

洗车时,村里人得知胡卫明紧急送产妇去医院,问他说:"有没有想到产妇会把小孩生在车上?"

胡卫明说:"救命要紧,哪里会想这么多!"

事后,村里人都夸胡卫明难得,也都说胡山富当时找胡卫明找对了。

胡卫明帮老助困做好事,从十三四岁就开始了。他家的台门院子里,有2位孤寡老人:1位名叫胡传芋,他有个女儿,但远嫁在杭州;还有1位名叫胡红旗,是个哑巴,其女儿长大后,也远嫁在外地。

那时,少年胡卫明经常帮他们挑水,因为挑水的地方在离村500多米远的永安溪,所以挑水不是轻松的事。2位老人都有点心疼他,劝他不要为他们挑水了,但胡卫明总是乐呵呵地为他们挑水喝。

胡卫明长大后,不但经常为他们挑水,而且经常为他们劈柴,帮助他们把谷、麦担到磨坊去碾磨。平时,胡传芋生病,都是胡卫明把他送到医院去看病。有一次,胡传芋大便拉不出来,肚子痛得哇哇叫,胡卫明便用手把他的大便给挖出来,胡传芋老人感动得泪流满面,说想不到人老了,会得到胡卫明这样的帮助。

1989年,90多岁的胡传芋去世了。村里人都说,胡传芋这么长寿,跟胡卫明一直帮助他关系很大。

胡卫明也像帮胡传芋一样帮助哑巴老人胡红旗,为他挑粪到田里,为他种田割稻。有一次,胡红旗生病多日,卧床不起,邻居们以为他出门了。在外做木匠活的胡卫明回家后,到他家探望,推开门便被满屋的粪便臭气熏得站不住脚。胡红旗不省人事,大小便都在床上。胡卫明忙烧水为他清洗身体,为他换上干净的衣服,把他送到医院救治。

胡红旗去世时,胡卫明还像儿孙一样为他抬棺材上山送葬。

桃李不言,下自成蹊。胡卫明无私帮助孤寡老人的事,在村里传为美谈。

那时,对胡传芊、胡红旗2位孤寡老人的帮扶引起了胡卫明的深层次思考,那就是:孤寡老人太需要人们关爱帮扶了!他们由于年老体衰,生产、生活能力下降,饮食自理和生病自救对他们而言,变成了大问题。

像胡传芊、胡红旗这样需要帮助的孤寡老人,以及子女外出打工、独自一人在家的老人,村里究竟还有多少?他们存在哪些困难,需要怎样的帮助?这些问题在胡卫明心里翻腾着,搅得他夜不能寐,食不知味。

胡卫明的妻子了解到原因后,说胡卫明咸吃萝卜淡操心,一个普普通通的村民竟操起这份心。

妻子的话不但没有打消胡卫明的敬老爱老之心,反而使他多了个心眼。本来他想公开调查村里孤寡老人的生存现状,现在他悄悄地进行调查,以免人们说三道四。

不查不知道,一查吓一跳。村里孤寡老人有的缺粮少衣;有的患老年性痴呆,生活难以自理;有的手脚不便,体力不支,难以洗衣挑水;有的生病在家,无人照顾伺候……这些需要照顾帮助的老人不是少数,这令胡卫明心里犯难了:要想帮助这些无助的老人,自己就是整天在村里为他们服务也忙不过来。

胡卫明想组建团队,义务为村民服务,特别是为孤寡老人服务。他把这一想法跟好友胡国平一谈,胡国平马上表示支持,他们找了胡丽娟、徐彩云,她们也很热心。

1993年9月,胡卫明、胡国平、胡丽娟、徐彩云4人成立了萍溪村青年服务队，义务为村民服务，重点为孤寡老人服务。胡卫明、胡国平为老人们干些重活，胡丽娟、徐彩云为老人们洗衣服、洗被子。他们有组织的敬老助老行动，得到了大部分村民的赞扬，但也有人认为他们是想出风头、想图谋村里的一官半职，也有村民觉得他们是在干傻事，有时间自己多挣点钱才是最实惠的。

　　胡卫明在报纸上看到、在广播里听到，各级党委、政府和社会各界号召大家开展"学雷锋、做好事""重晚晴、送温暖"等活动。成立服务队，义务助老做好事，这是积极响应号召，也是继承农村助老扶幼的好传统，胡卫明认为自己的做法是对的。于是，他和队友们顶住非议，继续义务为村民服务。

　　到 1996 年，村里的年轻人不断加入服务队，队伍壮大到 16 人。服务队分别成立了维权组、木工组、泥工组、家电维修组。1996 年 10 月，萍溪村青年服务队更名为萍溪村青年志愿者服务队，胡卫明继续任队长，胡国平、胡丽娟、徐彩云任副队长。这支服务队引起共青团仙居县委的关注，得到他们的支持和鼓励。2009 年 5 月，萍溪村青年志愿者服务队更名为萍溪村志愿者服务队，胡卫明仍任队长。至今，这支队伍发展壮大到 70 人，在义务服务村民，特别是为老人维权、帮助解决孤寡老人生产生活困难方面，发挥了突出的作用。

　　笔者在萍溪村中央街碰到 84 岁的老人张琴梅，随即问起胡卫明他们服务队的事。她满口说好，说他们为村里老人做了许许多多好事，胡卫明是难得的好人。

　　笔者好奇的是，是什么精神力量支撑他几十年如一日敬老助困做好事？为此,笔者来到胡卫明家走访。

胡卫明家的房子,是1间3层楼房,坐北朝南,门口就是35省道。这是1间20多年前建造的砖混结构的房子,门面装饰设计与隔壁的房子没有什么两样,家里装修也十分普通,看不出家底有多殷实。

消瘦干练的胡卫明和笑盈盈略显富态的妻子热情地接待了笔者,并与笔者聊起他的许多故事。

1964年1月,胡卫明出生在萍溪村,他有2个哥哥、1个姐姐和1个妹妹,父亲是农民,是村里的植保员,母亲也是农民。家里人口多,生活困难,胡卫明高中毕业后,便去学木匠手艺。他的父亲57岁时病亡,他的母亲不久后也去世了,那时胡卫明只有20岁。

说起敬老做好事,胡卫明说是受父亲的影响。别人有求于他的父亲,他的父亲没有不答应的。父亲在世时,萍溪村许多人家的簟绳、箩绳和烘馒头干用的烘篮,都是父亲免费给做的。

父亲常对他说,做人不能自私,不能只考虑自己的得失,要多帮助别人,要多为别人着想,这是做人应有的品德。帮助别人,有时看起来好像对自己没有好处,其实善有善报。

胡卫明从小开始为老人做好事,是父亲引导支持的结果。加上胡卫明自己的父母过世了,"子欲养而亲不待",这种无法孝亲的遗憾情结,促使他更加关注关爱起村里的孤寡老人。还有他看到得到关爱帮助的老人表现出的快乐和感激的心情,心底便会漾起无比欢乐和幸福之感。

胡卫明说:"帮助无助的老人和有困难的村民,付出时间和钱财,感到很值得!"

由于胡卫明每年都要拿出一大笔钱去帮助老人,帮村里困难的学生付学费,而家里本来经济就不宽裕,妻子难免有怨言。

1997年9月,胡卫明看到《中华人民共和国老年人权益保障法》自1996年10月1日起施行,他为了在农村更好地宣传这部法律,促进全社会保护老年人的权益,于是自己出钱请广告公司制作了有关《中华人民共和国老年人权益保障法》内容的宣传框。由于手头的钱不够,他把妻子做工艺品辛辛苦苦挣的750元工资拿去付了广告公司的制作费。妻子知道后,便跟他吵,说:"你做工挣的钱都拿去帮助别人了,我做工挣的一点钱要维持家里的生计,现在你把我的钱也拿去花了,一家人日子怎么过?"妻子要跟胡卫明离婚,她的姐姐把她劝了回来,认真地说:"卫明是拿钱做好事,又不是拿钱去吃喝嫖赌。这样有爱心的好男人到哪里找?"

现在,胡卫明的妻子不但不反对胡卫明拿钱为村民做好事,而且自己也加入服务队,与胡卫明一起为村民做好事。

官路镇永南村长塘自然村的吴焕新,在2000年遭遇交通事故,虽然救回性命,但从此瘫痪在床,一日三餐靠人喂食。出事时他才40岁出头,家里有1个儿子。吴焕新的妻子很贤惠,精心服侍丈夫,照顾儿子,她不但要下地干农活,还拿了外加工的工艺品在家加工。

到了2015年,吴焕新的妻子年纪大了,干活体力不如从前,儿子没有外出打工,没有多少收入,也没有娶妻。吴焕新随着年龄增加,药物等费用开支也在增加,家庭格外困难。从这年开始,吴卫明每年拿出 500 元到 1000 元不等,前去慰问吴焕新一家。

2021 年,吴卫明和 10 多位志愿者前去吴焕新家慰问时,得知他的妻子年老体衰,难以服侍瘫痪的丈夫,便把他送到敬老院。住敬老院每月需交 3700 元,这是笔不小的开支。胡卫明自己拿出 1000 元现金交给吴焕新的妻子,表示慰问。

吴焕新的妻子一手拿着慰问金,一手抹着满眼泪水,跟胡卫明说:"你一年年自己拿钱救济我家,你真是天底下的大善人啊!"

2019 年,官路镇党委、政府在石井村体育公园一角,给胡卫明设立"胡大哥工作室",主要开展助老、济困、调解工作。

官路镇各村有什么救助、纠纷事件,大家都喜欢来到"胡大哥工作室",请胡卫明帮忙解决。

好人胡卫明深得村民的拥戴,他凭着村民对他的信任,为协助各村解决家庭矛盾、村民之间的矛盾做出了突出的贡献,受到人们的称赞。

胡卫明多年来为村民乡邻无私奉献、孝老济困的精神,显得无比珍贵。他几十年如一日地付出,也为基层治理和稳定做出了突出的贡献。

笔者在胡卫明家看到许多荣誉证书,从 2003 年开始至 2021 年,胡卫明基本上每年都会获得各级各部门的表彰,获得省级以上表彰的就有:

2003 年,胡卫明组建的萍溪村青年志愿服务队被评为浙江省青年志愿者服务杰出集体;2004 年,胡卫明家庭荣获浙江省

"学习型家庭"荣誉称号;2010年,胡卫明被评为浙江省杰出志愿者;2011年,胡卫明被评为浙江省优秀志愿者;2013年,胡卫明被评为浙江省杰出志愿者;2014年,胡卫明被评为"浙江孝贤",入选"浙江好人榜";2015年,胡卫明相继荣获浙江省"五星级义工"、"浙江省道德模范"荣誉称号,还光荣入选"中国好人榜";2016年,胡卫明荣获"全国敬老爱老助老模范人物"称号;2019年,胡卫明被评为全国学雷锋志愿服务"四个100"先进典型;2021年,胡卫明被评为台州市优秀共产党员。

笔者认为,多年来,如果不是胡卫明不断开展志愿服务工作,那么他是难以赢得大家一致肯定的,也难以获得这么多荣誉。

胡卫明现在是台州市志愿者联合会副会长、仙居县志愿者联合会副会长、仙居县慈善总会义工分会副会长、官路镇乡贤调解主任、萍溪村村监会委员兼纪委委员、萍溪村志愿者服务队队长,他的慈善帮扶工作仍在继续进行着。

第十一章 献给仙居的赞歌

第一节　令人感动的慈善捐款者

孟子"老吾老，以及人之老；幼吾幼，以及人之幼"的慈孝理念和以"敬亲、奉养、侍疾、立身、谏诤、善终"为主要内容的中国传统孝道文化，滋养了中华民族生生不息、奋发图强的民族精神。

古以慈孝来治国，今以慈孝促和谐。许多文化专家认为，通过慈孝文化的内涵实践和外延拓展，乡风文明、社会道德必将得以改善。

自 2012 年春天仙居县扎实开展"慈孝仙居"创建活动以来，全国各大新闻媒体不断报道仙居慈孝典型事例，不断报道仙居创建"慈孝仙居"的各类活动，引起极大反响。

2013 年 3 月 11 日，时任仙居县委书记的单坚，收到一封群众来信，看信封上的落款，是从台州市黄岩区头陀镇寄来的。

单坚很好奇，黄岩区的群众怎么给他写信呢？他拆开信看起来：

尊敬的仙居县委书记、县长及全体工作同志：

你们好!

我反复阅读了《台州晚报》上刊登的关于贵县"集体行孝"的报道,内心非常激动,也非常敬佩。"慈孝仙居"创建是一项艰巨而又伟大的工程,它体现了孟子所说的"老吾老,以及人之老;幼吾幼,以及人之幼"的古训,只有集体行孝,才能使每个困难老人都得到好处,这也大大有利于党中央提出的全面建成小康社会的宏伟目标。你们的"善举"不但给仙居人民带来幸福,还应该是全国同类地区的学习榜样。但愿你们的服务精神能推广到全国各地,永放光芒。

本人是88岁高龄的退休教师,自1947年从师范学校毕业以后,一直从事教育工作,因年老多病,1980年退休。我将自己长期节省下来的8万元钱,捐献给贵县比较困难的一个村,数额微小,但代表了我对贵县"崇高善举"的拥戴和支持,也向党和人民对我家人的培养表示感谢!

敬祝

身体健康,工作顺利!

黄岩区头陀镇中学退休教师沈钦德敬上

2013年3月6日

沈钦德老师还在信后写了附注,对其家庭情况做了介绍:

家父是勤俭的农民。老伴永娥1952年至2000年连续担任头陀村妇女主任，无数次受奖。21世纪以来，她身体很不好，住院11次，开刀3次，2011年初病故。胞弟沈钦衔，是新中国航空学校第一届毕业的飞行员（同届毕业的同学，后来很多成为师级以上干部），抗美援朝期间，立过4次功，1952年9月4日，为国英勇牺牲。我有5个子女，从前家庭困难，大儿子只读过初小就去做学徒。现在我有孙儿孙女8个，6个是大学毕业生，都在积极参加祖国社会主义建设，他们衣食无忧，无须我操心。

单坚读完信非常感动。这封信洋溢着一位教书育人的退休教师对仙居开展"慈孝仙居"创建工作的关心，体现了老教师对仙居以慈孝文化"化人"和推行集体孝敬老人的拥戴和支持，也体现了老教师爱党爱国的感恩情怀。可见，弘扬慈孝传统文化，是顺民意、得民心之举，是当前人们关心和需要的一件大事。单坚想，我们做了想群众所想、做群众所要做的"慈孝仙居"创建工作，就一定要把这项工作做好，这样才不会辜负像沈钦德老人这样的社会爱心人士的期望。

单坚把沈钦德老人的信转给时任仙居县委常委、宣传部部长陈红雷，指示他派人去黄岩当面感谢沈老师的爱心善举，并尽量谢绝老人的捐款，让他把积蓄留作晚年生活所需。

陈红雷马上派出时任仙居县文明办主任、县"慈孝仙居"创建办公室常务副主任潘锋以及创建办干部周敬日，赶赴位于黄岩区的沈钦德家。

住在黄岩区头陀镇的沈钦德老师,虽然年近 90 岁,但是他耳聪目明,行走自如。老伴前几年去世后,子女便雇了保姆照顾他的日常生活。沈老师的 5 个子女中,只有 1 个女儿在上班,其他 4 个孩子都是农民。

潘锋看到沈老师简陋的居住条件,想到他的子女也不富有,而他却要把 8 万元积蓄捐献给"慈孝仙居"创建工作,这令潘锋感动不已。

潘锋向老人转达了仙居县委书记等领导的真挚谢意,并好言谢绝了他的捐款。

沈钦德老人对潘锋说:"中国现在进入了老龄化社会,养老是目前社会的大问题。农村年轻人大都外出打工,村里留守老人多,光靠个人养老解决不了问题,必须探索集体养老的新模式。报纸上介绍了仙居县各个村设立慈孝基金,创新应用了各种集体孝老养老的举措,用村规民约的制度树立良好的乡风村风,这样做非常好,仙居的这种做法应该推广到全国。"

沈钦德老人表示:"如果说捐款是为了救困助贫做善事,那么我也可以捐给本地农村的困难户。但我为什么要把积蓄捐给仙居县贫困村的慈孝基金?是因为我切实感受到仙居县委、县政府做了一件关乎国计民生的大好事。为此,我也要出一份力,作为一个老年人表达对'慈孝仙居'建设创举的支持和拥戴。"

沈钦德老人言辞恳切的一番话,是一位退休多年的人民教师怀着感恩的心对国家、对社会、对民生的深切关注;他的这一番话,是一个耄耋老人对仙居弘扬慈孝、孝老养老举措的现实意义和时代价值的深刻感知；他的这一番话，展示了一个老百姓甘愿自己过着清贫生活、让子女自力更生，却向素昧平生的人们倾心奉献的大爱情怀。

潘锋听了沈钦德老人的一番话，还是谢绝了老人的捐款要求。

此后一个星期里，老人不断给潘锋打电话，希望仙居接受他的捐款。他说，子女们都积极支持他捐款。

仙居县委宣传部经过研究，考虑到老人捐款的迫切愿望，便派周敬日等人再次到沈钦德家商议捐款事宜。周敬日建议老人捐一两万元表达一下心意，但老人非要捐掉所有的 8 万元积蓄。

周敬日看到老人拿出来的七八张定期存款单中，到期的存款有 5.45 万元，其他的存款都还未到期。于是，他便劝说老人就捐这 5.45 万元，把存款没有到期的留下。

经过劝说，老人同意周敬日的建议，并把钱捐赠给仙居县皤滩乡枫树桥村，作为该村的慈孝基金。

枫树桥村是周氏的聚居地，周姓村民相传是著名的《爱莲说》作者周敦颐的后裔。村里大部分年轻人都外出务工了，留在村里的基本是老人和小孩，村里集体经济薄弱，但慈孝氛围浓厚。村里在古宅里建立慈孝清廉门堂，并张挂《周氏家训》《周氏家规》、慈孝廉政格言等宣传内容，打造成孝廉教育基地，受到各大媒体的赞誉。

2013 年 5 月 28 日，枫树桥村隆重成立"钦德慈孝基金"，这是仙居县首个以捐款人个人的名字命名的慈孝基金。沈钦德老人由于年老坐车不便，来不了现场，但他得知"钦德慈孝基金"设立的消息,感到非常高兴。

说起关心支持"慈孝仙居"创建的热心人,还有祖籍仙居县安岭乡的杭州书画家尹戈先生。虽然,他的祖上离开仙居已有100多年历史,但他情系仙居,拿出书画稿费所得的10万元钱,设立"仙居孝顺文学创作大奖赛",激发人们对孝文化的关注,引导全社会知孝、行孝、扬孝,以宣传孝文化的力量,弘扬中华民族优良的慈孝传统美德。

该大奖赛受到仙居县广大干部群众和学校师生的关注与支持,大家积极参与,用报告文学和散文的形式反映身边真实而感人的孝老故事。获奖作品以"孝满人间"为主书名结集出版,成为"慈孝仙居"创建的教育读本,受到大家热烈欢迎。

仙居百姓还忘不了一对捐赠巨款却不留名的爱心男女。

2012年9月28日星期五上午,仙居县慈善总会的慈善热线电话响起,时任综合科长张虹霞接起电话,听到一位男子在电话里说:"我一直在网上关注'慈孝仙居'创建工作,被仙居务实、卓有成效的'慈孝仙居'创建工作感动,想在下午1点30分左右来捐款……"

张虹霞对他的爱心善举表示感谢,耐心地告诉他仙居县慈善总会办公室的地址。

按常规,夏季下午的上班时间是2点30分,但张虹霞在1点多便到仙居县慈善总会门口迎接准备捐款的热心人。

下午1点30分不到,一辆普通的白色小轿车驶到位于城北东路的仙居县慈善总会门口,车上下来40多岁、衣着十分朴素的一男一女。

张虹霞热情地把他们引到仙居县慈善总会办公室，给他们倒茶、端椅让座。

但他们没有落座，也没有喝茶，而是热切地了解起对留守儿童和孤寡老人进行帮扶的相关项目。当他们得知仙居县慈善总会正在开展面向山区学校的"爱心书屋"建设、面向留守儿童的"一杯牛奶"工程、针对孤寡老人的"孤老不孤爱心帮扶"项目，他们感到这些项目非常好。于是，男性捐款者拿出一袋现金，说："这是20万元钱，请你们定项目、定点、定人，把这些全部用光。"

出纳陈晓萍接过他们的捐赠款，问他们是哪里人，请他们留下地址和姓名，女的淡淡一笑，说："这些都不需要，你们只要把钱用好就行。我们还会来捐赠的。"

2012年10月8日，是国庆长假后上班的第一天，2位爱心人士又来到了仙居县慈善总会。他们拿出1张80万元的支票，要求用于仙居慈善"孤老不孤爱心帮扶"项目上。

他们2次共捐出的100万元是一大笔善款，张虹霞再一次请他们留下详细个人资料，以便存档和宣传。

他们还是淡淡一笑，说："我们不需要宣传，我们能够尽自己的一份力量，帮助仙居的孤寡老人和留守儿童，就感到无比欣慰了！"

张虹霞根据他们的口音，认为他们来自与仙居县相邻的临海市。于是，她在记录上写道：临海2位"淡淡一笑"爱心人士捐款100万元。

时任仙居县慈善总会常务副会长王军方对笔者说："这2位是很有独特思想的爱心人士。他们从临海赶到仙居捐款，是被浓厚的'慈孝仙居'创建氛围感动,也是对仙居慈善工作的肯定。他们的巨款捐赠,具有人间大爱的正能量,是对我们做好'慈孝仙居'创建工作和慈善工作的极大鼓励!"

是啊,他们淡淡一笑,一捐百万元,爱心无价;他们淡淡一笑,隐姓埋名,不求名利;他们淡淡一笑,高扬慈孝之风。他们的淡淡一笑,是涤荡人们心灵的清风秋水,是沐浴人们心田滋长慈孝的春光春雨,是激励"慈孝仙居"创建的飘扬旗帜。

黄岩退休教师沈钦德、杭州书画家尹戈、临海"淡淡一笑"等爱心人士,他们被仙居浓厚的慈孝文化感染,做出了令人感动的善行。他们的这些善行,又深深地感染着仙居百姓向着更深远的"慈孝仙居"创建目标前行。

第二节　来之不易的褒奖

2013 年 11 月 14 日,"中国慈孝文化之乡"考核专家组前来听取仙居创建"中国慈孝文化之乡"的工作汇报。仙居县在 2012 年 7 月,申报"中国慈孝文化之乡"。

仙居有关领导在汇报"慈孝仙居"创建成效时说:"现在慈孝理念已潜移默化地融入仙居干部群众的生活。全县人民的价值观得到了升华,慈爱、孝敬、为善、有信的'慈孝仙居'价值理念不断凸显;个人品德、家庭美德、职业道德、社会公德的崇德向善正能量不断上升,留守儿童和孤寡老人管护难题得到有效解决,乡风民风大大好转,干部群众关系更加密切,慈孝道德品牌的'软实力'带来了经济社会发展的'硬效益'。几年来,在台州市对各县(市、区)发展目标责任制考核中,仙居县连续被评为优秀等级。"

会上,专家们纷纷从实地考察、材料查阅等方面结合县领导的介绍进行发言。

第一个发言的是时任中国民间文艺家协会民间文艺研究所所长王锦强,他认真地说:"我认为仙居在慈孝文化资源挖掘、营造良好的社会风气,以及对村干部的考核、村干部的选举、学生的教育方面都做了大量工作，有明显成效。从全国看，仙居是目前全国范围内慈孝精神在当代传承方面做得最好的县级单位之一，仙居可以成为全国道德文化先进县和典型经验输出县。"

北京大学社会学系、社会学人类学研究所教授、博士生导师高丙中接着王锦强的话说："实现中华民族伟大复兴的有效路径需要在地方历史文化中找，在老百姓的心中找。仙居通过公共文化建设系统解决国家与人民的关系问题，在山好水好的同时做到人好。搞'慈孝仙居'创建，特别有创意，特别值得敬佩！"

时任中国民间文艺家协会分党组成员、副秘书长周燕屏，以她女性甜美的笑容和悦耳的音色，给与会者不一样的视听体验："慈孝文化是中华民族文化的核心基因，弘扬慈孝文化是社会和谐的需要，是人民群众的需要。党中央提倡的、人民群众需要的，就是我们各级党委、政府应该做的。'慈孝仙居'创建工作适应了时代发展，深得民心，走在全国前列！"

时任中国社会科学院文学研究所民间文学研究室主任安德明说："慈孝文化渗透进人们的日常生活，虽然看不见、摸不着，但时时刻刻在我们身边，仙居开展'慈孝仙居'创建工作，其实与当前社会主义核心价值体系建设一脉相承、完全吻合，有重要的现实意义，这也是让传统文化在当代持续不断发挥创造力的生动实践。"

时任浙江省民间文艺家协会驻会副主席兼秘书长蒋水荣，多次不辞辛劳前来仙居考察指导"中国慈孝文化之乡"创建。他在讲话中说："仙居在挖掘慈孝文化的当代价值方面走在了浙江省的前面，对传统的慈孝伦理价值观念进行了合理的扬弃，努力践行更符合当代社会价值的以'尊老、爱幼、孝亲'为核心的慈孝价值理念,在全县中小学校、城市乡村全面铺开,工作扎实有效,让慈孝文化在当代结出了硕果。"

时任中国民间文艺家协会副主席、中国艺术研究院工艺美术研究所客座研究员吴元新在讲话中指出:"仙居慈孝文化建设最难能可贵的是,化虚为实,虚功实做,从每一个家庭做起,从小学抓起,从农村、社区抓起,在村级建立慈孝基金和慈孝志愿者队伍,形成一个系统化、系列化、机制化的'慈孝仙居'创建工程,绘出了慈孝文化绚丽的画卷!"

2013 年 12 月,中国民间文艺家协会在专家组考察论证的基础上,经认真研究,作出了《关于命名浙江省仙居县为"中国慈孝文化之乡"的决定》(简称《决定》)。《决定》指出:"浙江省仙居县文化底蕴深厚,尤以慈孝文化影响广泛。王温升天、逢人说项、朱熹遣子上学、应大猷弃官休养、陈襄劝学等慈孝典故,历代相传、广为颂扬。仙居县委、县政府扎实推进乡风文明建设,积极培育以'尊老、爱幼、孝亲'为核心内容的慈孝价值理念,系统地发掘了慈孝地名、慈孝牌坊、慈孝风俗、慈孝故事、慈孝人物等民间文化在内的传统慈孝文化资源,并在慈孝文化保护和推广方面取得了突出的成就。"

仙居县被命名为"中国慈孝文化之乡",这是对仙居丰厚的慈孝历史文化和"慈孝仙居"创建工作的充分肯定。

春暖花开,姹紫嫣红。

2014 年 3 月 26 日上午,时任中国民间文艺家协会分党组书记、驻会副主席罗杨,时任中国民间文艺家协会办公室主任徐岫鹍，时任中国民间文艺之乡建设管理办公室副主任刘德伟，《民间文学》杂志社社长、主编白旭旻一行领导专程从北京赶到仙居，为仙居"中国慈孝文化之乡"授牌。

时任浙江省民间文艺家协会驻会副主席兼秘书长蒋水荣主持"中国慈孝文化之乡"授牌仪式。

当罗杨书记把镌刻着"中国慈孝文化之乡"红字的铜牌交到时任仙居县委书记单坚的手里时，全场响起热烈的掌声。

单坚在讲话中说："我们一定不辜负各级领导对'慈孝仙居'创建工作的关心和支持，我们将不断深化'慈孝仙居'创建工作，努力把仙居慈孝文化建设推向发展新阶段，让'中国慈孝文化之乡'这张金名片更加靓丽！"

2014年12月3日，"中国孝文化研究中心实践基地"在仙居揭牌，这是上级各有关部门对仙居慈孝文化工作的充分肯定。

"慈孝仙居"创建工作，得到全国、省、市领导的肯定。时任浙江省委副书记、省长袁家军，时任浙江省委常委、宣传部部长葛慧君，时任浙江省副省长熊建平，时任浙江省委宣传部副部长、省文明办主任龚吟怡，时任台州市委常委、宣传部部长张燕等各级领导，都对"慈孝仙居"创建工作做出了批示，肯定了仙居县委、县政府紧扣社会主义核心价值体系建设和"两富浙江"现代化目标，从农村基层实际出发，抓住道德建设薄弱环节，全面推行以"慈爱、孝敬、为善、有信"为核心的"慈孝仙居"建设，有力地促进了乡风文明和全县精神文明建设，对各地乡风文明建设具有推广和借鉴意义。

"慈孝仙居"创建工作也得到全国各大媒体的关注，新华社

《国内动态清样》、《人民日报》、《光明日报》、《浙江日报》、人民网、中央电视台等百余家媒体重点报道。各大媒体以全国视野去分析仙居一个县域的慈孝文化建设的成效和意义,认为基层乡村要像仙居一样以慈孝文化建设为切入口,由此才能推进道德建设、改善社会风气、提高人民素质,实现社会和谐、国家富强。

2014年3月2日,时任中宣部部长刘奇葆在第十一届中国公民道德论坛上指出,要弘扬中华优秀传统文化和传统美德,加强道德教育实践,开展孝敬、诚信、勤劳节俭教育。

仙居的慈孝文化建设实践,完全符合党中央精神文明建设主题要求;仙居的慈孝文化建设实践,传承了"从群众中来,到群众中去"的工作方法;仙居的慈孝文化建设实践,找到了推动群众崇德向善的好路径。历史经验证明,精神文明建设、核心价值观的树立,只有找到群众喜闻乐见、人人自觉参与的路径,才能产生良好的效果。

梦,从爱中成长;爱,从慈孝出发。

仙居县委、县政府在仙居荣获"中国慈孝文化之乡"称号后,深化"慈孝仙居"创建工作,有力地促进乡风文明的改善,以德治促进基层治理的有效开展。

第三节 "慈孝仙居"创建成为样板

2016 年 5 月 25 日上午 11 时许,有一辆大巴车驶入中共仙居县委党校的大院。从车上下来的是中共浙江省委党校(浙江行政学院)中青班学员。他们从杭州奔赴而来,在仙居开展为期 2 天的"仙居传统文化与基层社会治理创新"现场教学示范基地考察培训学习。

早在 2015 年 12 月 30 日,中共浙江省委组织部、中共浙江省委党校就联合下发了《关于确定第三批浙江省干部教育培训现场教学示范基地的通知》,其中"仙居传统文化与基层社会治理创新"基地被列入现场教学示范基地,这是中共浙江省委组织部和中共浙江省委党校对"慈孝仙居"创建工作的高度肯定。

浙江省干部教育培训现场教学示范基地,是利用特色资源开展干部培训的重要载体,在增强干部教育培训鲜活性、实践性和说服力、感染力方面,具有独特的优势。

2016 年 5 月 25 日下午 2 时 30 分,中共浙江省委党校(浙江行政学院)中青班学员乘坐大巴车赶赴仙居县上张乡姚岸村,考察上张乡姚岸村慈孝文化建设工作。

姚岸村以红色革命传统文化推动慈孝文化建设,打造了特色鲜明的"红色姚岸"现场教学基地,给学员们留下了深刻的印象。

接着,学员们乘车来到皤滩乡万竹口村。万竹口村在仙居县率先建立慈孝基金,他们创办了慈孝食堂和邻里志愿服务队,产生了许多感人的故事,让学员们感受到"善爱万竹口,古村涌浓情"的真实内容。

第二天上午,学员们在中共仙居县委党校集中观看仙居慈孝专题片,并听取了时任仙居县委常委、宣传部部长陈红雷所做的题为《传统文化融合现代治理的慈孝仙居做法》的专题报告。

陈红雷在报告中指出:伴随社会的变革、人口政策的实施以及城镇化进程的推进,农村养老和留守儿童问题日益突出,这成为当今中国社会的一大难题。构建更稳定、更和谐的农村社会架构和代际关系,具有十分重要的意义。仙居县是浙江省的欠发达山区县,农村人口占比高,人口老龄化严重,60岁以上的老人达 7.2 万人,占总人口数的 14.5%,农村外出劳动力达 15 万人,留守儿童和空巢老人现象严重。但仙居县文化底蕴深厚,尊老爱幼、扶贫帮困、守望相助、团结和睦等美德代代传承。

仙居县委、县政府审时度势,大力实施"慈孝仙居"工程,以传承和发展传统慈孝文化为切入点,坚持古为今用、推陈出新,不仅运用道德和文化的力量"以文化人""以德治乡",而且注重培育农村社会组织,发挥农村自我管理作用,通过"政府推动＋社会参与"的模式,实现"官民共治",积极探索用制度化手段和社会化途径,破解老龄化社会的养老困局和留守儿童的关爱难题,创新了基层治理的新模式,激发了农村的内生动力,提升了乡风文明素质。这些举措不仅促进了社会主义核心价值观的有效落地,同时营造了社会和谐局面,推动了仙居经济社会又好又快发展。

仙居汇聚崇德向善的正能量,慈孝道德品牌的"软实力"带来了经济社会发展的"硬效益",连续 6 年在台州市考核中被评为优秀。2015 年 10 月,仙居成为全国唯一的"全国敬老志愿服务模范先进县"。仙居被浙江省委宣传部列为浙江省 5 个区域道德品牌之一,还被中共浙江省委党校列为"慈孝文化与社会管理创新"现场教学示范基地。这是各级各部门对仙居以慈孝为德治切入口的治理工作的支持和肯定。

陈红雷还把"慈孝仙居"创建中的实践做法一一向大家做了介绍:

一是提炼核心价值,使慈孝理念推陈出新、与时俱进。"慈孝仙居"创建就是要大力弘扬慈孝文化,努力造就一个大孝大爱的人间仙居,不断提炼和凝聚"慈爱、孝敬、为善、有信"的核心价值内涵,使其成为仙居独特的人文精神。仙居县通过举办全国慈孝文化建设经验交流会、第三届海峡两岸儒学学术论坛暨慈孝文化研讨会、"慈孝仙居与社会主义核心价值观"理论征文活动、"社会治理与传统文化"专家咨询交流会等各种形式,在顶层设计和宏观层面传承和发展了慈孝文化,古为今用地继承和弘扬了中华优秀传统文化,又恰如其分地与社会主义核心价值观紧密相连。

二是凝聚文化灵魂,使慈孝文化内化于心。深入挖掘和整理仙居历史上的慈孝文化,建设慈孝主题公园、"慈孝仙居"展示馆等,形成和留下有形化的慈孝文化符号和成果;编写《孝行仙乡——仙居慈孝故事》《孝满人间——仙居孝顺文学获奖作品集》《仙居古代二十四慈孝》《仙居当代二十四慈孝人物风采》《仙居家训》《仙居慈孝诗词选》等书籍;开展"慈孝歌曲大家唱"活动,精心创作"慈孝仙居"原创歌曲,通过举办演唱会、歌咏比赛等各种途径将之大力唱响;举办慈孝微电影、微散文征集大赛,拍摄以戴杏芬、曹贵林等为原型的《姐弟》《孝心少年》公益电影和微电影,并通过新媒体传播手段加强宣传;发动文联队伍深入基层开展慈孝文艺采风活动,创作慈孝报告文学、小说、诗歌等静态文艺作品;挖掘仙居慈孝文化和当代慈孝典型事迹,编排反映慈孝内容的小品、三句半、说唱、莲花落等动态文艺作品;组建慈孝宣讲团,开设"慈孝大讲堂",通过多种形式使慈孝文化落地生根、广泛传播。

三是加强树立典型,使慈孝人物汇聚成林。县级层面,开展仙乡新风十佳新人新事、慈孝之星、十大孝村、最美家庭等评选;乡镇(街道)、部门、学校、企业也都在自己领域开展各种道德典型、最美人物的评选。慈孝最美群体在基层构成了面广量大、好中选优、逐级提升的金字塔型结构。近年来,仙居已经涌现了市级以上各类道德模范和最美人物 120 多名。

四是开展"全民践行",使"慈孝仙居"创建全民参与、全面实施。针对不同领域、不同对象、不同层次做到有的放矢,扎实开展慈孝机关、慈孝村居、慈孝企业、慈孝学校创建,有针对性地开展各种主题实践活动。以农村为主战场,大力推广农村居家养老模式,在全县建设了 60 多家解决农村孤寡老人和留守儿童吃饭问题的"6199"食堂和 100 多家农村居家养老照料中心。充分发挥乡贤的作用,以乡、村为单位建立慈孝基金,提高基金募集和使用的透明度和效率,全县已建立县、乡、村 3 级慈孝基金5000 多万元。大力开展慈孝志愿服务,引导大家互帮互助。以项目化、公益化、社会化、专业化推动志愿服务组织建设,目前全县有各级各类志愿者组织 300 多个,注册登记志愿者 15000 多名,建立了 500 万元的公益项目孵化基金。

五是实施"制度督孝",使创建行为有章可循、一以贯之。从正面激励和反面约束 2 个方面建章立制:一方面,在公共服务、医疗救助、困难扶助、金融贷款等方面出台优惠政策,联合仙居农村信用联社推出"慈孝丰收贷"和"慈孝丰收卡",让慈孝典型受尊敬、得实惠。另一方面,将慈孝要求作为约束性、限制性内容纳入各项制度当中。在干部选拔任用考核中,将慈孝纳入"德"的测评体系;在村级组织换届选举中,明确把"不慈不孝"对象列为不宜参选人员;对村民的慈孝行为进行细化量化,通过村规民约将慈孝行为与宅基地审批、村集体福利享受、入党和党员民主评议等方面紧密挂钩。另外,联合县法院探索建立慈孝矫正工作机制,将"不慈不孝"对象列入法院失信人员名单。

陈红雷在报告中还对仙居弘扬慈孝优秀传统文化促进基层社会治理的优势,做了深度分析。

学员们饶有兴趣地听取了陈红雷的报告,接着结合前一天实地考察的所见所闻,展开了热烈的讨论,大家充分肯定了"慈孝仙居"的创建经验。

这一期考察活动取得了很好的效果。之后,中共浙江省委党校各期培训班密集来仙居考察培训。

2016 年 10 月 19 日至 20 日,中共浙江省委党校第四十七期处级公务员任职培训班(A 班)50 多人,前来仙居听取新路村慈孝文化创建和基层社会治理情况介绍;参观皤滩乡万竹口农村文化礼堂,听取村慈孝基金情况介绍;听取上横街村基层社会治理、农耕文化及慈孝工作创建情况介绍。

2016 年 11 月 8 日至 9 日,中共浙江省委党校第二十七期省级机关处级公务员"五大发展理念"专题研修班 50 多人,前来仙居听取下各镇新路村慈孝文化创建和基层社会治理情况介绍;参观皤滩乡万竹口农村文化礼堂,听取村慈孝基金情况介绍;听取白塔镇上横街村基层社会治理、农耕文化及慈孝工作创建情况介绍;集中观看"慈孝仙居"专题片,听取"慈孝仙居"创建情况介绍。

2017 年 4 月 10 日至 12 日,中共浙江省委党校第四十八期处级公务员任职培训班(A 班),来仙居万竹口村、新罗村、上横街村、新路村考察学习;2017 年 5 月 25 日至 27 日,中共浙江省委党校第一期中青年干部培训一班,来仙居万竹口村、新罗村、上横街村、新路村考察学习;2017 年 10 月 17 日至 18 日,中共浙江省委党校第四十九期处级公务员任职培训班(B 班),来仙居横溪镇新罗村、淡竹乡下叶村考察培训;2017 年 12 月 11 日至 12 日,中共浙江省委党校第二期中青年干部培训一班,来仙居新罗村、下叶村、上横街村、万竹口村考察学习。

中共浙江省委党校这样密集地组织各类培训班学员前来仙居考察"仙居传统文化与基层社会治理创新",体现了仙居基层社会治理创新的可复制性。学员们集中研讨时对仙居的慈孝文化建设促进基层治理的创新予以高度肯定。

学员祝鸿平以"仙居慈孝文化建设是基层社会治理创新的成功案例"为题发表感言。

祝鸿平说:"传统文化是 1 项基本课程,现场教学引领我们来到了美丽的仙居。这 2 天接连去了 4 个乡镇的 4 个村,实地考察了当地以慈善文化建设为抓手、以推进乡村治理为主线的做法。边听、边看、边学习、边思考,觉得学有所获、思有所获。"

接着祝鸿平谈了考察感受:第一,以慈孝文化为主线,串起乡村文化建设理念,是当前加强基层社会治理的有效手段;第二,在推动乡村建设、加强社会治理方面,基层的创新智慧和成功做法值得充分肯定;第三,社会治理体系不可脱离政府、社会、市场这 3 个维度,也离不开政治、经济、文化这 3 个手段。

祝鸿平的发言结合考察实际,既有思想理论高度,阐述时又有具体的事例进行论说,受到大家的好评。

学员钟根秀以"'慈孝仙居'以民为本,相信人民,值得好好学习"为题,发表感言。

钟根秀说:"仙居县近年一直在做'慈孝仙居'的创建工作,这一工作很好地发挥了传统文化在社会治理中的作用,特别是在我们看到的农村基层治理方面取得了突出的成效。仙居,我看到了传统文化涅槃重生的景象。"

时任中共浙江省委党校带队老师、南京大学社会学博士葛亮,以"社会治理、'乡村回归',都要重视文化建设"为题,发表感言。他说:"我们中国传统社会人际关系,就是以血缘关系为中心、为依托的。家庭关系也就是社会关系,我们更大范围内的社会关系就是以家庭关系为基础推开来的。反观慈孝文化,它的本质是让家庭内部更加和谐,以此促进社会和谐与稳定。慈孝文化建设不是可有可无的,我们要在农村发展、农村活力回归这样一个大背景下,思考慈孝文化建设工作在这个过程当中处于什么地位、发挥什么样的作用。"

老师和学员们的发言,都充分肯定了"慈孝仙居"创建工作在基层治理中发挥的重要作用,以及取得的显著成绩。

中共浙江省委党校公共管理教研部教授、社会学博士屈群苹,在中共浙江省委党校(浙江行政学院)主办的社科类综合性学术刊物《治理研究》上,发表了论文《慈孝文化的现代困境与实践转型:浙江"慈孝仙居"的经验表达》。该论文指出:"浙江省仙居县以制度化方式推动的慈孝风尚建设和传统慈孝伦理的现代改造,不仅重新唤起慈孝文化的乡土意蕴,而且带来家庭和谐关系与社会治理能力提升。'慈孝仙居'的地方化实践,不但有力实现了慈孝风尚的现代转型,而且为传统文化融入社会治理格局和乡村振兴战略提供了地方经验。"

仙居,自2012年开展"慈孝仙居"创建以来的10余年里,历届仙居县委、县政府都高度重视慈孝德治在基层自治、法治、德治、智治中的重要作用,并且以打造"大气仙居"来深化"慈孝仙居"的内涵和外延,积极推进基层治理的健康发展。

第十二章 治理创新结硕果

第一节 孝顺夫妻的意外收获

清明节前一天的早晨，小吃店还没有几位客人，周兵和妻子叶美扬忙忙碌碌地准备包子、油条、豆浆等，以迎接就餐高峰的到来。

这时，周兵的手机响了，他按下通话键，便听到电话那端响起急促的声音："周兵，你爸开摩托车出事了，现在已送医院抢救！"

周兵的父亲 61 岁，身体一直很硬朗，在白塔镇的集镇区卖农作物种子。这天早上 6 点，他又从淡竹乡下叶村自己的家里开着摩托车去白塔镇卖种子，他驶到圳口村不远处时撞到路边一棵行道树，当场失去知觉。

多亏路人及时发现，认得他是周兵的父亲，便打电话通知周兵。

1973 年出生的周兵，于 1996 年从台州卫生学校（现为台州学院医学院）医士专业毕业后，便在村里开了一间诊所。他看村里的人们在外开小吃店很赚钱，便在 2005 年关掉诊所，与妻子一起到杭州开小吃店。后来，他了解到江苏南通小吃生意好，又去南通开小吃店，年收入有 20 多万元。

　　周兵的哥哥在下各镇的一所学校教书，没有住在下叶村；他的弟弟在田市镇开办锯石厂，平时住在仙居城区。

　　周兵的哥哥和弟弟得知父亲出事的消息，都已赶到仙居县人民医院。医生告诉他们，老人由于受伤太严重，救回来可能会成为植物人。

　　三兄弟在电话中商量后决定，坚决不放弃治疗，恳求医生对他父亲尽力进行抢救。

　　周兵跟妻子说："我爸出交通事故了，你收拾一下东西，我们马上赶回仙居！"

　　南通距仙居有420多公里，驾车要6个多小时。虽然路途遥远，但是父亲性命攸关，周兵认为要尽快赶回家。

　　周兵的父亲进行开颅手术后，在仙居县人民医院的重症监护室住了10天，仍昏迷不醒。

　　三兄弟商量后把老父亲转院到武警浙江总队医院救治，住了1个多月，老人还是昏迷不醒，而且脑积水严重，不得已进行第二次开颅手术。

　　老人在武警浙江总队医院医治了3个月，终于救回来了。而且老人能说、能吃，也能走路，一家人庆幸不已。

　　兄弟们看母亲在家能够照顾父亲，于是，大哥安心去教书，小弟安心去管理厂里的事务，周兵和妻子也回到江苏南通继续开小吃店。

　　这是2012年周兵一家发生的不寻常的大事。

　　一晃2年过去了，三兄弟以为父亲可以这样平安无事地生活下去。不料，在2014年2月的一天黄昏，周兵的母亲焦急地跟邻居们说,老头子不见了。

村民在村里村外寻找老人,找了2个多小时都找不到,大家焦急万分。最后,有人在村里的水沟里发现了老人。

老人当时昏迷不醒,全身都是水。要不是大家及时找到老人,老人在水沟里昏迷一夜,恐怕会被冻死。

救护车接老人到医院里抢救,发现老人颅骨骨折。家人把老人紧急送到武警浙江总队医院动手术,老人住院救治了1个多月才出院。

60多岁的老人,经历过3次开颅手术,身体损伤严重。

周兵的母亲慢慢地发现,老伴的智力出现了问题,有时会像小孩子一样任性。

周兵了解到父亲的病情,感到母亲整天照顾父亲也非常吃力,而且哥哥和弟弟工作都忙,不能整天在家帮助母亲照顾父亲。于是,他跟妻子商量,想关掉南通的小吃店,回家照顾父亲。

小吃店一关,便意味着一家人没有了20多万元的年收入。在金钱与孝道的选择中,叶美扬与丈夫周兵想到一块了,他们放弃金钱,选择行孝。

周兵夫妻回到下叶村,想把父母接到家里同住。母亲说:"我们住在自己家里自由。再说,我们两家离得近,有什么事叫一下也方便。"

周兵想想这样也好。他看父亲的主要问题是乱走动,心想只要有人跟着他,便不会出什么大事。

父亲每天能看到周兵和叶美扬,心情变得平静许多。母亲因周兵和叶美扬在家,心里也踏实了许多。

村里人们认为,周兵夫妇丢掉一年能挣 20 多万元的生意,在家照顾老父亲,这种做法值得称赞,但大家也觉得儿女照顾老人是天经地义的,因为下叶村历来就有孝敬老人的传统民风和村风。更何况周兵兄弟们平时也很孝敬老人,他们对村里设立慈孝基金也很支持。

2012 年,下叶村设立慈孝基金。村"两委"班子成员带头捐款,每人捐款 2000 元,其他村干部和乡贤也踊跃捐款。周兵的弟弟周波第一次捐了 5000 元,第二次又捐了 1 万元。村里收到村民捐来的慈孝基金达 10 多万元。

下叶村委会文书齐孝仙也捐了 2000 元,他大力支持村慈孝基金的设立。几十年来,齐孝仙身体力行崇孝行孝,无微不至地照顾岳父岳母的生活,传为美谈。他经常陪岳父岳母散步,还常常陪他们打扑克,哄老人开心。但凡 2 位老人身体有什么不适,他总是及时送老人到医院检查就医。自从 2 位老人到了 80 岁,齐孝仙更加细心照料,端茶送水,嘘寒问暖,关怀备至。村民说,齐孝仙这个女婿,对待岳父岳母,像对亲生父母一样孝敬。

齐孝仙不但对岳父岳母尽孝,还经常照顾住在他家边上的 4 位 80 多岁的老人。由于 4 位老人的儿女没有住在身边,老人们有什么生活上的不便,齐孝仙知道后,总是及时前去帮忙,成为老人们的"义工"。

在下叶村,村民孝敬老人、村"两委"弘扬慈孝文化,这是该村倡导良好的村风民风的重要内容。

下叶村 50 多岁的王小相荣身患重病,他的家人把在仙居城关的房子卖掉换钱来给他治病。村干部到王小相荣家看望慰问,把 3000 元慰问金交给他的妻子,他的妻子说,村干部想着他们,还给慰问金,他们一家非常感动。

周兵父亲出车祸住院的时候,村干部也拿着 3000 元钱到他们家慰问。

村里规定,慈孝基金用于:对因突发性事件住院治疗的村民,给予 200 元至 3000 元的慰问补助;对考上一本大学的学子,给予 1000 元的奖励;每年的重阳节,给全村 60 岁以上的老人每人 50 元的节日费,给全村 70 岁以上的老人每人 70 元的节日费,给全村 90 岁以上的老人每人 90 元的节日费。

2013 年重阳节,石盟垟自然村村民明弟的母亲高兴地说:"我 80 岁了,想不到重阳节还有钱领!"

村"两委"践行慈孝传统文化,打造温情有爱的乡村民风,也不断吸引乡贤为村慈孝基金捐款。

2019 年春节,在外做生意的下叶村乡贤余文武、齐小扬星、方启蒙回家过年,他们一起把 2 万元捐款交给下叶村慈孝基金会会长,以实际行动支持村里慈孝活动的开展。

村"两委"重视慈孝文化建设,村民崇尚慈孝文化,良好的慈孝文化之风像清新的空气,让人心情愉悦。

周兵和妻子叶美扬经常陪着父亲在村里或村边的绿道上散步,成为一道孝老的最美风景。

但是,周兵和叶美扬心里也犯嘀咕,他们的大女儿在读高中,小女儿在读小学,家里开支大,这样日复一日地待在家里,没有经济收入,也是不行的。

如何既能在家照顾父亲母亲,又能赚钱?周兵和妻子看到去神仙居景区游览的自驾车,每天经过村子的都不少,而且村里有几家率先开起来的民宿,生意都挺好。于是,夫妻俩决定开民宿。

他们把自家 2 间 4 层的房子,按照民宿的要求进行改造装修,设计出 12 间房间 20 个床位,民宿取名为"山里寒舍"。

投资 100 多万元的"山里寒舍"民宿开张后,因为民宿装修有特色,且周兵夫妻俩在外开办小吃店 10 多年,懂得经营之道,所以生意很好。

下叶村的民宿,其实每一家的生意都很兴隆。

为何下叶村的民宿生意呈现出这般好景象?

下叶行政村分为下沈、西陈、娘娘殿、叶宅、石盟垟 5 个自然村,除了石盟垟自然村位于韦羌溪东岸,其他 4 个自然村都在韦羌溪西岸。全村有近 500 户、1500 多人,其中石盟垟自然村开办民宿较早,大部分村民都开办了民宿,生意很好,起到了带头示范作用。仅一溪之隔的其他自然村村民,自然看到了民宿的致富前景。

过去,下叶村有许多村民出门做烧饼,被大家称为"烧饼村"。2015 年,下叶村经过新农村改造,一幢幢颇具江南民居特色的房屋在青山绿水间亮人眼目,这些新建的房屋不但使村民的居住条件得到极大改善,而且为村民开办民宿创造了良好的条件。下叶村民宿的兴起,更主要的原因是下叶村处于极佳的旅游黄金线上。下叶村位于国家 5A 级风景名胜区神仙居景区的山脚下,是进入神仙居景区"南大门"淡竹乡的必经之地。得天独厚的旅游资源,使下叶村在新农村改造中蜕变成民宿村。

新农村的建设、民宿村的兴起、游客的涌入,给下叶村带来了新的管理难题:如何使村民适应民宿村的发展?

自 2015 年开始,下叶村在淡竹乡党委、政府指导下,制定出 10 条"绿色公约",即生态环境要保护,垃圾处置要分类,田头屋边要整治,厕所厨房要干净,平安建设要参与,淳朴乡风要保持,矛盾纠纷要调解,邻里相处要和谐,绿色资产要维护,乡村产业要发展。

通过村民代表会议把 10 条"绿色公约"写入下叶村村规民约。村民以这 10 条"绿色公约",作为打造美丽乡村的行为规范,让下叶村逐渐清洁起来、美丽起来。

如果说,下叶村的"绿色公约"是规范、提升村民的文明素质的措施,那么下叶村接着推出的"绿色货币"(简称"绿币"),则是针对游客的一种管理措施。

众所周知,游客游山玩水,大多怀有渴望自由、放飞自我的心态,对一些具有约束性质的管理措施,大多心生厌恶。因此,不是所有游客在"食、住、行、娱、游"的旅游环节中,都具有较高的文明水平。

作为"山里寒舍"民宿老板娘的叶美扬,自从开起民宿后就发现:有一些游客铺张浪费;有的游客随地吐痰,乱扔垃圾;有的游客自驾车乱停,堵塞交通也不管不顾;有的游客随便采摘村里种植的花花草草。游客这些不文明的行为,影响了村容村貌,也影响了其他游客的旅游体验,从而影响了村里民宿的发展。

针对这些管理难题,下叶村从 2016 年开始,探索"绿币"激

励措施,制定"下叶村绿色生活清单",列出 9 项"绿币"兑换
条件:

> 游客住宿参与垃圾分类,奖绿币 2 元;
>
> 游客退房时把垃圾清理带走放在楼下垃圾桶,奖
> 绿币 5 元;
>
> 游客住宿不使用一次性洗刷用品,奖绿币 2 元;
>
> 游客住宿不使用民宿提供的沐浴露、洗发水,自备
> 使用无磷洗涤用品,奖绿币 2 元;
>
> 游客在住宿期间参与村内组织的义工活动,奖绿
> 币 5 元;
>
> 游客乘公交车或步行或骑自行车来下叶村住宿,
> 奖绿币 5 元;
>
> 游客在村内住宿期间不吸烟,奖绿币 2 元;
>
> 游客就餐不剩饭菜,奖绿币 5 元;
>
> 野外活动结束后自行清理垃圾并带回分类处理,
> 奖绿币 5 元。

有个旅游团队入住"山里寒舍"民宿,叶美扬向游客们分发
"下叶村绿色生活清单",游客们都觉得这一做法很新颖,都说要
按照清单上的要求去做,争取获取"绿币"奖励。

这批游客住宿后退房时,叶美扬按照他们所得的"绿币"额
度,在他们的消费中给予抵扣,游客很高兴。

叶美扬感到,"绿币"激励措施实施后,游客使用一次性洗刷

用品等"六小件"大为减少,餐桌上剩饭剩菜的现象也很少出现。

仅仅过了 2 年,下叶村民宿就发展到了 103 家,拥有 2000 多个床位,夏季时,所有民宿爆满。大量游客的涌入,使得民宿之间、民宿与村民之间偶尔会产生一些矛盾纠纷。

下叶村探索使用"绿色调解"方法,强化村庄管理。"绿色调解"是指通过"积极受理找苗头、义务劳动做两工、调查取证四询问、过错罚种 3 棵树、协调和解握握手"的机制,推进基层治理,促进村民关系和睦和谐。

"绿色公约""绿色货币""绿色调解"这"三绿"模式的实施,也提高了下叶村村民的素质。"笑迎八方客,诚待四海宾",下叶村民宿蓬勃发展,受到上海、杭州等各大城市游客的青睐,好评如潮。

下叶村获得了全国乡村旅游重点村、国家 3A 级景区、浙江省美丽乡村特色精品村、浙江省农家乐特色村、浙江省美丽宜居示范村、浙江省民主法治村、浙江省卫生村等荣誉称号。

淡竹乡主要领导告诉笔者,"三绿"模式在下叶村开展创新试点取得一定成效后,在全乡推广,并逐步深化。比如 2022 年 4 月,淡竹乡党委、政府与中国工商银行仙居支行信息开发系统平台对接,把农产品推送到每家民宿前台电脑上,游客所获得的"绿币",不但可以抵扣住宿费、餐饮费,也可以兑换农产品,利用信息化手段,拓宽"智治"效果。

"三绿"模式在全乡实施,有力地促进了淡竹乡民宿的发展。

淡竹乡大源村小学撤并后,原先的 10 多间校舍被改造成民宿和露营基地,生意特别好。村里通过山地流转,每年每亩地有

600 元收入,而且还带动了周边农民就业。村民们在民宿里打工,每人每天有 200 元收入,觉得很开心。

有的村民将旧房出租,每年租金近 8000 元 1 间。农田流转建成共享菜园,每亩收入达 3000 元。

淡竹乡民宿的发展,带动了民宿产业链的发展。乡党委、政府与前来结对帮扶的浙江省农业科学院的博士一起,在淡竹村、林坑村、大源村,推广种植小红薯。乡里还大力推广蜂蜜、笋干、水蜜桃等特色农副产品,因地制宜,使农产品资源效益最大化,促进全民共富。

目前,淡竹乡有民宿 220 家,其中有白金宿 2 家、金宿 1 家、银宿 9 家,它们是民宿业的领跑者。

周兵和叶美扬夫妻俩创办的“山里寒舍”民宿,年收入达 20 多万元,收入不低于在外开小吃店。而且在家开民宿,比在外开小吃店轻松自在。

叶美扬认为,在家开民宿,能够尽心照顾父母,这是不能用金钱来衡量的。虽然老人随着年龄的增长,生活自理能力逐渐减退,照顾老人越来越辛苦,但夫妻俩在家,总是能够及时照顾老人。比如有一年冬天夜里 10 多点钟,周兵的母亲急匆匆来到周兵家里,说他的父亲吵闹不睡觉。周兵和叶美扬赶忙来到父亲家,只见脑子有点糊涂的父亲,把鸡蛋藏在被窝里,结果破碎的鸡蛋把被窝搞得一塌糊涂。周兵和叶美扬更换被褥,耐心劝导父亲入睡。

有时父亲半夜睡醒后,便去村外走绿道。周兵知道后,便起床跟随父亲走绿道,并好言好语劝父亲回家睡觉。

周兵和叶美扬在家孝敬父亲,同时经营民宿致富,受到各级各部门的肯定。

2020年12月,周兵、叶美扬一家被全国妇联评为2020年全国最美家庭。

叶美扬笑着说:"孝敬老人是子女应尽的义务,没有想到我们回家照顾老人能获得这么大的荣誉,也没有想到在家开民宿能挣这么多钱! 老话说'好心有好报',这话不假!"

第二节　全国首创的"五环智控"

2021 年 4 月 14 日 10 时 41 分,有个小伙子急匆匆地来到白塔镇社会治理中心大厅,他操着外地口音满是焦虑地跟值班的姑娘说:"厂里拖欠工资,你们要为我主持公道!"

这位值班的姑娘名叫胡颖惠,她一边和蔼可亲地请他慢慢把事情讲清楚,一边在电脑上登记"仙居县矛盾纠纷一码管到底诉求单"的来访信息。

小伙子肖某,来自湖北省黄石市阳新县,33 岁,在白塔镇的一家加工厂打工,他说有 14000 元工资没有结清,要求镇里为他讨要拖欠的工资。

不多时,胡颖惠打印出一张表格递给肖某,请他核实表格上所填的内容。

肖某拿过表格一看,只见表格上方写着"仙居县矛盾纠纷一码管到底诉求单",在这行字下面写着"编号:202104140004",下面是诉求人的个人信息,来访事由这一栏里写着:"诉求人反映某加工厂拖欠工资 15500 元,因做工质量不达标,被扣除 1500元,尚欠工资 14000 元,要求加工厂支付拖欠工资。"

表格上填明受理经办人、受理时间、责任人，以及电话号码，还有部门责任人。

肖某看了表格上的内容，明确无误。但他看到表格上的微信二维码，很不理解，不知这是干什么用的。

胡颖惠告诉他仔细看一下表格下面的 2 行小字。

在表格底部印着两行小字的温馨提示："1. 化解过程中您可以随时扫码补充材料和查询进度，矛盾纠纷化解之后，您可以扫码对中心的工作进行评价。2. 请妥善保管本单据，如有遗失可到中心重新打印。"

肖某说："这个二维码好，手机扫一下二维码就知道处理的进展了，这样我可以不用天天跑来催你们解决了。"

胡颖惠笑着说："你二维码也不用扫了，你在大厅里坐一下，我们部门工作人员收到我发过去的这张诉求表，会马上通知相关人员来这里协商处理的。农民工的工资是要及时支付的。"

肖某不大相信。

只过了十几分钟，肖某就看到老板赶过来了。

工作人员向老板了解肖某的诉求情况。

老板说，肖某如果不愿意继续在厂里做工，工资可以结清。但工资没有 14000 元，因为他的工资是计件制的，还有一些产品没有完工。如果现在马上要结清工资，那么没有完工的产品，不能按完工的报酬计算。

肖某也承认有产品未完工的情况，同意老板的说法。于是，双方经协商，扣除未完工的产品加工工资，老板支付给肖某 12000 元。

肖某很高兴，没想到这么快就拿到了工资。

这是仙居县从 2021 年 2 月开始，在白塔镇试行"五环智控"基层矛盾调解模式的一个事例。该调解模式，着重破解基层矛盾纠纷"调处时效慢、责任落实难、协同联动难、及时化解难、提前预警难"等共性问题。

"五环智控"之所以率先在白塔镇试行，是白塔镇党委、政府在乡村矛盾调解中了解到，当事人最心烦的是纠纷得不到及时处理，由此会造成矛盾愈闹愈烈。常言道："乡村治，百姓安，国家稳。"为了使最基层的乡村得到有效治理，在乡村自治、法治、德治相结合的治理体系不断完善下，白塔镇率先开展"五环智控"矛盾纠纷调解试点，这是全国首创的乡村"智治"模式。

白塔镇试行的"五环智控"，指的是："一键知晓"即时感知环、"一网联动"多元调处环、"一站交办"责任监督环、"一键督考"考评反馈环、"一图统筹"预警研判环。

"五环智控"基层矛盾调解模式，最核心的优点是：压实矛盾调解人的责任，使矛盾纠纷能得到及时处理。

"五环智控"具体操作是：利用信息平台把矛盾纠纷调解诉求推送给相关调解责任人，如果调解责任人 1 天内未接单，手机就会有提醒信息。如果 7 天内没有解决矛盾纠纷，该诉求信息就会变成黄码，推送到镇党委书记、镇长的手机上，镇党委书记、镇长就会追查调解责任人没有调解的原因。如果该矛盾纠纷在 14 天内还没有解决，这条信息就会变成红码，推送到县领导的手机上……如此一来，调解责任人便无法拖延调解进程了。

当事人扫一下诉求单上的二维码，就知道矛盾纠纷调解的进度,不需要再到镇政府社会治理中心大厅去询问调解处理的进展。

"五环智控"的重点是调解,白塔镇组建了 4 个矛盾纠纷调解力量库:一是法治力量库,由法院、派出所、律师事务所工作人员组成;二是自治力量库,由白塔镇 28 个村(社区)的干部队伍组成;三是德治力量库,由镇、村乡贤组成;四是专业力量库,由镇综治办抽调人员组成。

4 个矛盾纠纷调解力量库的众多人才,在"五环智控"调解中发挥了重要作用。

2021 年 4 月 22 日下午 2 点 50 分,白塔镇下崔中宅村江南商业街快餐店的李老板,前来社会治理中心大厅,请求调解纠纷。

原来,有位姓林的厨师,来店里工作时预支了 1 个月的工资,但只干了 1 个星期就辞职了,没有将多拿的工资归还。现在,李老板要求姓林的厨师归还多拿的 3500 元工资。

白塔镇社会治理中心大厅的工作人员受理了李老板的诉求,通过"五环智控",仅仅在 2 天的时间里,调解人员就找到姓林的厨师,拿回了 3500 元钱,该厨师还向李老板赔礼道歉。此经济纠纷得到了及时解决,李老板很高兴。

2021 年 5 月 11 日,白塔镇茶溪村染潭自然村有位姓陈的村民,急匆匆地来到白塔镇社会治理中心大厅,要求解决 1 桩经济纠纷案件。

原来,2020 年 9 月,该村在改地造田时,施工人员不慎堵掉排水渠,导致陈某的果园被淹,据陈某说造成了 5 万多元的经济损失。此纠纷一直没有得到解决。

陈某的诉求被录入"五环智控"诉求清单。5月13日,白塔镇相关领导便组建了网上调解团队进行案件分析,商讨解决方案,并把这一方案上报给县司法部门,获得批准后,陈某获得了4万元赔偿。

陈某高兴地说:"'五环智控',调解速度快,效果好!"

2021年8月,"五环智控"系统进行迭代升级,老百姓可以通过网格员直接上传诉求视频,进入"一键知晓"信息闭环,节省了到镇政府社会治理中心大厅办理诉求的时间和精力。

从2021年2月到2022年6月,"五环智控"共解决白塔镇案件282件,只有1件没解决。7天内办结率达84.87%,没有及时解决矛盾纠纷赋红码或黄码的累计有20件,平均办结时间为5.03天,群众满意率达98.10%。

白塔镇"五环智控"基层矛盾调解模式,破解了矛盾调解中推诿、搁置的难题,把矛盾化解在萌芽状态。这一"智治"的调解模式一经推出,60%的矛盾纠纷在村里得到化解,30%的矛盾纠纷在镇里得到解决,极大地消除了乡村中的不稳定因素,老百姓纷纷给予好评。

仙居县政法委副书记在接受笔者采访时指出,"五环智控"可复制性强,有极大的推广运用价值:一是改变了群众办事"多头跑、多次跑、重复跑"的维权现状,解决了"群众诉求不知道找谁办"的问题;二是填补了基层落实"等着办、拖着办、藏着办"的制度漏洞,过程公开透明,解决了"来访件迟转、慢转甚至隐藏,导致矛盾久拖不决成积案,小事拖大、大事拖炸"的问题;三是打破了矛盾纠纷"化解了再产生、产生了再重复"的调处怪圈,力求从源头上管控,解决了"同一案件易反复,同类矛盾易重复,维稳成本高"的问题。

2021年9月,时任浙江神仙居旅游度假区开发中心(仙居台湾农民创业园开发中心)党组副书记、主任的沈江担任白塔镇党委书记,他认为,"五环智控"确实具有创新性、实用性,能高效地及时化解矛盾纠纷,成为乡村法治、自治、德治、智治的重要组成部分。

沈江在看到"五环智控"及时化解矛盾纠纷的创新成绩的同时,深刻认识到,解决乡村矛盾纠纷,最有效的解决范围限于各自的行政村,因为村干部最了解矛盾纠纷产生的原因,最熟悉村里的情况,处理起来就比较符合实际。因此,村级自治很重要,村级调解很重要。

沈江说,从白塔镇地域情况来看,越发展、越开放的村,矛盾纠纷越少,治理得越好。如"环神仙居示范带"中的各个村,老百姓思想开放、文明,包容性强。如感德村老百姓都主动向游客打招呼,笑脸相迎。村规民约促进村风民风改善,而村风民风的改善,要从弘扬慈孝文化做起。感德村40多年来矛盾不出村的原因,就是村"两委"班子战斗力、凝聚力强,村干部主动作为,矛盾纠纷得到及时调解。

沈江还了解到,基层矛盾纠纷如果能通过法律途径解决,那都是比较容易解决的案件。事实上,农村的许多矛盾纠纷,牵涉面广,错综复杂,需要有威望的人,如村干部或乡贤出面,才能得到圆满解决,这说明在基层治理中,德治很重要。

"我们将对村干部进行党性培养、党建引领，以此提高村干部思想素质。着力弘扬慈孝文化，使村干部对村民有慈善孝心，实际上这就是端正为群众服务的态度。村中慈孝文化弘扬得好，村里工作就能做好，就能体现公平公正、关爱弱势群体；村干部如果没有仁义慈孝之心，村里治理就很难做好。"沈江如此认为。

目前，白塔镇继续深化"五环智控"的智治功能，不断向除险保安、安全生产、平安综治功能拓展。智治的这种即时性、便捷性的数字化手段，涉及多部门的线上会商，取代了耗时耗力的线下会议，节省了与会人员的时间和精力，为基层治理拓展了新的路径。

仙居县创新的"五环智控"相关做法，先后得到时任浙江省委书记袁家军的肯定和时任浙江省副省长、省公安厅厅长王成国的批示肯定。仙居县委书记就仙居县创新的"五环智控"相关做法，在全省数字化改革推进会上做典型发言。"五环智控"应用获得浙江省数字化改革第一批"最佳应用"、浙江省"改革突破铜奖"、浙江省"数字法治好应用"、浙江省"村社智治十大模式优秀数字化应用"等荣誉。"五环智控"相关做法入选浙江省法治政府建设"最佳实践"、浙江省2021年度有辨识度有影响力法治建设成果、智慧长三角数字化转型优秀案例、标准化支撑政府数字化转型全国典型实践50强案例等，先后被《长安》《人民信访》《组工信息》《半月谈》《中国组织人事报》《法治日报》《中国改革报》《人民公安报》等中央权威报刊报道，中国社会科学院对此进行专题研讨。

第三节 "好人好样"光耀仙居

你是岁月里开出的花,开在山崖,也开遍天涯;

你面朝阳光背负希望,也把快乐的种子播撒;

你是暗夜里闪闪的光,点亮四季,也点亮朝霞;

你追着春天唤醒勇气,山水再远,也不会停下。

....

2023 年 8 月 11 日晚 7 点左右,朱溪镇影剧院内唱响了这首深情款款的歌曲——《最美的风华》,拉开了朱溪镇首届"善美朱溪人"颁奖晚会的序幕,座无虚席的影剧院内充满了热烈喜庆的气氛。

晚会有 3 个篇章,第一个篇章是"慈孝传家"。岭上村的项菊香,下交岙村的朱珍春,小园村的周文星、周文明兄弟,朱溪村的张炳震 5 人荣获"善美朱溪人·慈孝传家"奖。他们身披红绶带,高兴而略显拘谨地走上主席台,台下的乡里乡亲马上报以热烈的掌声。

站在领奖台上的朱珍春,虽然只有 54 岁,但看上去已有些衰老。她细心照顾瘫痪在床的丈夫已有 19 年,她在这 19 年里,耕种田地、上山砍柴、抚养女儿长大成人、服侍丈夫吃喝拉撒,难以言尽的艰辛,使她失去了这个年纪应有的神采。在晚会现场的许多乡亲早已听闻她不离不弃照顾瘫痪丈夫的事迹,对她称赞不已。

30 年前,当朱珍春嫁给同村的农民陈永进时,大家就看出她是一个不图钱财、心地善良的好姑娘。在陈永进 8 岁时,他的父亲下地劳作意外触电身亡,后来母亲改嫁,他和年幼的妹妹日子过得十分艰难。陈永进长大后,家境也极其一般。

朱珍春愿意嫁给陈永进,是看中他本分、勤劳的品质。他们结婚后有了可爱的女儿,正当一家人的生活开始有起色时,陈永进却患了肝病。在陈永进 40 岁那年,他的肝病病情加重,造成脾胃大出血,医生跟朱珍春说,陈永进的病情太严重了,可能难以救回来,就是能救回来,也可能自此瘫痪在床。

朱珍春说:“只要能救回陈永进这条命,不管花多少钱,不管今后吃多少苦,我都愿意。”

医生切除了陈永进的脾和部分食管,倾尽全力把陈永进从死亡线上救了回来,但自此陈永进瘫痪在床,脖子以下的身体全部失去知觉,不能动弹。由于女儿在外读书,家里没有帮手,朱珍春独自承担了家里所有的农活和家务。

由于长年卧床,陈永进又患上了骨质疏松症。朱珍春给陈永进翻身时,只要稍一用力,他便会骨折,这给朱珍春照顾他带来极大的困难。即便面对重重困难,朱珍春每天不厌其烦地给丈夫喂饭喂药、接大小便,还经常给丈夫擦身,十几年如一日无微不至地照料丈夫。

朱珍春这十几年是如何坚持下来的？每当人们问起，她总是坦然地说："这是做妻子的责任，再苦再难，也要扛下来。"

陈永进常对来看望他的亲戚朋友说："没有妻子的悉心照顾，我这条命早就没了。"

下交岙村村民都说，像朱珍春这样好心肠的人，真是难得。现在村里许多老人都用朱珍春的事例来教育小辈：做人要有爱心，要有善心。

获得"善美朱溪人·慈孝传家"奖的周文星、周文明兄弟，他们照顾父母的事迹也为人们所熟知。

周文星是小园村党支部委员，他和弟弟周文明都在家务农。他们的父母都患病在身，生活不能自理，30 年来兄弟俩轮流照顾父母的生活起居。2021 年，他们的父亲去世后，留下 90 岁高龄的母亲。他们的母亲中风后，因为心脏不好，三天两头要去医院治疗，而且还经常摔倒造成骨折，每次都要卧床几个月。兄弟俩每人 5 天轮流照顾母亲，白天要给老人喂饭，晚上要陪夜，服侍老人大小便。

村民们都说，朱和香是村里最幸福的老人，周文星、周文明 2 个儿子，还有 1 个女儿对她照顾周全。平时她想吃什么，儿媳妇和女儿就烧什么，而且她们经常给老人擦洗身子，把老人的衣服和被褥都洗得干干净净。

在颁奖晚会上，当各级领导上台为 5 位获奖者颁发奖杯时，掌声又热烈地响起，晚会达到了第一波高潮。

晚会的第二个篇章"敬业奉献"颁发的是"善美朱溪人·心

系相邻"奖,杨丰山村的周方平、仙居县朱溪中心卫生院的李福洪、大洪村的周照财、南塘村的项工兵、朱溪镇乡贤联谊会荣获此奖项。

晚会的第三个篇章"大爱无疆"颁发的是"善美朱溪人·大爱无疆"奖,"牙哥户外"的张继星,中国水稻研究所的徐春春、徐青荣获此奖项。

在这次颁奖活动中穿插了群众喜闻乐见的歌舞、朗诵和主持人对获奖者的采访,整台颁奖晚会主题突出,内容丰富多彩。

颁奖晚会结束了,乡亲们还觉得意犹未尽。人们觉得评选这样的奖项,宣传了本地老百姓的先进事迹,树立了可信可学的好人榜样,这样的活动开展得好。

2023 年,是仙居开展"慈孝仙居"创建的第十二年,实施"好人好样"村风行动,是"慈孝仙居"创建工作的延续和深化。从 2023 年 3 月开始,仙居县委宣传部为了进一步弘扬慈孝优秀传统文化,讴歌各类好人善行,深入推进乡村德治体系建设,把"德治教化"作为激发和培育乡村基层治理内生动力的基本途径,在全县 20 个乡镇(街道)开展各种形式的"好人好样"村风行动,建立县、乡镇(街道)、村 3 级好人推选机制,以好人好事引领身边人,激发村民参与乡村治理的积极性,以村风扬民风,以民风带乡风,努力绘就乡村振兴美丽画卷。

"好人好样"村风行动,以"素质美、人文美、风尚美、环境美"为重点,通过"挖掘好人、评选好人、礼遇好人、宣传好人"四大路径,深入构建"五个一"培树体系:开好一个村民道德评议会,以评立德;树好一张身边"好人好样"光荣榜,以榜宣德;送好一份获奖礼，以礼崇德；唱好一台表彰宣传戏，以文赞德；带好一群模范好人，以样促德。由此，充分发挥好人典型的感召示范作用，引导广大群众自觉投身道德实践，持续为基层治理注入道德力量和精神动力。

像朱溪镇这样为好人设置奖项进行表彰，是推进乡风文明建设的具体体现，是仙居县"好人好样"村风行动中的一个缩影。

在田市镇，从崇尚慈孝家风民风上升为对村集体、对社会关爱的典型人物不断涌现。

如田市镇东周村编外"农民交警"王新昌义务劝导人们遵守交通规则的事迹，当地百姓无不知晓。

因 322 省道公路贯穿东周村，来往的各种车辆繁多，村民们安全意识不强，交通事故时有发生。单在 2010—2012 年，东周村就发生了 7 起造成人员死亡的严重交通事故、59 起一般交通事故，这一地段一度被列为浙江省交通事故多发地段。

王新昌看到血淋淋的交通事故场面，还有伤亡人员家属悲痛欲绝的恸哭，他心里说不出地难受。2012 年，正是仙居县轰轰烈烈地开展"慈孝仙居"创建工作的时候，王新昌想：孝顺父母、关爱子女是慈孝，关心村民们的交通安全也是慈孝，自己要做点事，减少交通事故悲剧的发生。

于是，从 2012 年底起，王新昌就挑起了守护村民们出行安全的担子。每天上午 7 点至 8 点，下午 4 点 30 分至 6 点，他就在路口劝导村民们自觉遵守交通法规。遇上赶集日，他还要多值几个小时。近 12 年里，他雷打不动地在路口值守。

2022 年 12 月中旬的一天上午，322 省道田市段及周边车来人往,热闹不已。王新昌一如往常,起了一个大早,匆匆吃了几口早饭,便到路口进行交通劝导。

当天 8 点 30 分许,有辆重型罐式半挂车行驶至王新昌值守的路口,待绿灯亮起后,该车准备左转。此时,行驶在机动车道上的三轮车想超车,开到了重型罐式半挂车前面,并处于重型罐式半挂车驾驶员的视线盲区。

眼看悲剧就要发生,千钧一发之际,王新昌急忙举起手中的大喇叭,对着 2 辆车的驾驶员使出全身力气大声喊"快停下!快停下!",并挥手示意停车。重型罐式半挂车驾驶员踩了急刹车将车停下。此时,半挂车与三轮车之间仅有四五十厘米的距离。事后,2 位驾驶员都心有余悸,他们拉着王新昌的手不停道谢。

近 12 年来,王新昌像这样及时阻止交通事故悲剧发生的事还有许许多多。他维持交通秩序的善举,增强了人们自觉遵守交通规则的意识。

自 2023 年仙居县开展"好人好样"村风行动后,王新昌的善举得到了广泛宣传,也得到各级各部门的充分肯定,他相继被评为"善美仙居人",被台州市委宣传部、台州市文明办评为"台州好人"。

在基层,文化建设对于社会稳定的维护有着重要的作用。农村是社会治理的重点区域,通过加强农村文化建设,可以增强农村群众的法律意识,提高农民的道德修养水平,强化农村群众的自我管理和自我约束能力,从而减少社会矛盾和冲突的发生。

田市镇垟塆村 57 岁的农民郑昌来,被人们称为"民间文化人"。几十年来,他致力于垟塆村历史文化研究,为垟塆村成功申报中国传统村落贡献了力量。他还挖掘出该村有 180 年历史的承先书院碑记,这是仙居历史上著名的八大书院现存唯一的实物书院碑记,具有很高的历史研究价值。他在承先书院承担了整理历史资料、丰富书院展陈、维护书院日常管理的任务,帮助书院开展汉服读书日、书法知识宣传、陶艺制作培训、竹编技艺培训、非遗项目传承、仙居儒学宣讲等一系列主题活动,形成了有承先书院特色的礼堂活动,吸引了上百批次游客前来参观,为垟垱村的文化振兴做出了贡献。从 2010 年开始,郑昌来致力于岩画拓印工作,足迹遍及仙居的山峦村野,搜集整理了 1000 余幅仙居岩画和各类历史碑记的拓印,为仙居县的历代碑刻拓印研究做出了突出的贡献,被仙居县政协聘为文史研究员。

郑昌来说:"我只是仙居文化的搬运工,我想通过自己的方式把仙居的文化挖掘好,让大家能更直接地看到仙居岩画碑记的拓印件。"

田市镇宣传委员杨力说:"基层治理和乡村振兴,离不开文化。乡村太需要像郑昌来这样的民间文化人了。他被评为'善美仙居人',说明大家充分肯定他这位民间文化人所做出的贡献。"

安洲街道是仙居县城区的 3 个街道之一,也是"王温行善升天"传说的诞生地。因此,该街道设立"王温奖",以此表彰好人,形成宣传好人、学好人、做好人的良好氛围。

65 岁的张妙云是安洲街道 2023 年"王温奖"得主,她是安洲街道的第一批网格员之一,负责西门社区第二网格。这个区域位于县城的老城区,店面多,出租房多,各类安全隐患多。

随着"最多跑一次"改革的深入，各地开始将网格信息数据化。

"那段时间，我整天拿着笔和笔记本，对网格内住户的家庭基础信息进行核实、补充，做到动态掌握居民家庭基本情况，及时在系统内登记、修改新入住的租户以及家庭流动人员信息。"经过努力，张妙云成为最先完成信息录入的网格员之一。

10多年来，张妙云这个网格员，管的是安全，记的是民情，聊的是真心。她用脚印丈量社区，用笑容和责任心诠释什么是平凡的坚守。

在中华传统文化中，婆媳关系被视为重要的社会关系。婆媳之间的关系，关系到家庭的和睦与稳定。

岭脚村村民王雪兰也是"王温奖"得主。2010年，她的婆婆被确诊为食管癌，由于病情恶化致使瘫痪在床。14年来，王雪兰不离不弃地悉心照顾婆婆，早上给婆婆洗脸刷牙，中午给婆婆喂饭，晚上给婆婆热敷按摩，每天重复着同样的工作。在王雪兰的精心照料下，老人身上从没有出现过褥疮。2022年，王雪兰的公公患风湿性关节炎，3个月不能下床，她在公公的床铺旁边打了个地铺方便照顾老人，以实际行动书写"百善孝为先"的传统美德故事。

2023年9月15日上午，蟠滩乡山下村村民们喜笑颜开，这是因为村里开展的"好人好样"村风行动颁奖活动别具一格，引起村民们的高度关注。

山下村是晚唐诗人方干后裔的聚居地，该村为进一步践行社会主义核心价值观，弘扬优秀传统文化，提升全体村民的道德素质和社会文明程度,积极开展"好人好样"村风行动,评选出了"好媳妇""好婆婆""好学子""绿色家庭"等奖项,树立好人榜样,营造学好人、做好人的良好氛围。

当村干部向获奖的村民颁发奖品时,在场的村民们都笑了,颁奖活动由此达到了高潮,因为颁发的奖品是 2 筒月饼、10 斤米面。在山下村村民眼里,颁发这些奖品很有意义,表明评选好人模范,重在精神鼓励。

72 岁的方秀竹被评为"好婆婆"。她的儿子和儿媳妇在四川经商,她就帮忙带 2 个孙子。"我的大孙子从小的学费和生活费都是我负责的。"方秀竹说,"大孙子现在在厦门工作了,我还天天和他视频聊天。"

儿媳妇经常给方秀竹寄衣服和保健品,方秀竹也经常给儿媳妇邮寄土特产和保健品,婆媳俩还经常亲热地视频聊天。

方秀竹说:"只有你什么事都从孩子们的角度多想想,多干自己的事,少管孩子们的事,让他们没有后顾之忧,安心工作,才能家和万事兴。"

方秀竹还常常对儿子说:"妻子是你最亲的人,你不准欺负她,欺负她就等于欺负我。"

方秀竹与儿媳妇之间与其说是婆媳,不如说是母女,因为她给予媳妇的关心与爱胜似母亲对女儿的爱。和睦相处主要靠彼此宽容,她和儿媳妇相处几十年从未红过脸。

39 岁的范青美,7 年前带着女儿改嫁到山下村。她待公公婆婆如亲生父母,对丈夫前妻的儿子也视如己出。

范青美对公公婆婆非常孝顺,经常花钱为公公婆婆添置衣服。2020 年，范青美在城里为婆婆买了连衣裙，为公公买了毛呢外套和西装裤。公公婆婆嘴上说着没必要，对她买的衣服却喜欢得很，每逢重大节日和重要场合都会穿出来。范青美的孝行受到人们的称赞，她被评为"好媳妇"。

美丽的曹店村有条流水潺潺的红旗渠，红旗渠一旁有排曲线优美的米黄色宣传墙，宣传墙上 5 块纵式展板格外引人注目。

第一块展板上方红底白字写着"2023 横溪镇'好人好样'道德模范"的字样，展板下面介绍了 30 年文保员、"浙江好人"张金苗在没有工资的情况下，守护下汤遗址文保点的模范事迹。展板还介绍了"共同富裕领头雁""善美仙居人"曹润礼的先进事迹。曹润礼担任曹店村干部 20 多年来，与其他干部一起，在各级党委、政府的支持下，做好曹店村移民工作，让曹店村成为"移得出、安得下、稳得住、富得起、融得进"的移民村典范。

第二块和第三块展板的内容是"2023 曹溪村、曹店村'好人好样'村风行动道德模范获奖人员名单"，第四块展板是"慈孝文化，邻里互助"的内容，第五块展板的内容是"曹氏家风家训"。

曹店村调解主任曹日林对笔者说起本村上榜的几位道德模范，赞叹连连。

笔者从展板上看到曹店村 2023 年道德模范共有 8 人，曹飞琴、徐菊莲获"慈孝温情之星"荣誉称号，蒋秋莲获"相濡以沫之星"荣誉称号，曹润和、王飞月、曹福根获"无私奉献之星"荣誉称号，杨素娥、曹菊妹获"绿色洁净之星"荣誉称号。

曹飞琴把无人照顾的侄女当作亲生女儿抚养，她把侄女抚养成人直到出嫁。她的事迹令村民们感动不已。

那是在 2009 年 6 月,曹飞琴的哥哥在游泳时溺水身亡,当时曹飞琴的嫂子已经有了 3 个月的身孕。侄女满月后,嫂子把孩子留在家回了娘家。于是,抚养孩子的重任就落在了曹飞琴父母的身上。那一年曹飞琴 21 岁,在北京的服装厂当缝纫工,赚钱补贴家用。

侄女长到 5 岁时,曹飞琴的父母年纪大了,身体不好,叫曹飞琴回家抚养侄女。2 位老人无奈地跟曹飞琴说:"委屈你招一个上门女婿吧,这样你可以在家把侄女养大。"

曹飞琴没有考虑自己能不能招到夫婿,便一口答应了父母的要求。有位好小伙子被曹飞琴的爱心打动了,与曹飞琴相恋结婚。婚后夫妻俩生了一双儿女,但夫妻俩仍把侄女当成自己的女儿抚养,而且还照顾着老人的生活。

曹飞琴的父亲患脑梗塞去世后,母亲的身体每况愈下。几年前,母亲因眼疾致使双目失明,加上患上老年性痴呆,以致生活不能自理,身边离不开人。曹飞琴一直照顾着母亲,极尽孝心。

68 岁的蒋秋莲,在 40 多年前嫁给了曹店村农民曹岳仙。他们在婚后有了儿子女儿,还开办了米面加工厂,日子算得上幸福美满。

可是天有不测风云,37 岁的曹岳仙在扛电线杆时,伤到了脊柱神经,导致下肢瘫痪,生活不能自理。于是,全家的重担一下子落在了蒋秋莲的身上。

从此,种地、砍柴、照顾瘫痪的丈夫和还在上学的孩子,成为蒋秋莲每天的日常生活。

曹店村移民前,蒋秋莲家的田地离村子有大概 3 公里的山路,每次收割稻子时,她都要背着六七十斤重的稻桶到田里,苦不堪言。

30 多年来,蒋秋莲对丈夫不离不弃,悉心照顾。现在曹岳仙心宽体胖,红光满面。他笑着说:"我的好日子是蒋秋莲给的!"

2023 年,仙居县各乡镇(街道)开展的"好人好样"村风行动,评选好人予以表彰,积极打造"好人好样"文化墙,以村级好人为素材,图文并茂地集中展示村民身边的好人形象和事迹,令乡村德治呈现出新气象。如下各镇和田市镇李宅村打造了"好人馆",宣传好人先进事迹,营造学习好人的浓厚氛围。

为充分发挥榜样的引领示范作用,仙居县深入打造村域道德品牌,用德治凝聚乡风文明的精神力量,组织全县 260 余名"好人好样"奖获得者成立"村风行动宣讲队",开展"好人说・说好人"主题宣讲活动,由身边好人讲述身边好事,营造见贤思齐的浓厚氛围,促使村民们争做"正能量发光体"。

通过不断引导村民参与"好人好样"村风行动,仙居县的乡村治理能力和水平得到了稳步提升。截至 2023 年 10 月,仙居县所辖村庄累计获"浙江省善治村"称号 51 个、获"浙江省善治示范村"称号 79 个。

如今,越来越多的好人善举在仙居大地上涌现。2023 年 1—10 月,仙居县居民被评为浙江省道德模范的有 1 人,台州市道德模范的有 2 人,"中国好人"2 人,"浙江好人"4 人,"台州好人"7 人,总数位居台州市前列。"好人好样"光耀仙居城乡,崇德向善蔚然成风,令仙居这座文明之城、幸福之城更显大爱无疆,乡风文明更加令人暖心。

"路曼曼其修远兮,吾将上下而求索。"

浙江省仙居县在大力弘扬慈孝优秀传统文化、促进基层治理的实践中,继续在不断探索、不断创新中谱写新的篇章。

后　记

　　《慈孝的润化》是一部书写浙江省仙居县在"八八战略"指引下,12年来大力弘扬中华民族慈孝文化,探索基层治理能力现代化生动实践的报告文学。该作品被列入"台州市文艺精品创作重点扶持项目"。

　　12年来,仙居县厚植慈孝理念,传播慈孝文化,让慈孝崇德之风、文明有礼之行浸润仙居大地,成果丰硕。12年来,仙居县所获得的有关慈善、孝老、关爱青少年成长、志愿服务、基层融合治理等各类荣誉,实至名归。仙居生动丰富的慈孝善行、"好人好样"促进基层治理的故事,深深感染着笔者,促使笔者在4年多时间里,克服各种困难,深入全县20个乡镇(街道)的40多个村庄,走访20多个部门,采访500多人次,积累了大量的素材,并数易其稿创作出这部近25万字的作品。

　　台州市委宣传部对这部作品的创作高度重视,仙居县委宣传部、仙居县文明办、仙居县文联全程给予笔者创作指导帮助。笔者在采访创作过程中,得到仙居县委常委、宣传部部长郑海敏的关心帮助;仙居县委宣传部常务副部长吴凯还主持召开作品

创作座谈会,征求各部门、乡镇(街道)和本地文化人士的意见和
建议;还有各相关部门、乡镇(街道)对笔者的采访创作给予了大
力支持。在此,特向大家表示衷心感谢!

　　本书的采访创作,还得到朱虎威、尹骁俊、陈晨永、吴疆伟、
陈芳菲、吴慧青、朱成、周筱翔、王舒、娄巍、张维维、张虹霞、章战
永、王柳江、朱敏江、潘海军、王兰珍、朱益波、张洪恩等各界人士
的大力支持,在此表示衷心感谢!

　　虽然笔者尽心尽力创作这部作品,但由于水平有限及种种
客观原因,作品肯定存在不尽如人意之处,敬请读者批评指正。

2023 年 11 月